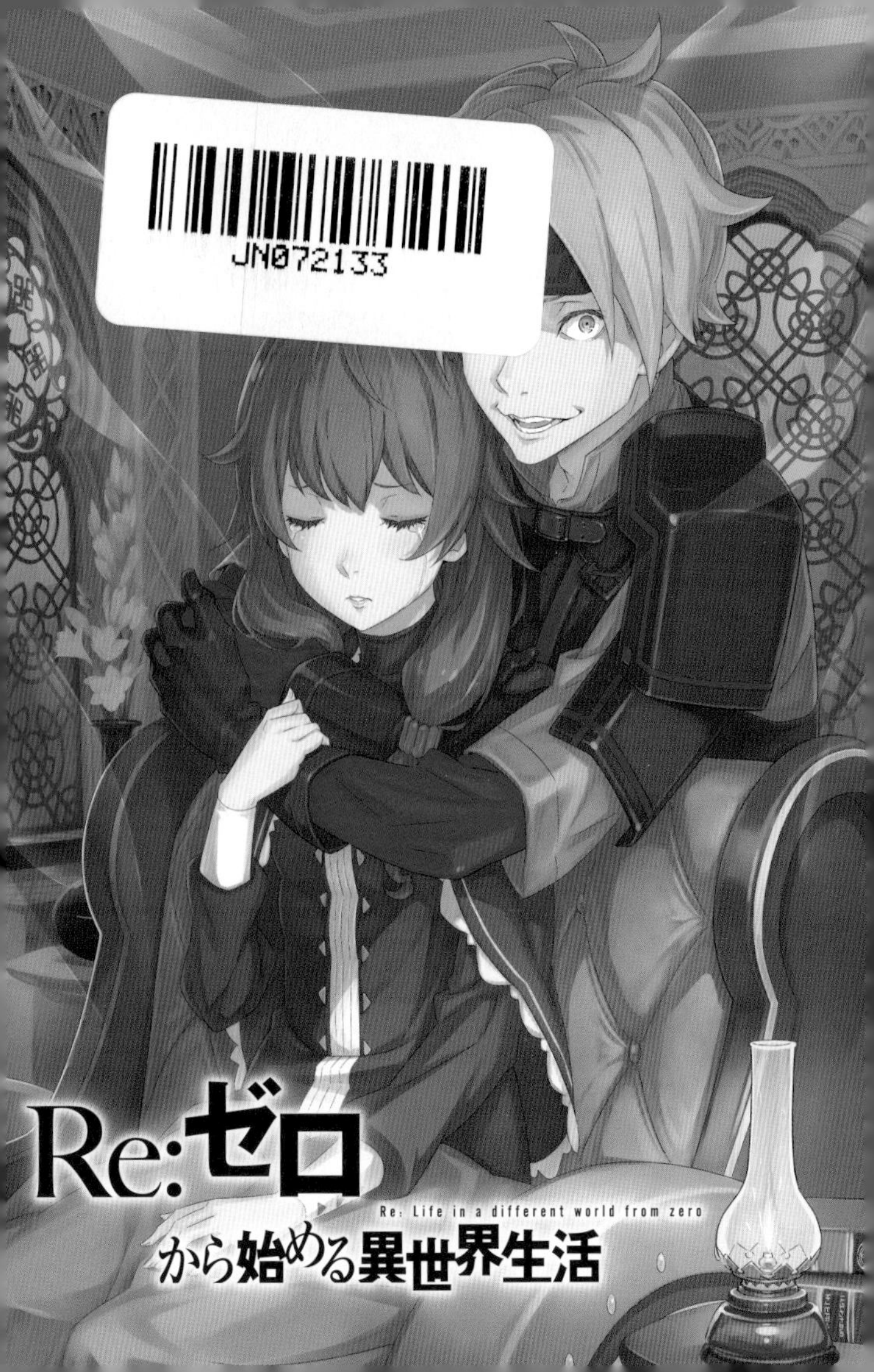

JN072133
Re:ゼロ
Re: Life in a different world from zero
から始める異世界生活

# Characters

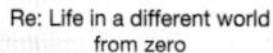

Re: Life in a different world
from zero
The only ability I got in a different world “Returns by Death”
I die again and again to save her.

## カチュア

*Catiua*

ヴォラキアの下級伯である
オーレリー家の娘であり、ジャマルの妹。
兄と目つきや癖っ毛が似ているが、
彼女の方は人好きする愛嬌がある。

## ジャマル

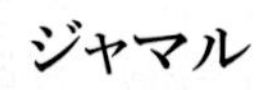

*Jamal*

ヴォラキア帝国の軍人。
下級貴族の出で、三将への昇格も
夢ではないと言われる武力の持ち主。

Tarita
タリッタ
Tarita
シュドラクの民の新族長。
弓を得意とする狩人。
Belstets
ベルステツ
Belstets
物腰柔らかく、ヴォラキア帝国の
未来を憂慮する有能な宰相。
真意の見えない顔つきと表情の持ち主。

「――タリッタ」
「ア……」

「背中を狙うなら好きにせよ。だが、心せよ。
――天命に従うか否か、結局、
貴様は自ら選ぶ他にないのだと」
「天命に従うカ、逆らうカ……私ハ。私、ハ……」

「──いや」
「雪が降るなど、ありえぬことじゃ」

「――そこまでよ」

天からの冷たい落とし物、
それらがゆっくりと降り積もる地に、声が響いた。

「とっても急いでるけど、見過ごせないわ。

――私、すごーく怒ってるんだから」

# Re: Life in a different world from zero

The only ability I got in a different world "Returns by Death"
I die again and again to save her.

## CONTENTS

# Re：ゼロから始める異世界生活30

長月達平

口絵・本文イラスト●大塚真一郎

# 第一章　『魔都狂騒曲』

## 1

——魔都『カオスフレーム』の中心、紅瑠璃城の倒壊と影の氾濫。

それが都市を揺るがす轟音の正体であり、居合わせたものが目にした悪夢の光景だ。

一つの石の中で赤と青の色が踊るように入り混じる『紅瑠璃』、その美しい貴石を積み上げて作られた麗しの城が、まるで砂の城のようにいとも容易く崩される。

あってはならないことが起こったと、魔都の住人にとって天が落ちてくるのに等しい衝撃が広がる。無論、魔都と関わりの薄いものたちも平常心ではいられない。

「――――」

魔都の中、外からの訪問者用に建てられた旅宿の一室にも激震が走る。

あるものは凝然と目を見張り、あるものは強い警戒に全身を強張らせ、あるものは悲鳴を上げて尻餅をつき、あるものは動揺に寄り添うことで己を保とうとする。

だが、反応こそ異なれど、彼らを襲ったものの正体は等しく『脅威』だ。

それに囚われ、本能的な恐怖に搦め捕られる間にも取り返しのつかない事態は――、

「「――全員、静まれ!!」」

瞬間、室内の空気を『重なった』鋭い声が切り裂いた。

響いた二つの声――全く同じ質の声を上げたのは、二人の黒髪の人物。片や素顔、片や鬼面の二人の男は、圧倒的な崩壊の起こる窓の外の景色に同時に腕を伸ばし、

「止まるな！　あれへの対処が遅れれば全員が命を落とすことになる」

「城を呑み、止まる気配がない。ここで余らが動かねば、瞬く間に犠牲が増えよう！」

流れるように事態の把握を周囲に促し、同じ思考を辿る両者がその場で振り向く。

「「――カフマ・イルルクス！」」

その注視を浴びて名を呼ばれ、褐色の肌の男――帝国二将、カフマ・イルルクスは鋭い眼を瞠目させ、どちらに向き直るべきか混乱する反応を見せる。

しかし、その混乱も長続きしない。何故なら――、

「「あの影の足を止めよ！　貴様の停滞は、帝国民の命と引き換えと知れ！」」

「――はっ！」

起こすべき行動、やるべき明快な目的を示された瞬間、カフマの瞳の迷いが晴れる。

「御身のお傍を離れます。どうか、陽剣の加護があらんことを！」

「貴様の働きが余の加護となる。死力を尽くせ」

「存分に――！」

力強くそう応じ、カフマが真っ直ぐに部屋の窓へ駆け寄る。

その勢いのまま跳躍し、伸ばした腕で窓を切り裂くカフマの背中が大きく膨らんだ。脱ぎ捨てるマントの奥から飛び出すのは、羽虫を思わせる六枚の透明な翅だ。

それを羽ばたかせ、カフマの姿が魔都の空を矢のような速度で飛んでゆく。

進路は真っ直ぐ、溢れ出す影に倒壊させられる紅瑠璃城へと向かって。

「何人連れてきた」

そのカフマの飛翔を尻目に、鬼面の男――アベルが鋭い問いを発する。その矛先を向けられたのは、カフマの背を最後に押した黒髪の美丈夫、ヴィンセントだ。

ヴォラキア帝国の皇帝の座にある男は、そのアベルの問いにわずかに目を細め、

「供回りは見ての通りだ。カフマ・イルルクスに不在のオルバルト・ダンクルケン。もう一人いるが、それはいても大した役に立たぬ」

「伏せた手駒はなしか。身軽さが仇になったな」

「その責を余に問うのは不条理が過ぎようよ」

躊躇わずに手札を明かしたヴィンセントも、アベルの心無い一言には苦い言葉を返す。

だが、アベルはそれに取り合わず、思案げな眼差しを室内の他の面々に向けた。

その眼差しに反応できたのは、幼い容姿の二人の少女――オルバルトの術で縮んだ体のままのミディアムと、キモノ姿で丸い目を震わせる鹿人のタンザだ。

この状況を気丈に受け止めようとする二人だが、生憎と打開の決定打にはなり得ない。

唯一、何かしらの手札となり得る可能性があるのは――、

「なん、で……なんで、だよ。なんでこんな、こんなときに……っ」

「アルちん……」

透徹したアベルの視線にも気付かず、怯えた様子で蹲る小さな人影。

右腕一本で頭を抱え、窓の外の光景に怯えて竦むのはボロ切れで顔を覆った少年だ。アベルの同行者で最も底を見せていない人物だが、この怯えようは演技とは思えない。

到底、策に組み込んで思惑通りに機能するとは思えない有様だった。

「ならば、取れる手立ては多くはあるまい」

思案するアベルの横顔に、隣に並んだヴィンセントの言葉が突き刺さる。

横並びになり、窓の外を眺める二人の男――否、二人の皇帝というべきか。

その、一瞬浮かんだ感傷を下らぬことと切り捨て、アベルは息を吐く。

ヴィンセントの言う通り、取れる手立ては多くない。

そして、同じ結論に達しているだろうヴィンセントに応じるように一言――、

「――ヨルナ・ミシグレと合流する。奴の力が必要だ」

2

――豹変する追っ手と相対し、タリッタは渇いた己の唇を舌で湿らせた。

アベルたちを宿から逃がすため、追っ手を引きつける囮役を務めたタリッタ。

しかし、逃げるタリッタに弓で射られたものたちは、その片目に炎を灯して次々と立ち上がり、異常な生命力を発揮してタリッタを追い詰めんとした。

矢の数は足らず、乏しい武装でどこまでできるものか。

タリッタは狩猟者の本能で思考を走らせ、そして――、

「――矢がないなラ、そういう狩り方をするまデ」

思考を一秒とかけずに切り捨て、タリッタは深く悩まない。

元々、頭の出来のよくない自覚はある。これが姉のミゼルダなら、同じ無学でも直感で正解を引き当てるだろう。だが、タリッタには姉と同じ嗅覚も才覚もない。

時間をかけて選んでも、それが正解かどうかで結局延々と迷い続けることになる。

だから、迷わないことにした。結果が出てから、その是非を延々と悩めばいい。

故に、タリッタは追っ手の変化に気付いても、対処を変えなかった。

「が、ぐ……っ」

「外せませン。どれだけ力があってモ、指の腱を切られてハ」

タリッタの上着に気道を塞がれ、目を血走らせた男が必死にもがく。

その右目に炎を宿した牛人の男だ。追っ手の一人である男の首を脱いだ上着で絞め、ぐったりとしたのを確認し、タリッタは倒れる男の体を道の端に横たえた。

絞め落とし、無力化した男の息があるのを確かめ、タリッタは吐息をつく。その彼女の背後には、他にも絞め落とされた追っ手が壁に沿って転々と並べられていた。

「簡単には殺せないト、アベルの言っていた通りでしたネ」

矢や短剣、武器による攻撃の効果が薄いと見るや、タリッタは追っ手への攻撃手段を即座に絞め技へ切り替えた。幸い、敵は並外れた腕力や体力を持ってはいたが、それを活かす技術は未熟だったため、タリッタでも対処可能だった。

事前に『殺せない』と忠告したアベルは、これがわかっていたのだろう。しかし、だとしたら、いったい彼の眼にはどれほどの世界が見えているというのか――、

「――あーりゃりゃ、これはまたなかなか壮観ですねえ」

「――ッ」

上着を羽織り直すタリッタ、その意識が唐突に真後ろから聞こえた声に叩かれる。

瞬間、タリッタは反射的に短剣を抜き、それを相手の気配に叩き付けようとした。が、その鋭い剣先が相手の喉を抉る寸前で、「わあーっ！」と悲鳴が上がる。

「待った待った！　待ちましょう！　それはちょーっと早合点ですって！」

「……あなたハ？」

「……と、止まりました？　落ち着きました？　ああ、寿命が縮みました、ぼかぁ」

かろうじて手を止めたタリッタ、その目の前で大げさに胸を撫で下ろしたのは、フード付きの青いローブを着た端整な顔立ちの男だった。とっさに手が止まったのは、男の細い悲鳴があまりに情けなく、真に迫ったものだったからだろう。

慌てふためいた男の瞳に炎はない。ただし、タリッタの背後に立った事実は消えない。

追っ手でないとも無害とも判断できず、優男を見るタリッタの視線は険しいままだ。

「あーらら、だいぶ不信感買っちゃいましたかね。ぼかぁ、たまたまここを通りかかっただけの一般人なんですが……」

「一般人ハ、これを見て平然としてはいられないと思いまス」

壁にずらりと並べられた追っ手の屍――少なくとも、生死を確認しない限り、死体と勘違いして不思議のない光景を示し、タリッタは優男への警戒を一段階強める。

そんなタリッタの厳しい視線に、優男は照れ笑いするように頭を掻いた。

一瞬、その笑顔に見惚れかけるが、美形への誘惑より得体の知れない相手への警戒が勝った。優男風の美形なら、フロップ一人で間に合っている。――そういう話でもないが。

「いーやいや、参りましたね。確かに、故郷じゃ見慣れた光景ですよとは言いません。なかなか壮観とお伝えした通りです。――ねえ、タリッタさん」

「――ッ」

「あ、抉らないで抉らないで！　ぼかぁ、怪しいけど敵じゃありませんから！」

平然と、まるで長年の知り合いみたいに名前を呼ばれ、タリッタは相手の首にナイフを突き付けた。間近で覗き込む男の顔は、タリッタに見覚えのないものだ。

タリッタと別れたあとで、アベルたちが彼に情報を与えた可能性はあるが――、

「あなたハ、どこで私の名前ヲ？　私の身内からですカ？」

「――？　ご家族でいらしてるんですか？　ふーむ、シュドラクの方々はなかなか森から

お出にならないと聞いてるんですが、族長の方針転換ですかねえ？」

「何故、私がシュドラクだト……！」

「あーれれ、言えば言うほどどって感じだ。ぼかぁ、こればっかしだなぁ」

へらへらと笑い、タリッタへの親しみを深めていくような優男の態度だが、それとは対照的にタリッタの彼への警戒と、その不気味さへの嫌悪感は強まる一方だ。

敵意を示してくるわけではない。だが、得体の知れない不安を募らせる彼の態度は、タリッタの喉に渇きを覚えさせた。

そして、その渇きの苦しさが張り詰めた瞬間――、

「――シュドラクの穢れ」

「――ぁ」

「もしかしたら、そう呼んだ方が穏便にお話しできますかね？」

片目をつむった男の不意打ちに、タリッタの意識が白く染まった。

どうして、この男がその言葉を口にできたのか。――否、何故知っているのか。

驚愕するタリッタ、その反応に男は片目をつむったまま、

「星のお達しですよ。シュドラクの穢れとなった、タリッタ・シュドラクさん」

「星、ノ……まさカ……！」

「星の巡りや宿命、ぼかぁ、それを詠むのが仕事でして。いーや――」

そこで言葉を止め、優男はゆるゆると首を横に振った。それから自分の胸に手をやり、

開いた双眸で真っ直ぐにタリッタを射抜くと、

「――ぼくたち、『星詠み』の天命と言うべきでしょうね」

「――――」

その、ひどく芝居がかった優男の発言に、タリッタは喉を鳴らして息を呑んだ。

その音の大きさは、まるで世界が丸々震えたような錯覚を伴うものだった。――否、タリッタの呑んだ息は世界を震わせてなどいない。しかし、世界は震えていた。

それは――、

「おーやまぁ」

のんびりと、どこか呑気な印象さえ与える優男の吐息。

だが、起こった事態はそんな彼の態度では表し切れない極大の変事だった。

――遠く、タリッタと優男たちから離れた魔都の中央、そこに鎮座する紅瑠璃城、その美しい城が凄まじい勢いで倒壊し、赤と青の輝きが黒い闇に覆われる。

比喩的な表現ではなく、本当に黒い闇が紅瑠璃城を覆い、呑み込んでゆくのだ。

「あーらら、なんという……これはちょっと、詠んでないとこかもですねえ」

「あなたハ――」

「天命云々の話をした直後でバツが悪いですが、あれとぼかぁ無関係ですよ。そもそも、あれってルグニカ王国の問題でしょう。ぼかぁ、担当外です」

「担当外？　ルグニカ王国……？」

「もしかしてあの子、『星詠み』の自覚がないんですかね？　だとしたら、閣下も大胆な賭けに出られる。手札的に仕方ないのかもですけど……わあ!?」

手で庇を作って城を眺め、タリッタにはわからない理屈を並べている優男。その様子に痺れを切らし、タリッタは男を壁に押し付け、首に短刀を宛がった。

鋭い刃で白い肌を薄く裂いて、知り得る全部の情報を吐き出させようと考える。あるいは、この状況でも冷静な男は、やはりあの影と関係が――、

「――ぼくを殺しても事態は好転しませんよ。前もそうだったでしょ？」

――その一言が、優男と相対することへのタリッタの限界を振り切らせた。

「おっと！」

「消えてくださイ！　今すぐニ……ッ」

掴んだ男の体を通りへ放り出し、タリッタは歯を食い縛って背を向ける。そのタリッタの行動に、男は「いいんですか？」と自分の首を撫でながら、

「文字通り、自分の首を絞めるようでなんですけど……こうして『星詠み』と出くわすなんて機会、もうあなたにはないかもしれませんよ」

「それならそれが一番でス。あなたの顔を見ているト、まるデ……まるデ、何度も見た悪夢と向き合わされる気分ですかラ……！」

呪うような心地で、タリッタは優男を追い払うために地面を蹴った。

そんなタリッタの拒絶に嘆息し、優男は轟音と共に崩れていく城の方を見据え、

「どうやら、ぼくと違ってあなたには仕事がありそうだ。ややもすると、それがあの影を鎮めるための切り札になるかもしれません」

「私ガ……？　私にそんな力ハ……」

「——天命はすでに下っている。知っていますね、シュドラクの穢れ」

「——」

「果たすも果たさぬも、あなたの自由だ。長らく天命の下らぬ身からすれば、道しるべを辿れるあなたが羨ましくてなりませんけど、ね」

そう言い残し、優男は頭からフードを被ると、タリッタに背を向けて走り出した。

速い、とは言えない速度だ。追いつこうと思えばすぐにでも追いつけるが、タリッタには優男を追おうという気持ちが湧かなかった。

もう関わり合いになりたくないと、心底思ったこともその理由だ。

だが、何よりも一番大きな理由は、彼が最後に残した言葉——、

「——天命ハ、下っていル」

心当たりが、なければよかった。だが、心当たりはあった。

そしてその心当たりは延々と、ここ数日のタリッタを延々と悩ませるものだった。

うだうだと、答えの出ない懊悩を、抱えていたくなど、ないのに。

「タリッタちゃん!!」

「——っ、ミディアム？」

ぎゅっと己の肩を抱いて、俯いていたタリッタを耳に馴染んだ声が呼んだ。

慌てて振り返れば、タリッタの方に手を振りながら走ってくる少女——長身を縮められてしまったミディアムが、こちらに向かってくるところだった。

「よかったー！　すぐ見つかったし、タリッタちゃんが無事で！」

「そちらこソ、無事でよかったでス。……アベルやスバルたちは無事ですカ？　それニ、あれはいったイ……」

駆け寄ってくるミディアムを正面に、タリッタは矢継ぎ早に質問を投げる。

彼女が一人でいることも、こうしてタリッタを探していたことも予想外だ。もちろん、紅瑠璃城が倒壊するような事態、オルバルトとの『かくれんぼ』が続いているというのもおかしな話ではあったが、中断を話し合えたとも思えない。

そんなタリッタの疑問に、ミディアムはわずかに息を弾ませながら、

「アベルちんとアルちんは無事！　スバルちんとルイちゃんははぐれてる！　あと、あのお城から出てきた影を何とかしなくちゃいけなくて、タリッタちゃんもきて！」

「スバルとルイガ？　それニ、私はどこへ……」

「今から、ヨルナちゃんと一緒にあの影を止めるの！　タリッタちゃんの力もいるって、そうアベルちんが言ってたから！」

「——」

目を見張り、タリッタは聞かされた言葉に驚きを禁じ得ない。

視界の端、優男とのやり取りに動揺するタリッタさえも、現実を意識せざるを得ないほどに非常識な被害を拡大しようとしている黒い影。

あれを止めることも、挑むことも、どちらもタリッタにはない発想で。

その上、今、アベルに呼ばれていると聞かされるなど――、

「タリッタちゃん、ケガしてない!? まだいける? あたしも頑張るから、一緒に頑張ってくれる!?」

そのタリッタの戸惑いを、ミディアムの迷いのない言葉が薙ぎ払う。

たとえ背丈が縮もうと、彼女の持っている真っ直ぐな心根は縮みも曲がりもしない。それに手を引かれるように、タリッタは静かに頷いて、

「わかリ、ましタ。――すぐに向かいましょウ」

「うん！　ありがとう！」

大きく頷いたミディアムの安堵に、タリッタは胸の奥で痛みを覚えた。

延々と、長々と、タリッタを苦しませ続けている懊悩。戦いに没頭することで忘れられたそれが、大きな戦いを前に存在を主張し、決断の時を迫ってくる。

「――天命」

消えた優男にかけられた言葉を、タリッタもまた口の中だけで呟いた。

まるで、名前を呼ばれたことを喜ぶように、胸の奥で懊悩が弾んだ気がした。

3

——時は、紅瑠璃城の天守閣崩壊の瞬間へ舞い戻る。

「童——」

「うあう!!」

間一髪、飛び出しかけた少女の体を胸の中へ引き寄せる。

厚底の踵が屋根の瓦を爆ぜさせ、キモノの裾をはためかせるヨルナが真後ろへ跳んだ。

その跳躍を追うように、溢れ出る漆黒の影が城の頂を呑み込んでいく。

——否、頂だけではない。城の上層、中層問わず、天守閣の全部が濁流の如く氾濫する黒に呑まれ、片端から虚無へ消えるのをヨルナの瞳は捉えていた。

呑まれてはならない、暗い暗い闇。戻ることのできない終焉へ通ずる深淵の穴。

本能がヨルナに理解させる。——あれは、あってはならないモノであると。

「うー!」

胸の中、もがく少女を抱きながらヨルナは闇の奥に目を凝らす。

この黒い影が溢れ出した瞬間、その中心にいたのは黒い髪の少年と、少年に触れようとしていたオルバルトだ。だが、闇の中に二人の姿は見当たらない。

あの刹那、オルバルトのとっさに引いた腕が消滅するのが見えた。

生きることに貪欲で、異常な危機感知能力を有するオルバルトですら、自らの腕の犠牲を避けられないほど、あの闇は異質で、圧倒的なモノなのだ。

直後、腕の中のルイと呼ばれた少女と逃れるのを優先したため、オルバルトの生死は不明。死ぬはずがないと思う一方、あの影相手に楽観視できない思いもある。

ただ、オルバルトの生死以上にヨルナが気掛かりなのが――、

「童……っ」

オルバルトの腕を呑んだ黒い影、その中心にいたと思しき少年の安否だ。

ヨルナの目には普通の幼童に見えた子。特別な点はなく、強いて言うならオルバルトの裏を掻く決断力と判断力は撫でて褒めるに値するが、それだけだ。

もしも影に呑まれれば、逃げる術などあるはずもない。ただし――、

「――これがあの童の仕業でなければ、でありんすが」

最悪の可能性を頭に入れ、ヨルナは必死に手を伸ばすルイのつむじを見下ろす。解放すれば、すぐにでも彼女はあの影の中に少年の姿を探しにいくだろう。

そんな無謀は見逃せない。腕の力を込め、ヨルナは自らに在り方を問う。

接した時間の短い少年への情と、魔都の女主人としての責務とを秤にかけて。

「――っ」

それを思った瞬間、ヨルナの眼前の闇に変化が生じた。

二人に追い縋る影は城の上半分を覆い尽くし、残った下半分と城壁にも被害を拡大しな

がら、より貪欲に荒れ狂わんと獲物に『手』を伸ばしたのだ。

「――――」

文字通り、広がって押し寄せるそれは、黒く巨大な『手』だった。

ヨルナの胴体を人形のように掴めそうな黒い巨腕、それが二人へ襲いかかる。それも一本や二本ではなく、まとめて十も二十も伸びてくる光景は圧巻だ。

言葉も意思表示もない影の腕、そこから伝わってくるのは強烈な『餓え』。ありとあらゆるモノを取り込まんと欲する、底知れない『餓え』が押し寄せてくる。

その膨大な『餓え』が、ヨルナとルイの二人へ届きかけた刹那――、

「舌を噛まぬよう気を付けなんし！」

「う、あう――っ」

オルバルトの腕が消し飛んだ以上、影に触れることは命取りだと判断。ヨルナはルイを抱く腕をきつくして、自分が踏み砕いて飛び散った瓦に足場となるよう命じる。

果たして、ヨルナの『愛』に呼応した瓦が中空へ舞い上がり、魔都の空へ逃れるヨルナの体を高空へ運ぶ。影の腕を躱し、高い高い空の上へ。

このまま、影の届かぬ高みへ逃れられれば儲けもの。それがダメでも、影の射程が読めれば対策のための情報を得られる。とはいえ――、

「やられっ放しというのも、何とも腹立たしくありんす」

追いかけ回されることが、ではない。

もちろんそれも屈辱ではあるが、一番の理由はなんと言っても紅瑠璃城だ。

魔都の象徴たる美しき紅瑠璃の城は、その希少性で知られた貴石をふんだんに使い、馬鹿馬鹿しいまでの労力が割かれて建てられたものだ。それを財力や権力を誇示するための城と揶揄するものもいるが、真相はそうではない。

赤と青の光が踊る麗しの城、紅瑠璃城は魔都の住民たちが自発的に造り上げたものだ。

彼らは魔都の支配者であるヨルナを慕い、彼女の居城がみすぼらしくあってはならないと、それぞれで話し合って貴石を集め、あの美しい城を築き上げた。

紅瑠璃は貴重で、扱いも難しく、どれだけの苦難が城を建てたか余人には想像もできまい。それはヨルナも同じで、苦難の想像などしたこともない。

想像するまでもなく、ヨルナは城が建つのを一部始終見ていたからだ。

だから——、

「わっちの愛を呑みんしたな、この狼藉者——!!」

城を呑み込む影に向け、ヨルナの白い指が伸ばされる。

——刹那、紅瑠璃城を覆った巨大な影が、内側から強烈な衝撃に撃ち抜かれた。

影に実体があるのか、ましてや意思があるのかヨルナにも知りようがない。

しかし、確かな痛打となったと、そう確信できる手応えがヨルナにはあった。

影が取り込んだ紅瑠璃城は、その城壁を形作る石の一個に至るまで、全てに住民たちのヨルナへの愛が込められている。——それを、どうして愛さずいられよう。

「――――」

愛の総量が衝撃波となり、それを内から受ける影の勢いがはっきりと削がれる。押し寄せる黒い腕がことごとく霧散し、その光景にルイも目を丸くしていた。

しかし、称賛とも言える少女の反応をヨルナは喜べない。

それは影の被害に無惨な状態となった紅瑠璃城を見下ろしているからでもあり――、

「わっちの白い肌が、あれの脅威は消えていないと言うでありんす」

城を丸々ぶつけられるような威力、その炸裂に減衰しても、影の大元が消えてなくなったわけではない。その膨大な闇が有する異様な圧迫感は健在だ。

脅威は薄れない。ならば、あの漆黒の元を断つ術を見つけ出さなくては。

「――ヨルナ様ぁ！」

そう神経を昂らせるヨルナの鼓膜を、はるか地上からの声が打った。

見れば、ヨルナを呼ぶのは変事の中心に集まろうとする魔都の住民たちだ。直前にオルバルトと一戦交えたこともあり、すでに注目を集めすぎていた。そこへきて、城の倒壊と溢れ出した漆黒、彼らがヨルナを案じてくるのも無理はない。

その烏合は、痛打されたばかりの黒い影には垂涎の獲物に見えたことだろう。

「主ら、逃げなんし――！」

沸き立つ危険信号に促され、ヨルナが眼下の住人たちに退避を呼びかける。

しかし、彼らの下へ飛び込むには高く空へ上がりすぎた。遠い。手が届かない。そしてヨルナの察した危機感を、彼ら全員に抱けというのも無理な話。

結果、ヨルナを案じて集まった住民たちを助け出す手段はなく――、

「――容易くさせると思うな!!」

押し寄せる影に無防備な住民たち、その彼らが永遠の虚空へ連れ去られる寸前、横合いから伸びてくる深緑色の『茨』が住民たちをまとめてかっさらった。

ヨルナも目にしたことのある茨、かろうじて住民たちを影から救ったそれは、奇々怪々な生態の持ち主が揃った魔都にあっても、なお珍しい『虫』の力。

「カフマ・イルルクス、皇帝閣下の命にて助太刀する！」

その両腕から茨を生やし、背に生やした透明な翅を羽ばたかせる男――カフマ・イルルクスの突然の助力に、ヨルナは驚いて目を見張った。

かつて、ヨルナの謀反の制圧を目的に、ヴィンセントの命でカオスフレームに軍が派遣されたことがある。その際、カフマは軍を率いる『将』の一人だったのだ。

その彼が、ヨルナの愛する住民を守るために動くというのは――、

「たとえ誰に仕えていようと、等しく帝国臣民なれば！」

「――――」

「ヨルナ一将！　貴公と考えは相容れないとわかっているが、これを放置することはあってはならない！　協力させていただく！」

ヨルナの注視にそう答え、羽ばたくカフマが高速で空を飛び回る。

その翅の機動力と茨の制圧力で影の注意を引き、時間を稼いでくれるカフマ。その稼ぎ出される時間で、住民の避難と影への対抗策を見つけなくてはならないが。

「う！　あーうー！」

「童？」

思案するヨルナの胸で、ルイがまたもジタバタと暴れる。が、その暴れ方は闇雲なものではなく、しきりにヨルナに何かを訴えるものだった。

そのヨルナの理解に、ルイは「う！」と頷いて地上の一点を指差す。そのルイの指差した先に目をやり、ヨルナは彼女の言わんとする意図を察した。

「カフマ二将、しばし主さんに場を預けるでありんす」

「それが必要ならば、心得た！」

「それと……先の、わっちの子らを守ってくれたこと、感謝するでありんす」

「――。『将』として、当然のことをしたまでだ！」

ヨルナの感謝にわずかに躊躇い、しかしカフマは力強くそう答えた。

堅実で融通の利かない、相容れない相手。そんなカフマへの評価をヨルナは改める。頑なな一念も貫き通せば美徳だ。状況と事情が許せば、彼も愛せる一人になるだろう。

もっとも、それでもヨルナの一番は永遠に覆らないが――、

「下に降りんす。しっかり掴まっていなんし」

ぎゅっと、しがみついてくるルイの握力を返事と受け取り、ヨルナは宙に浮かべた城の

残骸、剥がれた地面、果ては土くれまでもを足場に目的の場所へ。

途中、状況を知りたがる住民たちに、とにかく紅瑠璃城――否、城の跡地から離れるよう指示をしながら、その足が向かうのは城を遠方に望む家屋の屋根だ。

そこで、悠然とヨルナの到着を待っていたのは――、

「てっきり、『皇帝閣下』がくると思っていたでありんすが」

腕を組み、ヨルナの言葉に「ふん」と鼻を鳴らす黒髪に鬼面の男だった。

その目の前に降り立つと、待ってましたとばかりに腕を離れるルイがそちらへ駆け寄る。

そして少女は男の腕を掴み、長い金髪を躍らせながら城の方を指差し、

「うあう！」

「皆まで言わずともわかっている。そも、貴様の処遇を巡ってあれとは意見を違えた。よくも俺の前にのうのうと顔を出せたものだな」

「うー！　う！」

「俺に従うつもりがあるなら、手札に含めるのも吝かではない」

腕を引っ張られながら、男はルイの訴えに淡々と応じる。彼の答えにルイはじれったそうな顔をしたが、やがて諦めたように彼の腕を放った。

それでも駆け出していかないのは、少女なりに考えてのことなのだろう。

――あの黒い影の内にいるだろう少年、それを何としても取り戻すために。

「ヨルナ・ミシグレ、事情はわかっているな。あれは放置できぬ災いだ」

「同感、でありんす。触れたもの全てを無に帰す災い、魔都の主として捨て置く選択肢はありんせん。——主さんは、この事態を予期しておりんしたか？」

「何かあるとは考えていた。何があるかまでは、俺の推測の外側だ」

「——」

目を細め、ヨルナは目の前の男の真意を測ろうとする。

だが、男の心中は鬼面の裏に隠れ、見通そうにも見通せない。もっとも、仮に仮面がなかったとしても、その心の内を見透かすことはできなかっただろう。——それこそがこの男、誰にも自分の考えを、心中を、思惑を悟らせない孤高の存在。

神聖ヴォラキア帝国第七十七代皇帝の在り方。

すなわち——、

「——閣下」

「不用意に俺をそう呼ぶな。親書の望みを破り捨てられたくなくばな」

「それは失礼を。……いったい、どこでわっちの望みを知りんした」

「確証はなかった。貴様が、俺からの使者を無事に帰すまでは」

その答えを聞いて、ヨルナは目の前の男の考え方に感服し、同時に軽蔑した。

昨日の使者との接見、あそこから使者が無事に戻るかどうかで、自分の考えが正しいかどうかも測るつもりだったというわけだ。

その点、まんまと彼の掌の上で踊ってしまったと、ヨルナも苦い思いがある。

だが、それ以上に——、

「使者の子らに、閣下は一度は叱られるべきでありんしょう」

「それも、全ては事を収めてからだ。ヨルナ・ミシグレ、俺の指示に従え」

「——。それが最善なら、わっちも従う他にありんせん」

高圧的な男の物言いに、しかし、躊躇(ためら)いと抵抗は刹那のものだった。

ヨルナには守るべきものがある。魔都カオスフレームとその住人たちだ。それを守るために必要なのは、この事態を正しく収める能力の持ち主。

戦う力という意味ではなく、治める力というべきものだ。

ヨルナにも、その力の自負はある。だが、比べる相手が悪い。

誰が、この世界で最も大きな国土を持っている大帝国、それを支配し、治めるような男との力比べに敵(かな)うだろうか。

「それで、どうするつもりでありんすか」

魔都を守るためならば、どんな策にも乗らんとする覚悟でヨルナは問いかける。

いつの間にか隣に並んだルイも、ヨルナの意思に賛同するように目を光らせていた。

そんなヨルナとルイ、二人の視線を受け止め、男——否(いな)、帝国の支配者は頷(うなず)いた。

そして——、

「——都市を放棄し、撤退戦を行う。魔都は、あの影に呑(の)ませる以外にない」

## 4

「――――」

鬼面の男の非情な宣言、それを聞いたヨルナは頰を硬くし、視線を鋭くした。

今しがた、目の前の男の意見を尊重しようと決めたのは、それがヨルナの治めるカオスフレームを守るための最善だと信じたからだ。

だが、そんなヨルナの決意に反し、男が口にしたのは都市の放棄――、

「そのような意見、到底、頷けようはずがござりんせん」

「ほう。何故だ」

「何故も何もありんしょうか。ここは魔都カオスフレーム、住処を追われ、行く当ても寄る辺もなくしたモノたちの最後の地……それを捨て去ろうなどと」

「承服できるものではない、か。――下らぬ感傷だ」

「――ッ、ヴィンセント・ヴォラキア……！」

冷徹な物言いにヨルナの声が熱を帯びる。だが、帝国の支配者は対照的に冷たい一瞥をヨルナに浴びせ、己の鬼面に手で触れながら、

「今はアベルを名乗っている俺に、その呼び方は不適当だ。そも、皇帝相手に慈悲を乞おうなどと思っているなら、それはあまりに浅慮というものであろう」

「――。帝国民は精強たれ、でありんすか」

「そうだ」

皇帝——否、アベルを名乗った男は、それこそが帝国の流儀だと嘯く。

ヴォラキア帝国の頂たる皇帝には、帝国民が信じ、崇める鉄血の掟の体現者である必要がある。それが事実であろうとなかろうと、皇帝はそう言い切らなくてはならない。

そのアベルの断言に、ヨルナは乞い方を誤ったと自戒した。

そう、己の選択を省みるヨルナの傍ら、アベルは鬼面の縁に触れたまま、

「——『大災』」

「大、災……？」

「帝国の存亡を危うくし、陽光さえ届かぬ滅びをもたらすモノ。……『星詠み』はそのように申していたな。聞いた当初は大言と思ったものだが」

「——」

「あれを見れば、いささかの誇張もなかったことは知れよう」

顎をしゃくり、顕現した漆黒の影——『大災』を滅びと称するアベル。

確信に満ちた彼の声音と、その口から語られた『星詠み』の響きに、ヨルナも内心で苦いものを覚えざるを得ない。『星詠み』の存在は、ヴォラキアの悪しき習慣の一つ。

少なくとも、ヨルナにとってはそうとしか言いようのないものだった。

ヨルナが強く焦がれる願いの発端、それと『星詠み』とは無関係ではないのだから。

ともあれ——、

「では、主さんは『星詠み』の言葉を鵜呑みにし、背を向けて逃げるおつもりでありんしょうか。だとしたら、それこそまさしく惰弱の表れ。帝国の流儀の体現者とはとてもとても……そう、わっちなどは思ってしまいんす」

「安い挑発で俺を動かせると思うなら、早々に考え違いを正すことだ。第一、『星詠み』の言葉を鵜呑みにし、暴挙を働いたのは俺ではない」

「……主さんも、『星詠み』には思うところがおありのご様子」

「真っ当な判断力の持ち主であれば、あれを好ましく思うものなどあろうものか。だが、不要と斬り捨ててもすぐに次がくる。それがあれらの厄介なところだ。――む」

「うー！」

話の途中、アベルの言葉を遮ったのは懸命なルイの唸り声だった。

彼女はヨルナとアベルの二人の会話が、あの『大災』を鎮める術と直接的に関係ないことを咎めているようだ。それも当然だろう。あの『大災』には――、

「うあう！」

「――。ヨルナ・ミシグレ、一つ確かめたい」

「……なんで、ありんすか？」

蠢く『大災』を指差し、何かを強く訴えるルイの様子に、アベルは問いの矛先をヨルナへ向けた。その、続く問いかけの内容は想像がつく。

「この娘と共に、黒髪の幼童がいたはずだ。それはどこへ消えた？」

「――。あの童でありんしたら……」

ちらと動くヨルナの視線、それが言葉より雄弁に問いの答えを物語る。

ルイが必死に指差す『大災』、紅瑠璃城を呑み込む闇に少年は取り込まれた。――否、むしろヨルナの目には、あの『大災』は少年の内から溢れたようにすら。

「やはり、そうか」

そのヨルナの無言の返事を受け、アベルが最後の一片を自らの心に収める。

それが最後通牒のように聞こえて、ヨルナは「主さん……」とアベルを見た。しかしその呼びかけに、アベルはゆるゆると首を横に振って、

「思惑は狂うが、致し方ない。方策に拘って、成果を得られぬのでは意味がない」

「それは、つまり？」

「方針は変わらぬという話だ。魔都を放棄し、撤退戦を行う。――それでも被害は生じよう。その全てを拭い切ることはできぬ」

「――ッ、その答えは」

承服できないと、そうヨルナが詰め寄ろうとした瞬間だった。

「あー、う！」

「ぐ……ッ！」

苦鳴を漏らし、アベルが腹を手で押さえてその場に膝をつく。

それをさせたのは、詰め寄りかけたヨルナより先にアベルの腹を打ったルイだった。

彼女は非情の決断を下したアベルを睨(にら)み、鼻息荒く喉を唸(うな)らせると、

「うあう……うあう！」

そう叫んで、振り向いたルイの姿が瞬く間に視界から消える。

天守閣での攻防、オルバルトとの戦いの最中(さなか)にも見せた瞬間転移だ。あまり長距離を移動できないそれを繰り返し、ルイは再び『大災』の支配する戦場へ戻る。

だが、戻った彼女に『大災』への対抗策があるとは思えない。もしもそれがあれば、アベルを頼ろうとせず、自力であの少年を助け出そうとしたはずだ。

もしも、あの『大災』への対抗策があるとすれば――、

「――『陽剣』の焔(ほのお)なら、対抗できるんじゃありんせんか」

「――――」

「主さん！」

腹を押さえたまま、建物の屋上に膝をつくアベル。

ルイの一撃を当然の報いだと思う反面、状況を打開するための鍵を握っているのは、やはりこのアベルしかいないのだとヨルナは考える。

ヴォラキア帝国の皇帝が有する『陽剣』、その焔であれば『大災』さえも――、

「――抜くつもりはない」

だが、アベルの答えはヨルナの望んだものではありえなかった。

そしてそれは、正常な判断ともヨルナには思えない。あの『大災』を危険な代物とみな

し、帝国の存亡を争う、魔都の放棄さえ辞すべきでない大異変とわかっているのに。

「それでも『陽剣』を抜かぬと……それを、どうして受け入れられんしょう」

「――――」

「答えるでありんす、ヴィンセント・ヴォラキア！　主さんが……主が、この帝国の皇帝なら、果たすべき役割があるはずでありんす！　主が、皇帝なら……！」

そう吠え、ヨルナは跪くアベルの襟首を掴んで引き起こし、正面から睨みつける。

こうしている間にも、カオスフレームは窮地に追いやられていく。カフマやルイも、永遠に『大災』とは戦えない。いずれ、人も魔都もあの災いに呑まれる。

そうならないために、目の前の男の力がどうしても、どうしても必要なのに。

「主が、ヴォラキア帝国の『皇帝』なら……」

「……『陽剣』は使わぬ」

「――ッ、主は」

なおも頑なに意見を翻さないアベルを、ヨルナが鋭い犬歯を見せて威圧する。

しかし、そんな脅しはアベルの、目の前の男にとっては日常茶飯事だ。

常日頃、周囲からの絶えぬ殺意や敵意を向けられ続ける立場にある存在、それがヴォラキア帝国の皇帝だ。――だからこそ、あの御方は。

「――いつになれば解する、ヨルナ・ミシグレ」

「――あ」

「今代の皇帝たるヴィンセント・ヴォラキアと、貴様の思い描く皇帝とは別だ。貴様の願いや理想の通り、俺が動かねばならぬ謂れはない」

そのはっきりとした断絶の姿勢に、ヨルナは小さく吐息を漏らした。

そして、掴んだ男の襟首から手を離し、ゆっくり一歩、後ろに下がる。下がって、自分の首を押さえるアベルを見据え、ヨルナは歯を噛んだ。

「言われずとも、わかっておりんす……」

その鬼面のあるなしに拘らず、目の前の男とヨルナの思い描く男は似ても似つかない。

たとえその体に、ヨルナの愛するものの血が流れていたとしても。

「……主の言葉を、承服することはできぬでありんす」

「魔都を捨てなければ、それ以外の全ても失うことになるぞ」

「この魔都が、今のわっちの全てでありんす！」

両手を広げてそう答え、ヨルナが胸元に差した煙管を抜いて先端に火を落とす。

直後、思い切り煙管から煙を吸い込み、空へ吹いた。

広がる紫煙が巨大な、巨大な雲となり、『大災』の蠢く戦場の外側――あの脅威を目の当たりにし、怯えているだろう魔都の人々の頭上へ向かう。

そのまま紫煙でできた雲はゆっくりと散り散りになり、それぞれが住民――ヨルナの愛し子らの下へ降り注ぎ、一人一人の手の中に紫煙が収まった。

「――わっちを愛しなんし」

ヨルナのその呟きは、同じ場所にいるアベルにしか聞こえない微かなものだった。

しかし、そのヨルナの意思は、降り注ぐ紫煙を手にした全ての人々が理解する。故に彼女の声が届かずとも、彼らは一様に、紫煙を開けた口の中に放り込んだ。

「――わっちに愛されなんし」

ヨルナの紫煙が届いたものたちが、それを取り込んだものたちが、ゆっくり、ゆっくりと顔を上げる。――その片方の瞳に、それぞれが炎を灯していく。

ヨルナに愛され、ヨルナを愛するものたちが、『大災』を仰いで魂を燃やし始める。

まさしく、魂で結ばれたものたち――『魂婚術』の力が、魔都を覆い尽くす。

「この都市は、カオスフレームは失わせぬでありんす。――わっちと主らで、あの不躾なお客人にお帰り願うとしなんす」

ヨルナが煙管を揺らしながら正面に構える。

その周囲、都市の全域から聞こえてくるのは地響きだ。猛然と、恐ろしげに響くそれは無数の靴音、無数の足踏み、無数の息遣い、無数の戦意。

魔都の主人の愛ある呼びかけに従い、集ってくる愛されたものたちの前進だ。

それを見やり、ヨルナは軽く膝をたわめ、高々と跳躍した。

この魔都を脅かすモノ、そのことごとくを退けるものとして――、

「――『極彩色』ヨルナ・ミシグレ、お相手仕るでありんす」

5

地鳴りの如く鳴り響く無数の靴音と、都市そのものが叫んでいるような雄叫び。

魔都の住民を率いて『大災』へ挑むヨルナは、砕かれた紅瑠璃城の残骸や破壊された街並みを武器にし、黒い影へと規格外の攻撃を叩き込んでいる。

『街』で殴るようなヨルナの暴れぶり、それを遠目に眺めるアベルは黒瞳を細める。

「――全くの無意味、とは言うまい。だが、優勢とは口が裂けても言えぬ」

ヨルナの訴えに感化されたわけではないが、こちらの攻撃の一切が通用しないというほど不条理な相手でないことは、『大災』の行動力の減衰からも読み取れる。

『大災』が出現と同時に呑み込んだ紅瑠璃城、長く居城として使った城への愛着、それ自体を破壊力へと転換したヨルナの攻撃は、『大災』の勢いを確かに削いだ。

もしもあれがなければ、『大災』は最初の勢いのままに拡大し、この魔都を一気に呑み込んで、そのまま帝国全土へと深淵を引き延ばしたはずだ。

――もっとも、現状のまま放置すれば、先延ばしにした帝国の崩壊は免れない。

「それも、あれの忌々しいところではある」

奥歯を軋らせ、アベルは『大災』を予見した男の細面を思い出す。

来たる脅威を予見しても、それ以上を求められることを拒んだ都合のいい存在。あるいは観覧者の手先とでもいうべきか。そう思いを巡らせれば、自然と一人が連想される。

「──ナツキ・スバル、貴様は」

蠢く『大災』を見据え、アベルは口にするのを避けていた名を口にする。

そんなときだ。

「アベルちん！　戻ってきたよ！」

あらゆる音が呑まれる騒音の中、その高い声はしっかりとアベルの耳に届いた。

振り向けば、声はアベルの背後に空から降ってきた。軽い音を立てて屋根に着地したのは、手を振る少女と、それを抱いている褐色肌の女。

「戻ったか、ミディアム、タリッタ」

「何とか！　でも、アベルちんの言ってた状況と違うね？　ヨルナちゃんは？」

「──。あそこだ」

タリッタの腕から降りて、首を傾げるミディアムにアベルが顎をしゃくる。

その先に『大災』を相手取り、規格外の闘争を続けるヨルナの姿があった。張り巡らされる茨で、カフマがその戦いを援護する。集ったカオスフレームの住民たちも、解体した建物を数人がかりで投擲し、『大災』の足止めに全力を注いでいた。

まさしく、『街』全部を使った総力戦だが──、

「『大災』ガ、大きくなっていル……？」

「あれ、ほっといたらダメだよね!?　アベルちん、どうするの！」

徐々に拡大を続ける『大災』を眺め、ミディアムがアベルの決断を問う。

当初の想定、魔都を放棄した撤退戦は、ヨルナの都市への執着が理由で計画倒れだ。この場合の次善策は、ヴィンセントの行動次第で変わってくる。――否、

「――あるいはその前に、貴様が状況を変えてみせるか、タリッタ」

「エ……」

アベルに名指しで問われ、タリッタがその切れ長な瞳を見開いて唖然とする。

「な、なんか今の言い方、変だったよ？　どゆこと？」

「どういうことも何もない。タリッタ、貴様はあれをなんと呼んだ」

「ナ、なんとと言われてモ……」

「――『大災』と、そう呼んだのだ。どこでその呼び名を知った」

畳みかけるアベルの言葉に、タリッタが息を呑んだ。

その二人のやり取りに、ミディアムは「タイサイ……？」と目を白黒させている。その反応こそが、未知の問いかけに対する自然な反応だ。

無知なるものは、あの得体の知れない存在を『大災』などと呼べない。

すなわち――、

「滅びを免れる術を、星に教わったか？」

「――ッ！　マ、待ってくださイ、私ハ……！」

「――――」

「私、ハ……」

一歩、踏み出しかけたタリッタが言葉に詰まる。そのまま顔を蒼白にするタリッタの様子に、ミディアムが「タリッタちゃん！」と慌ててその体を支えた。

しかし、タリッタにはそのミディアムの思いやりに応える余裕がない。

おそらく、彼女はずっと隠せていると思っていたのだろう。もしかしたら、ずっと黙ったままでいられると思っていたのかもしれない。

「たわけめ」

守り抜かれる秘密や、露呈しない真実などというものは存在しない。

いずれ全ては必ず露見する。できるのは、その瞬間を遠ざけることだけなのだ。

「タリッタ、あの『大災』を貴様が知っているなら、悔やんでいるか」

「悔やむ？ 悔しがるって……アベルちん！ 何の話⁉ タリッタちゃんが何を……」

「決まっている。――森で、俺をその矢で仕留め損なったことをだ」

「――ァ」

愕然と、今度こそタリッタの顔から色が抜け落ち、瞳の光が弱々しく揺れた。

その双眸を真っ向から見据え、アベルは吐息を挟み、続ける。

「それとも、今からでも天命に応えてみせるか、密林の狩人。いや、こう呼ぶべきか」

「――――」

「――『大災』を防ぐ天命を継いだ、新たなる『星詠み』よ」

## 6

激しい地鳴りが、轟く咆哮が、まるで世界の終わりを訴えているようだった。

「う、うう、ううう……っ！」

頭を抱え、その全部を遠ざけようにも、腕一本ではそれができない。

両手で耳を覆い、世界の終わりから意識を遮断する。たったそれだけのことすら、隻腕の我が身では叶えられなかった。

地面が揺れる。大気が怯えている。世界が死んでいく。

その全部が、アルを蝕み、全身から力を奪っていく恐怖の象徴だった。

「なん、で……なんで、ここに……っ」

声を引きつらせ、この瞬間に起こった絶望的な出来事を呪い、呪い尽くす。

もちろん、そんな呪いに何の意味もない。だって、こんなの呪いでも何でもない。単なる負け惜しみ、終わったあとでああすればよかったこうすればよかったと、自分を慰めるだけの負けていないアピールに他ならない。

こうなるのは覚悟の上だと、そう思っていたのではないか。

――否、思っていなかった。覚悟なんて固まっていなかった。頭を可能性が過っても、それはきっと起きないと楽観的に考えるふりで目を背けただけだ。

彼と、ナツキ・スバルと行動していれば、こうなる危険性は十分あった。十分どころじゃない、十二分にあったのだ。

むしろ、ナツキ・スバル以外の誰と行動しても、こんな事態にはならなかった。

それでも仕方なかったのだ。だって、放っておけなかった。放っておいてはいけなかった。ナツキ・スバルは、あそこで折れてはならなかった。

そのために、必要なことだと、だから自分は——、

「——おお、誰が泣きじゃくってんのかと思ったら、お前さんかよ」

「——っ!?」

「かかかっか！　なんじゃ、今の跳ね方！　まるで芋虫みてえじゃったぜ、傑作、傑作！」

唐突に部屋の中で聞こえた声に、慌てて体を起こして振り返る。

その様子があんまり無様だったのか、それを見た相手が手を叩いて——否、足踏みでリアクションしながら大笑いした。

生憎と、手を叩くことは、どうやら相手も二度とできそうもない。

何故なら——、

「ったく、九十年以上連れ添った右手に先にいかれちまったい。困ったもんじゃぜ。これじゃ今後、どうやって兵糧丸作ったらいいんじゃってよ。かかかっか！」

そう言って、愉快そうに笑う怪老——オルバルト・ダンクルケンは、手首から先が消失した右手を振ってみせていたからだった。

# 第二章　『賢くは生きられない』

## 1

——暗い、暗い空間の中にいる。

揺蕩(たゆた)っている。彷徨(さまよ)っている。翻弄されている。蹂躙(じゅうりん)されている。

何があったのか、起きたのか、記憶はひどく曖昧で、その理由を、答えを探している。


——何も、何も、浮かばない。


こんな場所に囚(とら)われ、意識以外の全部を不自由で塗り潰される理由は何もない。

だったらそもそも、こんな場所にいなくちゃいけない理由もないんじゃないか。

『——愛してる』

そんな考えが脳裏を過(よぎ)るたびに、思考を引き止めるか細い声が聞こえる。

掠(かす)れているのか、距離が遠いのか、聞こえづらい声。でも、耳を澄まして、首をそちらに伸ばして、聞かせてほしいと本能的に思ってしまう切実な声。

『──愛してる。愛してる。愛してる』

その声が聞こえるたびに、直前までの考えがリセットされ、ゼロに戻る。

それを煩わしいと、仕方がないと、そう諦めるべきなのかすらも判然としなくて。諦めずに抗うことを、考えてみるべきかもしれないと意識は逸って。

『──愛してる。愛してる。愛してる。愛してる。愛してる』

その考えさえも遮るように、訴えてくるか細い声の数が増す。

でも、それは逆効果だ。その声を聞きたくて、声の主の下へゆきたくて、それが理由でこの考えは始まり、ゼロからイチへ辿り着こうとしているのだから。

だから──、

「誰か、を……」

意識以外の全部を塗り潰され、行動という行動を封じられた自分には何もできない。

だから、この状況でも何とかしてくれそうな、周りの力を頼りにしたい。

誰か、誰かがいただろうか。

こんなどうしようもない状況でも、自分に手を貸してくれるかもしれない、誰か。

よくしてくれた誰かが、いただろうか。

その誰かが一緒にきてくれたら、きっと、答えも。

──だから、遠くから響いている声に届くために、手を、伸ばして。

## 2

「おお？　今のはかなり、気合い入った一発だったんじゃぜ」

ひと際、強く大きな轟音(ごうおん)が響き渡り、震動が地面を伝って旅宿の二人の下にも届く。

窓の外、暴れ回る巨大な黒い影、それが魔都を中心からゆっくりと侵食し、己の内へと取り込み、咀嚼(そしゃく)して、この世界になかったものへと変えていく。

それはきっと、この世のあらゆる存在が恐怖する最低最悪の悪夢だ。

そして、その悪夢のもたらす恐怖を、誰よりも肌で——否(いな)、魂で知っているのが、他でもない自分であるとアルは理解していた。

状況の打開のため、動き出したアベルやミディアム、偽皇帝の一派。

彼らと一緒に動くどころか、ここで震える頭を抱えて蹲(うずくま)っている体たらく。いったい、どの面を下げてついていくと、力になるとそう言えたのか。

「オレは……オレ、は……」

自分は無力だと、そう痛感するためだけに、こうしてついてきたというのか。

「やれやれ、あくせく急いで戻ってきたってのに、ここにおるんはビビッて蹲っとる若僧(わかぞう)が一人かよぅ。ま、閣下がおったらおったでそれも問題じゃけどよ」

「——ッ」

「——」

「つっても、カフマがあれとやり合っとるっちゅうことはあれじゃろ。閣下がやれって命じたってことじゃろし、閣下は逃げる気ねえんか？　お前さん、知っとる？」

　そう言って、のしのしと歩み寄ってくるオルバルトがアルの顔を覗き込んでくる。その問いかけの内容を、恐怖で痺れる脳がかろうじて咀嚼した。

　この場にいない偽皇帝、ヴィンセントはアベルと何らかの合意に達し――、

「た、タンザって嬢ちゃんと一緒に……」

「タンザっつーと、あの鹿娘かよ。……何考えてんだか、閣下は言葉足らずなとこあっからよう。せめて書き置きの一つでも残してってくれてりゃ助かるんじゃけどな」

　アルの話を聞いて、しかめっ面を作ったオルバルトが立ち上がる。その怪老の様子に、アルは震える舌と脳を駆使して、「待ってくれ」と声をかけた。

　振り向くオルバルトの胡乱げな目に、アルは息苦しさに喘ぎながら、

「あんたは、あれとやり合うつもり、か？」

「おいおい、馬鹿言うんじゃねえんじゃぜ」

「え……」

　そのオルバルトのあっけらかんとした答えに、アルは思わず唖然とする。

　そうして凝然と目を見張るアルの前で、オルバルトは窓の外を指差した。

「いや、一目見たらわかんじゃろ。あれ、かなりやべえんじゃぜ。ワシも右手持ってっかれちまってるし、そんな危ねえ真似したくねえっての」

「――――」

「ここに戻ったのも、うっかり閣下がいたら連れ出さなきゃなんねえからよ。ここにいねえってんなら探さねえとなんじゃが……お前さん、閣下が鹿娘とどこいったか知らん？」

飄々としたオルバルトに尋ねられ、アルは困惑したまま首を横に振った。

事実、あの影の氾濫を目にして以降、アルの記憶は飛び飛びで不鮮明だ。かろうじて覚えているのはカフマの飛翔と、ヴィンセントとタンザが連れ立っていたこと。そして、アベルに置き去りにされるアルを、最後までミディアムが案じてくれていたことだけ。

「となると、本格的に困ったもんじゃぜ。あの狐娘の号令で街の連中もやる気じゃし……閣下探したぁいえ、ワシもあんまし長居したくねえのよな、この鉄火場」

「――っ、そ、それ、どういう意味だよ？　まさか、逃げるのか？」

信じ難い結論、それに驚くアルにオルバルトは「仕方ねえじゃろ」と肩をすくめた。

「あれ、どうにかできるって感じしねえし、何事も命あっての物種じゃろ。ワシの大事なもんは自分の命と夢なんじゃぜ。踏みとどまる理由がねえわな」

「こ、皇帝がいんだろ！　爺さんが守らなきゃならねぇ皇帝が……」

「閣下が自分で考えて動いてるってことは、それが閣下なりの最善ってこっちゃろ。ここでワシの手助けがあるって思ってんなら、閣下もワシが見えてねえ。それじゃ、賢帝って肩書きも泣くことになるんじゃぜ」

「あ……っ」

「お前さんも、悪ぃこと言わねえから逃げた方がいいんじゃぜ。ここで命張っても、何にも得られるもんなんかねえよ。賢く生きた方が勝ちってもんじゃぜ」

オルバルトの哲学、それは殺伐としたヴォラキア帝国の鉄血の掟に、彼が生き延びてきたシノビとしての人生までブレンドした、血腥く強固な何かだ。

――きっと、オルバルトは誰にも考えを左右されない。

だからこそ、オルバルト・ダンクルケンという男は最強のシノビとして君臨している。

大切なものも、心傾ける他者も、何も作らないことで完成されたシノビだ。

肩書きも、立場も、使命感も、一切にオルバルトは重きを置いていない。

自由ではない。無法なのだ。――世界最高峰の『無法者』、それが怪老の正体だった。

「――――」

強く、強く奥歯を軋ませ、アルが自分の耳に当てていた腕を下ろした。

聞こえてくる轟音と地鳴り、黒い影に立ち向かう魔都の住民たちの雄叫びが、まるでこの世の地獄を演出するように響き渡り、アルの心を揺すぶってくる。

心が、ひび割れそうだ。頭が、砕け散りそうだ。魂が、霧散してしまいそうだ。

でも、していない。まだ、していない。していないなら。

「……爺さん、一個聞かせてくれ」

「――？　なんじゃい」

「あの、あの黒い影の塊は、兄弟と関係があるんだよな？」

血の味がするほど歯を噛みしめ、アルの声が一時だけ震えを隠して紡がれた。

そのアルの決死の形相——覆面に隠され、はっきりとは見えない形相を目つきと声の調子から見取ったのか、オルバルトは左手で自分の髭に触れ、

「おう、そうじゃぜ。あの影、ワシの目には坊主の中から出てきたように見えたわ」

「——」

「それ聞いて、お前さん、どうするのか腹決まったのかよ」

ぎゅっと目をつぶり、アルはオルバルトに告げられた言葉を噛みしめる。

わかり切っていたことだが、あの黒い影の内にはナツキ・スバルがいる。——否、全部の中心にナツキ・スバルがいるのだ。

ならば、ならばとアルは、奥歯がひび割れるのを覚悟で顔を上げなくてはならない。

ナツキ・スバルがあそこにいるなら、アルデバランはそこに往かなくては。

「賢く、生きろって言ったな、爺さん」

「ああ、じゃな。ワシはそう思うぜ」

「でも、オレはそうは思わねぇ。爺さん、あんたの生き方は賢い生き方じゃねぇ、ズルい生き方だ。——オレは、ズルい大人になりたくねぇ」

ドン、と強い音がした。

アルが自分の拳を床に叩き付け、その勢いで体を起こす。壁に寄りかかり、立ち上がった膝は震え、心は震え、戦ってもいないのに精神的に満身創痍、それでも——、

「ここで座ってちゃ、親に顔向けできねぇだろ……ッ！」

壁についた手を握りしめ、アルが覆面の内側で歯を剥いた。

その決死の様子と血を吐くような叫びを聞いて、オルバルトが長く豊かな眉を上げる。

窓の外を睨み、吠えるアルの背中に片目をつむって、

「意気込みは結構じゃが、あれとやり合って勝てる見込みがあんのかよぅ」

「ねぇよ！　誰も勝てるわけねぇだろ！　オレが一万回挑んでも勝てやしねぇ！　あれに勝てるのは……あれに勝てるのは、ナツキ・スバルだけだ！」

大きく腕を振り、窓枠を叩いてアルが振り返る。

正面から怪老を見据え、アルは爛々と燃える双眸で前に踏み出し、

「爺さん！」

「おうおう、熱くなりよる。言っとくが、手伝えってんならお断り……」

「いらねぇよ！　それより、とっととオレを戻せ、クソジジイ」

「――――」

「逃げる時間ならオレが作ってやる。だから、オレの権能を返せ!!」

短い右手を真っ直ぐ伸ばし、アルがオルバルトへとそう吠える。

獣のような咆哮、嘆きのような慟哭、そして炎のように燃え滾る使命感、それらがない交ぜになったアルの叫びに、オルバルトは息を詰めた。

それから、怪老はゆっくりと首を横に振り、

「ま、わざわざ捨て石やってくれるってんなら異論はねぇんじゃぜ。元々、勝負はあの坊主の勝ちじゃったんじゃし、約束は果たさねぇとよ」

「兄弟の、勝ち？」

「おうよ。あの坊主、追いかけっこでまんまとワシを捕まえやがったのよ。大したもんだと思ったんじゃぜ」

言いながら、左の手首を振って近付いてくるオルバルトを正面から迎える。

そのオルバルトの話を聞いて、アルは爆弾みたいな音を立てている拍動の向こうに、一度だけ安堵と感心の音が鳴るのを感じた。

アルが風の音にさえ怯えて動けなくなっている間、スバルは初志貫徹し、オルバルトとの正面対決に持ち込み、挙句に勝利まで奪っていたのだ。

きっと、一度ではありえない敗北を積み重ねた先に――、

「これ、興味本位で聞くんじゃけどよ」

ふと、その鼓動の中にしわがれた声が割り込み、アルは無言で相手を見た。

オルバルトはその敵意の眼差しに歯を見せて笑い、そっと伸ばした手でアルに触れる。

そして――、

「一万回挑んでも勝てねぇって相手に、どうやって挑むってんじゃ？」

「うるせぇよ、クソジジイ。――百万回でも、死んできてやる」

「──『大災』を防ぐ天命を継いだ、新たなる『星詠み』よ」

そう指摘された瞬間、タリッタの世界が大きく揺れる。

暴れ回る漆黒の脅威──『大災』が魔都を揺すぶり、地鳴りのような轟音が戦場を支配する。だが、足下が崩れるような錯覚は、決してそれらが理由ではない。

目の前の、鬼面を被った男──アベルの指摘が、彼女の心の奥を穿ったからだ。

「ほし、よみ……？」

ふらつくタリッタの傍らに寄り添い、そっと支えてくれているミディアムが、聞き慣れない単語を確かめるように口の中で呟く。

知らないものには縁のない、知る必要もない単語だ。

実際、タリッタだって何事もなく、ただ『シュドラクの民』として故郷の森で暮らし続けていられれば、それと関わる必要なんて全くなかった。

だが──、

「私、ハ……」

「アベルちん！　もう、あたし全然わかんない！　何の話なの！」

声を震わせるタリッタに代わり、アベルにミディアムが食ってかかった。

体を小さくされ、それでも負けん気を失わない彼女は真っ向からアベルを睨みつけ、

「その『星詠み』って、何のこと？　タリッタちゃんがどうしてそれになるの？」

「――。『星詠み』とは、星の巡りや導きから未来のことを予見する役割を負ったもののことだ。いや、役割というより、宿業という方が正しかろうな」

「……わざと、難しく言ってない？」

「そのつもりはない」

　顔をしかめ、理解に苦しむミディアムの反応にアベルは吐息をつく。

「そもそも、俺が帝都を追われた理由と『星詠み』には密接な関わりがある。およそ、その内容はタリッタ、貴様も知っていよう」

「ナ、内容というのハ……」

「無論、帝国の滅びを予見したものだ。貴様はそれを知っていた。――故に、バドハイム密林で俺の命を狙ったのだろう」

「――ッ」

　腕を組み、淡々と述べるアベルにタリッタは頬を強張らせ、俯いた。

『星詠み』と呼ばれた衝撃が覆い隠しかけたが、その直前のアベルの指摘も聞き逃せるものではなかった。彼は、確かに言ったのだ。――タリッタを、密林の狩人と。

　自分を仕留め損なったことを悔やんでいるかと。

　すなわち――、

「いつかラ……」

「いつから、気付いていたのですカ……？」

「────」

「タリッタちゃん⁉」

俯き、アベルの目を見られないタリッタの言葉にミディアムが目を見張った。当然だろう。そのやり取りを聞けば、アベルの追及を否定する余地がないことは明らかだ。

タリッタがその弓と矢で、アベルの命を狙った事実を自白したも同然だった。

「『星詠み』の予見……天命とやらは、おおよそ『星詠み』同士で共有されている。なれば帝都を逃れた俺に、天命を知る追っ手がかかるのは予測がついた。加えて」

「加えテ？」

「玉座の仕組みを知っていれば、俺の頼る先が『シュドラクの民』とは推測できる。十中八九、シュドラクの中に刺客がいるとも」

「────」

「もっとも、刺客の存在の確証を得たのは、貴様が俺と見誤り、ナツキ・スバルを狙ったことが理由だったがな」

アベルの並べた理屈を聞いて、タリッタは着衣の裾をぎゅっと握りしめる。

事実だ。タリッタが有していたのは、標的が『黒髪黒目』という情報だけ。その対象がヴォラキア皇帝だなんて、帝国の端で暮らすタリッタには想像もできなかった。

その上、そんな珍しい特徴の持ち主が、同じ日に二人、森に現れるなんて。

「集落の檻で、囚われた俺とあれの二人を見た貴様の反応は顕著だったぞ。……貴様は、観覧者の手先となるには根が正直すぎるな」

「──ぁ」

「その後のヴァラルの攻略と魔都への道行き、どちらにも同行したが、貴様は一向に天命に従おうとはしなかった。何故だ？」

「────」

「何故、天命に従うことを拒んだ。『星詠み』の宿業は、わかっていても抗せるものではないと聞くぞ。貴様に、宿業に抗せるだけの意志があるとは思えん」

アベルの見立ては厳しく、しかし正しい。血を流すほどに正しいものだ。

そんな強い意志が、克己心があれば、そもそもタリッタはこの旅に同行しなかった。

天命に従わなければ、『大災』が帝国を滅ぼすと、そう聞いていなければ──。

「──もう！　全然わかんない！」

懊悩するタリッタと、追及の手を緩めないアベル。

その二人の間に挟まれ、それなのに蚊帳の外に置かれるミディアムが爆発した。彼女は両手を広げてタリッタを背に庇い、アベルを青い瞳で睨みつける。

「あたし、アベルちんが狙われたとか、それがタリッタちゃんだったとか、そんな話なんて全然知らないよ！　第一、タリッタちゃんがその気になってたら、アベルちんなんてもうとっくにやられてるじゃない！　でしょ？」

「貴様、少しは歯に衣を着せろ」

「でしょ！　アベルちん、タリッタちゃんから逃げられるの？」

ミディアムの勢いのある言葉に、アベルが苦々しい色を口元に刻んだ。

同じ疑問は、アベルからもタリッタへ投げかけられている。すなわち、ミディアムの言う通り、やろうと思えばやれたことを、何故しなかったのか。

「……それハ、意味ヲ……意味を見出せなかったから、です」

「——。帝国を滅びから救う、それ以上の理由が貴様に必要か？」

「私ハ！　あなたが皇帝ということモ、帝都を追われた事情も知りませんでしタ……！

だってテ、私ハ、『星詠み』なのは私でハ——」

ずっと、胸の奥に仕舞い込んでいた懊悩、その口が開いて溢れ出す。

他ならぬアベルからの追及に、ずっと言葉にするか迷っていた懊悩が。

しかし、それがはっきりと言葉になるより早く——、

「——ダメえ!!」

目を見開いたミディアムが叫んで、とっさにタリッタとアベルの意識が上を向く。

直後、三人が立つ建物の直上を、黒い闇が覆うように——否、そうではない。それはただ広がった黒い闇ではなく、巨大な黒い腕だった。

五指を備えたそれが三人を叩き潰さんと、真上から建物へ振り下ろされる。

「——ッ、ミディアム！　アベル！」

瞬間、タリッタの頭の中から余計な思考が消える。

直前までの糾弾の圧迫を忘れ、タリッタは本能の訴えるままに動き、目の前のミディアムを抱え、アベルを肩に担いで真後ろへ跳んだ。

二度、三度と地を蹴り、速度と距離を稼ぎながら下がり、下がり、下がり――、

「――ッ、抜けタ！」

倒れ込むようにのけ反って黒い指先を躱し、逃れたタリッタたちの代わりに足場の建物が空間ごと彼方へ持ち去られる。音もなく、文字通り抉られて掻き消えた。

かろうじて巨腕から逃れ、追撃を警戒してさらに距離を取る。踵で地面を削り、タリッタは全身の緊張を解いて、担いだ二人を解放し――、

「また俺を救ったな、タリッタ」

追いやった思考を蘇らせるよう、アベルの冷たい声がタリッタの胸を衝いた。

息を詰め、タリッタは震える眼でアベルを見る。タリッタの肩から地に下ろされたアベルは、先の巨腕の被害に目もくれず、ただタリッタを見据えながら、

「手を伸ばさねば、労せず俺は命を落としたやもしれん。それでも俺を救ったのは、自らの手を汚さなくては天命を成就できぬからか？」

「チ、違いまス……！」

「ならば、何故だ。貴様の行動は一貫性が――」

「それよりも、助けてくれてありがとうでしょ！」

一貫性のない行動を責められ、言葉に窮するタリッタを再びミディアムが救う。

眩い金髪を乱したミディアムは、アベルの目の前で彼に指を突き付けていた。身長差のある対峙、それでもミディアムは主張を曲げない、やめない。

「あたしもアベルちんも、タリッタちゃんが助けてくれなかったら死んじゃってたんだよ？　まずはお礼を言わなきゃ。タリッタちゃん、ありがと～！」

「エ、エ……」

「それから今の話！　アベルちんは、タリッタちゃんにどうしてほしいの？　言って！」

バッと振り返って礼を言い、バッとアベルに向き直るミディアム。

彼女の追及は、アベルとタリッタのやり取りからいくらか周回遅れで、その理解力にアベルは付き合い切れないとため息をついた。

「すでにそれはタリッタに伝えてある。貴様の理解を得る必要はない」

「わからないなら、わかるまであたし邪魔するよ？　それでもいいの⁉」

「――。あの『大災』を鎮めるには、俺が命を落とさねばならぬ。それが『星詠み』の詠んだ未来であり、タリッタに下った天命だ」

「――？　聞いても意味わかんないよ。なんで、アベルちんが死んだら、あのでっかい黒い影が大人しくなるの？　そんなの変じゃん！」

食い下がるミディアムの訴えに、タリッタはぎゅっと頬の内側を噛んだ。

天命を果たした結果として、帝国の滅びを免れるというのが星の予見だ。だが、具体的にそれがどうもたらされるのか、それはタリッタもわかっていない。

しかし、そんな指摘はアベルの冷酷さを、よりミディアムに思い知らせるだけで――。

「――おかしい、か」

だが、そんなタリッタの推測は、続くアベルの言葉の響きに引き止められた。

歯を見せて「おかしい！」と言い募るミディアム、彼女の前でアベルは眉を顰めて、

「タリッタ」

「ア、ナ、なんですカ？」

「貴様の天命は、帝国の滅びを免れるために俺の命を奪うこと。相違ないな？」

改めての問いかけに、タリッタは躊躇いながらも首を縦に振った。

そう聞いている。それが必要だと、ちっとも実行に移せなかった天命。

しかし、それを確かめたあとで、アベルは「ならば」と重ねて、

「貴様の知る滅びとは、あれのことで相違ないか？」

「エ……」

「帝国の滅びを招く『大災』、その予見があったことは知っている。そして、貴様にはあれがその『大災』である確信がある。相違ないか？」

その問いに何の意味があるのかと、タリッタの頭は混迷に満たされた。

あの、魔都を、帝国を滅ぼすだろう存在を、『大災』と呼ばずしてなんと呼ぶのか。

幾度も幾度も、繰り返し見せられる悪夢。毎夜、忘れるなと訴えかけてくる天命、あの

恐ろしい災いこそが、その顕現で、しかし——、

「あれガ、『大災』かどうかハ……」

「貴様の知り得ることではない、か。ならば、他の『星詠み』であればどうだ」

他の『星詠み』と、そう言われてもタリッタは目を泳がせるしかできない。

アベルは『星詠み』同士は繋がりがあると言ったが、タリッタは例外だ。——否、例外という言葉も当たらない。そもそも、土台が違うのだから。

だから、タリッタに他の『星詠み』の心当たりなんて——。

「ア……」

その、『星詠み』の心当たりなら、ついさっき出くわしたばかりだった。

「——」

あの、飄々とした態度を崩さなかった優男。名乗りもしなかった不審な男は、異様に事情に精通していて、タリッタを知っていた。

彼は、タリッタの罪を知っていた。タリッタを『シュドラクの穢れ』とも呼んだ。

その、『星詠み』であった彼は、おそらく、『星詠み』同士の繋がりで。

そう、確か、あの男は——、あの『大災』を見て、なんと言ったか。

「あれハ、自分の担当外だト……」

「——。そう、『星詠み』が述べたか。そうか」

「アベルちん?」

啞然とこぼしたタリッタの言葉を聞いて、アベルが頷いてから背を向けた。

その様子に眉を寄せ、ミディアムがアベルの前に回り込み、その顔を覗き込む。それからミディアムはぎょっと、その丸い瞳を見開いた。

彼女の驚きの理由は、直後のアベルの反応からもわかった。

アベルは鬼面で覆われた自分の顔に掌を当てて、魔都の中央で暴れ続ける『大災』――否、全てを呑み込む漆黒を見据えながら、

「――帝国の滅び、その『大災』とは別物か」

そう呟いたアベルが微かに喉を鳴らし、短い呼気を漏らした。

それが、彼の表情が見えないタリッタには笑ったように聞こえて。

「ならば、途上に躓く道理はない。――盤面から消えてもらうぞ、慮外者」

4

――タリッタが、『天命』にまつわる悪夢に苛まれ始めたのは三年前のことだ。

それまでタリッタは、『天命』なんてものとは無縁の人生を送ってきた。もちろん、『星詠み』なんて呼ばれる存在についても無知で、知りようもない立場だった。

――『天命』と言われ、人はどんなことを思い浮かべるだろうか。

運命や宿命、己の人生を歩く上で避けられない試練や障害——それらと天命とは明確に異なる。それらは庇のない道を歩く最中に降る雨の如く、防ぎようのないものだ。

『シュドラクの民』にも、そうした避けられない出来事への理解はある。

有体に言えば、『死』こそが最も避け難き運命と言えよう。

老いや病気、飢えに傷と、『死』にまつわるものは避け難く、必ず訪れる運命の幕だ。

誰であろうと、運命には逆らえない。また、逆らうべきではないと考える。

同胞が死ねば、その魂が安らぎの内へ迎えられることを祈り、歌って見送る。それがシュドラクの流儀であり、タリッタの信じる価値観だ。

シュドラクであることは、タリッタにとって疑うべくもない真理だった。

元々、考えるのは得意ではない。わざわざ、自分から悩もうだなんて思えない。

自分の人生は、シュドラクらしい立派な姉の後ろに続いて、そして『シュドラクの民』として生きる同胞たちと、始まりから終わりまでずっと共にあるものと思っていた。

それが自分の運命であり、宿命なのだとタリッタは——、

「——ねエ、タリッタ。私、『星詠み』に選ばれテ、天命を授かったノ」

——そう、最も身近な『魂の姉妹』に打ち明けられるまでは。

# 5

「ならば、途上に躓く道理はない。――盤面から消えてもらうぞ、慮外者」

決意を揺すられ、足下がおぼつかないタリッタの前で、鬼面の男が正面を見据える。

遠目に見える蠢く漆黒、一目で『大災』と本能が理解するそれを、しかし、男――アベルは恐るるに足らずと嘲笑い、進み出る。

途端、その傍らで「待って待って！」と小さなミディアムが声を上げた。彼女はアベルの服の裾を掴むと、体いっぱいでその動きを引き止めて、

「急にやる気になったね!? でも、アベルちんじゃ危ないよー！」

「たわけ。やるべきはそもそも定めていた。あれが本命の『大災』であれば、こちらの備えに不足が過ぎると嘆こう。だが、そうでないなら……」

「そうじゃなかったら？」

「あれは本命の前の座興に過ぎぬ。座興に付き合う暇はない。となれば、早々に幕引きとさせる。――貴様も、遠目に見ていれば気付けよう」

顎をしゃくり、アベルが『大災』を示してそうミディアムに問う。が、ミディアムはその言葉に、アベルと『大災』を交互に見比べて顔をしかめた。

「全然わかんない！　もったいぶるの、アベルちんの悪い癖！」

「貴様の知恵の巡りの悪さを、俺の責任とするのか」

「だーから！　あたし、納得できないなら邪魔するの！　アベルちん、自分で自分の邪魔してるんだよ！　頭いいならわかるでしょ！」

地団太を踏み、頬を膨らませるミディアムはアベルの裾を離さない。

開き直りもいいところなミディアムの発言だが、それに取り合う時間も惜しいと考えたのか、アベルは小さく吐息を挟むと、

「先のあれは、貴様たちに手を伸ばしたのだ」

「え？」

「大方、腹の内でもがくものの意思が反映されているのだろう。救いを求め、片端から手を伸ばし続けている。故に、影は腕の形を取る。見よ」

不意打ち気味の言葉に困惑する二人に、アベルが手を伸ばして『大災』を示した。

魔都の中央、崩れた紅瑠璃城の代わりに鎮座し、周囲に容赦のない破壊と終焉を撒き散らす『大災』――それを押しとどめるべく、総力を結集した攻防が繰り広げられている。

その激戦の中、影が積極的に狙うのは建物や大地ではなく、人間だった。

それも――、

「――ルイちゃんと、ヨルナちゃんばっかり狙われてる？」

掠れたミディアムの呟き、それと同じ印象をタリッタも抱いていた。

遠目に『大災』との攻防を見ていれば、影の狙いに偏りがあるのがすぐわかる。

主に狙われているのは、大立ち回りを繰り広げるキモノ姿の女――おそらく、魔都の主

人であるヨルナ・ミシグレと、影の攻撃を俊敏に回避するルイの二人だった。

そのルイの凄まじい動きにもタリッタは驚かされるが、常外の力を用いるヨルナの力量も『九神将』の名に恥じない代物だ。しかし、『大災』の攻撃をたびたび最小限に抑え、茨を用いた制圧力を発揮する『虫籠族』の男や、建物を投げて牽制する魔都の住人たちに向けられる攻撃は、せいぜいが流れ矢のようなものだけだった。

「ルイちゃんも狙われてるんだから、強い人から順番ってわけじゃないよね」

「力量のみを問えば、カフマ・イルルクスとて遠く劣るものではない。だが、俯瞰して見れば自明の理だ。あれには意思がある。ならば、俺が動くのは理に適う」

「ド、どうしテ、そんなことが言えるんでス……？」

「決まっている。あれが俺を好ましく思っているはずがない。縋るために手を伸ばすというなら、俺など候補にも挙がらぬだろう」

淡々としたアベルの物言いに、タリッタは不可解なものを覚えた。

あの『大災』に意思があり、対象を選んでいるというアベルの考えはわかった。だが、それを踏まえても、あの『大災』の判断基準を見抜けるのはおかしい。

まるでアベルには、あの『大災』の意思が誰のものなのかわかっているようで。

「む～、また悪い癖？　もっとちゃんと言ってくれなきゃ……」

「――ナツキ・スバルだ」

「――ッ!?」

タリッタの疑念とミディアムの無理解、それを後ろから押し出すアベルの断言。

驚く二人の前、彼は『大災』を見据えながら黒瞳を細め、

「あれはナツキ・スバルの内より溢れたものだ。なれば、奴の意思が介在したとて不思議はない。元より、秘め事の多い男とは思っていたが、これほどとはな」

「ま、待ってよ、アベルちん……あれが、あれがスバルちんだって言うの!?」

「厳密には、ナツキ・スバルの意思の反映を許すもの、だ。あれを奴そのものだとも、奴が従えているとも言わぬ。――どちらでも、結果は同じだ」

「アベルちんは、なんでそんなに平気そうなの!?」

丸い目を見開いて、そう泣きそうな声でミディアムが訴える。

その身長差のあるミディアムの訴えに、アベルは聞き分けのない子どもを見るように、

「平気に見えるか？　奴が内よりあれを溢れさせたが故に目論見は崩れた。再考する必要があるが、今はその時間がない。それでも、俺が平気に見えると？」

「違うよ！　違う、そうじゃないってば！　そうじゃなくて……スバルちんが助けてって言ってるんでしょ？　なのに、なんで平気なのって聞いてるの！」

「――あれの苦しみに寄り添えば、目の前の事態が収拾するのか？　生憎と、現実はそれほど柔軟でも友愛に満ちてもいない」

ミディアムの懸命な言葉は、しかし、アベルの鋼の心を揺さぶれない。

それは彼が、人の心がわからない――否、人の心を重視しない人間であり、同時に何を

優先すべきなのか切り分けられる人間だからだ。

　上に立つもの、為政者や指導者が持ち合わせなければならない資質。

　族長の座に就かなくてはならないタリッタにも、きっと同じ資質が求められる。

「でモ、私にハ……」

　アベルのような考え方も、決断力も抱けない。

　ましてやミディアムのように、嫌なことに嫌だと真っ向から声を上げることも。

「ここで言い合う時間も惜しい。俺はゆく。ヨルナ・ミシグレと話さねばならん」

「……ヨルナちゃんと？　でも、どうやって？」

　これ以上押し問答するつもりはないと、アベルが前に足を進めようとする。だが、彼の言葉に口を挟むミディアム、彼女の視線がその前進の困難さを雄弁に物語った。

　アベルがヨルナと話そうとすれば、待ち受けるのは暴れ狂う『大災』との最前線。超越者たちをして、一瞬の判断が生死を分ける戦場だ。

　アベルではそれこそ、戦いの趨勢を傾ける一手に辿り着くこともできずに――、

「――あたしも、前に出るよ」

「なに？」

　同じ懸念を抱き、しかしタリッタと違う結論に達したミディアム。

　進み出ようとした自らに並んだミディアムを見て、アベルの黒瞳が深い疑念に揺れた。

「貴様、何を考えている？　そも、俺の話を聞いていたか？　俺が前へ出る根拠は、あれ

が俺を好ましく思っていないことだ。そこへ貴様がくれば……」

「わかってるってば！　だから、一緒にはいかない！　あたしがいくのは、ルイちゃんとかヨルナちゃんが戦ってるところ！　スバルちゃんに、あたしを見つけさせるの」

「――――」

「アベルちんの考えた通りなら、スバルちんはあたしに手を伸ばすんでしょ？　それならルイちゃんたちの苦労もちょっぴり減るよね？　アベルちんも狙われないかも」

「俺は元より、狙われる可能性は低い」

「もっと狙われないかも！　でしょ!?」

ぐっと詰め寄り、ミディアムが自分の立候補を強調する。

一瞬、アベルがミディアムの提案を真剣に検討するのがわかった。彼女の言う通り、『大災』にスバルの意思が反映されるなら、ミディアムが狙われる可能性は高い。

しかし、体を小さくされ、満足な動きのできないミディアムに囮役を果たせるのか。

もしも彼女が『大災』に呑まれれば、タリッタは平気でいられる自信などない。

元気で溌剌、物怖じせずに接してくれるミディアムは、タリッタにとっても好ましい相手の一人だ。彼女の兄、フロップにも顔向けできない。

――ならば、今の自分は誰かに顔向けできるというのだろうか。

「却下だ」

「アベルちん！」

「一瞬考慮したが、その状態では囮の役目も満足に果たせまい。貴様の死が周囲に与える影響の方が懸念材料となりかねん。そのような賭けには出れん」

足踏みするタリッタの隣で、アベルが同じ懸念からミディアムの提案を却下する。

しかし、歯噛みするミディアムの瞳は納得していない。このままでは、アベルの意見を無視して戦場へ飛び出し、『大災』へと声を張り上げかねない。

そんな危うい場面に——、

「——だったら、ミディアム嬢ちゃんはオレが守る。それなら文句ねぇだろ」

瓦礫を踏みしめて現れる人物、それをタリッタたちは三者三様の驚きで出迎えた。

太い右腕に青龍刀を下げ、その顔を不細工なボロ切れで覆った不審な見てくれ。さして腕が立つと感じたことはなかったが、何故かこの瞬間、この場においては目を奪われるほどの覇気を漲らせ、そこに立っている男——アルを。

「アルちん!?　おっきくなって……元に戻れたの!?」

「ちょうど、出戻った爺さんと出くわしてな。宿に兜取りに戻る暇はなかったもんで、しばらく不格好だが見逃してくれや」

「全然、カッコいいよ！　でも、お爺ちゃんがいるなら……」

身につけているもの以外は元の大人に戻ったアル、彼の言葉にミディアムが声を明るくし、それからオルバルトの姿を探して視線を巡らせる。

だが、そのミディアムの反応にアルは「悪ぃ」と一言添え、

「爺さんは連れてこれなかった。賢く立ち回りてぇんだと」

「う〜、そっか。でも、アルちんだけでも戻れてよかった！　もう、怖いの収まった？」

「……怖いのは、たぶん一生収まるもんじゃねぇんだわ」

　希望を取り上げられ、一瞬だけ目を伏せたミディアムが即座に切り替える。そんな彼女の言葉に、アルは不安と恐怖の滲んだ声で応じ、首を横に振った。

『大災』を前にすれば、抱いて当然の恐れだ。誰も、それを責めることはできない。

　しかし、アルはそんな偽らざる恐怖を抱えながらも——、

「それでも、やらなきゃならねぇ。……運命様、上等だ」

「アルちん……」

　ぐっと、握った青龍刀を掲げるアルの決意に、ミディアムが感銘を受けた顔をする。

　そんな両者の会話に、小さく「ふん」と鼻を鳴らす音が割り入り、

「震えて縮こまった醜態から、ずいぶんと大口を叩くものよ。あのオルバルト・ダンクルケンに、他者を鼓舞する能などないはずだが」

「そりゃ間違いねぇよ。あの爺さんはとにかくムカつくことだけ言ってってった。別に、それで何くそって立ち上がったわけじゃねぇ」

「ならば、何が貴様を立たせた？　ああして動けなくなった貴様を、この先の策のうちに含めて構わぬと、どうやって俺を納得させる？」

　ミディアムに裾を掴まれたまま、足止めされるアベルがアルに問いかける。

今も勝利のために、冷徹な計算を続けているだろうアベル。その目で見られるだけで息苦しくなるタリッタには、アルがなんと彼を説得するのか想像もつかない。

そんなタリッタとアベル、そしてミディアムの三人に注視されるアルは——、

「悪ぃけど、アベルちゃんの納得のために言葉を尽くしたりしねぇよ」

「ほう」

「オレの主人は、あのエロ可愛い姫さんだけさ。ここにいんのは兄弟の手助けのため……オレは勝手にやる。アベルちゃんも、勝手に計算式でも何でも組み立ててくれや」

青龍刀を担ぎ、清々しく開き直ったアルにアベルはわずかに頬を硬くした。

しかし、それが意に沿わない答えだとしても、アベルにはアルを追い払う力も、引き止めるだけの関係値もない。まさしく、アルの思惑通りだ。

どうあろうと、アルの存在はあるものとしてアベルは策を組み立てなくてはならない。

「正気に戻れば戻っただけ厄介な道化よ。どう挑む？」

「企業秘密。——まぁ、ミディアム嬢ちゃんは死なせねぇよ。ついでにアベルちゃんも守ってやるから、心配しなさんな」

「アルちん……！」

『大災』の暴れようを目にしながら、アルの答えはあまりに力強い。

その言葉に目を見張ったミディアムは、立ち上がったアルへの敬意を表するように、その小さな体いっぱいで頷いてみせると、

「あたし、アルちんと頑張る！　アベルちん、それでいい？」

「――。元より、貴様たちの存在は策のうちに入れていない」

「そりゃありがてぇ。計算外の戦力って字面だけで、特別扱いされてる気がして気分が上がってくるってもんだ」

アベルの答えに肩をすくめ、前に出るアルにミディアムが並ぶ。そうしてようやく、ミディアムの手から裾を解放され、吐息をつくアベルも『大災』へ向き直った。

そして――、

「――タリッタ」

「ァ……」

「背中を狙うなら好きにせよ。だが、心せよ。――天命に従うか否か、結局、貴様は自ら選ぶ他にないのだと」

タリッタの方を振り向かず、背中越しにそれだけ聞かせ、アベルの足が戦場へ進む。

彼と同じ方向を向くミディアムとアルも、その前進に付き合う様子だ。

「――ッ」

タリッタだけが、前へも後ろへも動かれず、三人の背を見送るしかない。

今しがた、アベルに言われた言葉が何度も何度も、自戒のように頭の中に響き続ける。

手に持った弓に矢をつがえ、アベルの背中を射ってしまえれば話は簡単だ。

だが、簡単な話にポンと飛び込めるなら、タリッタはこうも思い悩まない。

「天命に従うカ、逆らうカ……私ハ。私、ハ……」

ぐっと唇を噛みしめて、タリッタはじわりと込み上げる熱を堪えながら俯いた。

握りしめた矢を持ち上げる決意も、胸にわだかまる思いを吐き出す勇気も持てない。

ただ激しい揺れと轟音が支配し、壊れていく魔都の中、タリッタは俯く。

――いつかと同じように、決断できないタリッタを星が嘲笑っているように思えた。

## 6

煙管を振るい、紫煙を壁に『大災』の攻撃を阻み、合間に都市の一部を砲弾として撃ち込むことで、脅威の拡大の阻止と戦力の削減を同時に敢行する。

それらを繰り返し、掠めるだけで命を落としかねない影の攻撃に対処しながら、ヨルナは己の限りを攻防へ費やす。――ジリ貧と、劣勢をわかっていながら。

「――っ、何を弱気になっておりんすか」

自分の胸に差し込む弱気に、ヨルナは美しい唇を歪めて反論する。

たとえ劣勢が続こうと、アベルに切った啖呵を引っ込めるつもりはない。この都市はヨルナのものであり、都市を生きるものたちはヨルナの庇護下にある。

寄る辺のなきモノたちの最後の砦、それを決して失うわけにはいかないのだ。

「うぅああうううう!!」

「童……！」

甲高い唸り声が戦場を切り裂き、金色の髪を躍らせる少女が毬のように宙へ跳ねる。

近付けば近付くだけ危険な『大災』へと、果敢な接近戦を仕掛けるのは歯を剥いて吠えるルイだ。彼女の小さな体を狙い、次々と黒い汚濁が腕となって襲いかかる。

その全てを回避し、周囲への被害を減らすルイの貢献は計り知れない。

彼女抜きで『大災』と渡り合い、ここまで押さえ込めたとはとても思えなかった。

「使え！　娘！」

「あう！」

そのルイの撹乱を手助けするのが、その両腕から伸びる茨を用いるカフマだ。

彼は無尽蔵にも思える茨の制圧力で足場を作り、ルイを手際よく援護する。その際、逃げ遅れる茨は『大災』に呑まれるが、彼のいぶし銀な活躍への影響は微々たるものだ。

それらの攻防の裏に隠れ、魔都の住民たちの決死の抵抗も『大災』へ届いている。

いずれも、ヨルナの『魂婚術』で身体能力を底上げされたものたちだ。性質上、より弱いモノに肩入れする傾向にあるヨルナの術で、彼らの力は一時的に均等となる。

まさしく、魔都の総力戦の様相を呈している戦いだ。だが——、

「——まだ、ほんの数分」

途轍もなく長い時間の経過を感じるが、あの『大災』が紅瑠璃城を呑み込み、ヨルナた

ちの全力の戦闘が始まってから、まだ数分しか経過していない。

にも拘らず、ヨルナたちの消耗は無視できる範疇には収まらないものだった。

――死地の中、常に致命傷に神経を張り巡らせる環境、それを侮った証と言える。

その認識の差こそが、真の武人とされるものたちと、ヨルナ・ミシグレという、たまたま力を授かっただけの女との違いであったのかもしれない。

そしてそれこそが、勝ち目のない死地へ愛し子たちを誘う結果を招くとしたら。

「わっちは――」

判断を誤ったのか、と退けたはずの弱気が再び差し込みかけた瞬間――、

「――うおりゃあああ!!」

ヨルナの思考を打ち壊す勢いで、威勢のいい声が戦場へ投入された。

まさしく、投げ込むという言葉が相応しい勢いで飛び込んできた少女。手にした蛮刀を振り回して突進する彼女の姿に、ヨルナを含めた戦場の全員が呆気に取られる。

しかも、おかしな乱入者は彼女一人ではなかった。

「そらそら、かますぜ、ミディアム嬢ちゃん！　堂々、救世主の参戦だ！」

そう吠えるのは、少女の背後に着地する青龍刀を担った覆面男だ。

昨日、天守閣に訪れた使者の一人だが、あのときと違って兜ではなく、覆面で顔を隠している上、得物である青龍刀の構え方が独特だった。

何故か青龍刀の刃を自分の首に宛がい、危うい姿勢で走り出しているのだ。

あれでは何かの間違いで、うっかり自分の首を斬り落としかねないだろうに。

そんな、激しい困惑を呼び起こす二者の乱入に、戦場の空気が刹那だけ凍り付く。

しかし、その空気の凍結は『大災』には及ばない。意識に空白を生んだヨルナたちと違い、動きの止まらぬ影の腕が放たれる。――真っ直ぐ走る、蛮刀の少女へと。

ヨルナでもルイでもなく、狙われる新たな少女が影に呑まれ――、

「右！　足場踏んで飛べ！　瓦礫に爪先引っかけて、そのまま上！」

「うんりゃ！」

覆面男の不可解な叫び、それに従い、少女が自分の体と声を弾ませる。

男の言いなりに少女が右へ飛び、瓦礫の破片を踏んで前へ飛んだ。その先の瓦礫に少女の足が届くと、爪先に渾身を込めて大きく上へ飛ぶ。

その少女の動いた位置を撫で、削り、押し包み、残像を影がなぞっていく。

それを、少女はかろうじて躱し切り、生存を勝ち取った。

「あれは……」

昨日の天守閣、ヨルナの提案した勝負に乗った使者たちが、皇帝――否、皇帝に扮した偽物の指揮する一団に狙われ、攻撃された際にも目にした光景だ。

あの覆面の男は、カフマの茨やオルバルトの攻撃をもしのぎ切ってみせた。それを、あの『大災』相手にも実行する。特別優れた能力のなさそうな男が、だ。

恐ろしく勘がいいのか、それ以外の理由があるのか。

おそらく後者と見ながらも、その理由の正体には見当がつかない。

それでも、状況が変わった。

「アルちん！　次は⁉」

「急かすな、神経使うんだよ！　おい、そっちの入れ墨の兄ちゃん、手伝え！　オレが指示する！」

「断る！　何故、自分が貴公のような得体の知れない輩に……」

「上だ！　茨をでかく広げろ！」

少女に言われ、覆面の男――アルと呼ばれた男がカフマに呼びかける。

当然、カフマはその要請を拒んだが、直後の影の襲来の予見に「む⁉」と唸らされる。

とっさに頭上に茨を広げるカフマ、その上を影の大波が流れ、軌道が逸らされた。

無論、全てを消し去る影に茨は耐え切れないが、稼いだ一秒がカフマの命を救う。

隙間に飛び込み、難を逃れたカフマがそれを指示したアルの方へ向き直り、

「貴公……！　あの『大災』の動きを読めるのか？」

「ちょいと因縁があってな。話を聞く気になったか？」

「――。被害を減らすためなら致し方ない。だが、出任せならば許されんぞ！」

「思ったより融通が利くな、助かるぜ」

カフマが素直に優位性を認めると、アルが苦笑しつつも前に出る。

そのまま瓦礫の山へ上がり、彼は首に青龍刀を宛がった状態で息を吸うと、

「全員！　オレの声が聞こえるようにしてろ！　そうすりゃぁ……」

「――――」

「誰も死なねぇように、オレが死ぬ気で踏ん張ってやらぁ!!」

たった一人の戯言と、それを笑い飛ばさせない気迫が込められた声だった。

それを言うだけ言い放って、アルは少女とカフマに頷きかけ、『大災』相手に最前線での指揮を始めた。少女が、カフマがそれに従い、影へと抗い始める。

そして徐々に、そう徐々に周囲のものたちも感化され、一丸となり、戦況が変わる。

それを、信じ難いものを見る目で眺めるヨルナの傍らへ――、

「――ヨルナ・ミシグレ」

「主さんは……」

立ち尽くすヨルナの横に、瓦礫を踏み越えて現れた鬼面――アベルが並んだ。

先の別れのことがある。目の前の光景に感化されるほど、可愛げのある男でもない。彼の考えは変わるまいと、そのヨルナの思いを後押しするように――、

「魔都の放棄、その提案を考慮できる程度には頭は冷えたか？」

淡々と冷酷に、アベルは一度撥ね除けたはずの提案を再びヨルナへ投げかける。

たったの数分、それで何が変わるものでもない。アベルが変わらないように、ヨルナの答えも変わらない。故に、ヨルナは冷血な皇帝を無視し、自らも戦場へ赴こうとする。

「ここが、行く当てても寄る辺もなくしたものの最後の地と、そう言ったな」

「――」

「くだらぬ感傷という考えに変わりはない。だが、貴様の思い違いを訂正してやる」

「わっちの、思い違い？」

聞き捨てならない指摘に、戦場へ戻ろうとするヨルナの足が止まった。

この、魔都カオスフレームで、ヨルナの心得違いなどありえない。ここはヨルナの街であり、住民は全てヨルナの愛し子だ。誤った認識など、あるはずもないのに。

「わっちが、いったい何を誤っていると仰せになりんすか？」

「寄る辺なきものが縋り、頼るのはこの都市ではない。貴様だ」

「――」

「もとより、魔都は荒れ果てた土地と、戦乱の残骸の上に成り立った都市。象徴として建ったのは紅瑠璃城だが、真の象徴は常に天守閣にあった。すなわち、貴様だ」

重ねられる言葉、真意、そして眼差しに射抜かれ、ヨルナは頬を強張らせた。

理屈は、わかる。だがそれは綺麗事だ。

ヨルナが彼らの心の支えになれても、事実として雨が降れば庇がいり、腹を空かせば食べるものがいる。都市はそれを用意できても、ヨルナにその全ては賄えない。

「それとも主さんは、わっちがいれば子らが空腹を堪え、雨に濡れるのも厭わぬと、そう言うとでも思っているでありんすか？」

「――言うぞ、奴らは」

「自身の旗下に立つものを、全て乳飲み子と思っているのか？　ぐずればあやされ、乳を与えられるのを待つ赤子だと。――それは、俺の見解とは違う」

そう答えるアベルの姿に、ヨルナは静かに息を呑んだ。

直後、激しい轟音が背後で上がり、『大災』の暴威に巻かれる瓦礫の破片がヨルナとアベルの方へと飛んでくる。その破片の一つが立ち尽くすアベルのすぐ横に着弾、衝撃が男の細身を打ち据え、その顔から鬼面を引き剥がした。

「――っ」

剥き出しになった白い顔、微かに破片が掠めた額を血が伝い、しかし表情を小揺るぎもさせない美丈夫は、傍らに落ちた鬼面を拾い、手に握りしめる。

そして素顔のまま、アベル――否、ヴィンセント・ヴォラキアがヨルナを睨み、

「民草は愚かだ。痛くなければ抗うことを忘れ、敵がいなくば己を鎧うことすらせぬ。災いなくしてまとまることを知らず、死を恐れるあまりにそのものから目を背ける」

「――――」

「だが、その弱く姑息な愚かさこそが、奴らを奴らたらしめる。帝国は鉄血の掟で以て民草を縛り、魔都においては貴様の在り方が住民の在り方を戒めてきた。故に」

そこで言葉を切り、アベルは視線を彼方へ向けた。つられてそちらに目を向ければ、そこではヨルナの愛を瞳に灯し、『大災』に抗う住民たちの姿がある。

果敢にこの都市を守ろうと、奮戦し続ける彼らの姿が。

否――、

「奴らは貴様のためならば、飢えも雨をも耐え忍ぼう。そして、再び太陽が昇り、腹が満たされる日を、貴様と望むことを選ぶのだ」

故に――、

「魔都を放棄せよ。奴らの行く当ては貴様と同じ。そして寄る辺は貴様自身だ」

「――ぁ」

「それとも、できぬと嘆くか？　貴様自身の望みと、どう足掻こうと重ならぬ願いに」

言いながら、アベルが額から伝った血を袖で拭い、その顔に鬼面を被り直す。

再び、その表情は認識阻害の裏に隠れるが、直前に言われた言葉は深く、ヨルナの胸の奥底へと突き刺さり、棘となって抜け落ちない。

親書を読んだ時点から、アベルがヨルナの望みを知っているとはわかっていた。

だが、それをこの場で引き合いに出すのはあまりにも情がない。そして、その情のなさこそが、今代のヴォラキア皇帝に望まれる資質。

だからこそ、打てる手立てというのが――、

「魔都を放棄し、あの『大災』から逃れて、どうするでありんす？　あれは、この街を飲み干しても、それでも止まらぬかもしれんでありんしょう」

「この期に及んで俺を試すか。貴様もわかっていよう」

魔都を放棄し、『大災』に好き放題にさせるという言葉の真意。

ヨルナの問いかけに顎をしゃくり、アベルが不機嫌に応じる。その彼の仕草が示したのは、『大災』そのもの――否、猛威を振るう『大災』の足場。

そこはすなわち、『大災』が出現した紅瑠璃城の跡地であり――、

「城を呑んだときと、同じことを魔都で行う。――呑んだ城では吹き飛ばすには足らずとも、貴様の愛した魔都であれば話は別であろう」

7

「――――」

遠く、風に装いの裾をはためかせ、鋭い黒瞳が都市を滅ぼす『大災』を眺める。

被害の拡大を可能な限り抑えるヨルナの方策は、カフマや都市の住人、そして予定外の戦力の貢献により、効果を発揮しているように見えた。

しかし、それも長続きはしない。

それほどまでに、あの闇そのものである『大災』の脅威は圧倒的だった。

古の時代、人々はああしたものを目の当たりにすることで世界の滅びを覚悟し、生き残ったものに恐怖を語り継ぐため、言い伝えを残したのだろう。

その最たるものが『嫉妬の魔女』であり、あの『大災』もそれに連なるものだ。

ただ——、

「——帝国を滅ぼす『大災』とは、また異なる災いか」

「ですです。いやー、参りましたね。ここまでのことが起こるなんて予想外で、立場を忘れて星に文句を言いたい心地ですよ、ぼかぁ」

腕を組み、高所に佇む男——ヴィンセントの傍らに、同じものを見ながらしゃがみ込んでいる青いローブの『星詠み』がいる。

道中、前触れもなく合流したこの男は、あの荒れ狂う『大災』に対して、「とーにーかーく、ぼくの担当外ですから！」と、責任逃れの一点張りだ。

だが、見たものに嘘はつかないのが、この『星詠み』の数少ない美点だ。

そんな『星詠み』が豪語する以上、あの災いと、『星詠み』が予見した帝国の滅亡とはまた異なる問題なのだろう。

つまり——、

「お、いよったいよった。ったく、結構焦ったんじゃぜ」

「おーやや、オルバルト翁」

思惟に目を細めるヴィンセントの背後、軽い気配と共に老人が現れる。先んじて『星詠み』に名を呼ばれ、老人——オルバルトが「おうおう」と頷いた。

そのまま隣に並んでくるオルバルトを横目に、ヴィンセントは眉を顰める。

「貴様、右腕はどこで落とした」

「さすが、目敏いんじゃぜ、閣下。実は右手は閣下の懐に忍ばせてんのよ……って話なら笑えんじゃがよ。あの、でっけえ影に呑まれちまったい」

「なーるほど。それはかなり痛そうな経験でしたね」

「おお、痛ぇのなんのって。この歳でぴぃぴぃガキんちょみてえに泣き喚いっちまうところじゃったぜ。恥ずい恥ずい」

ひらひらと、手首から先のない右手を振ってオルバルトが嘯く。

そのオルバルトと『星詠み』の茶番を余所に、ヴィンセントは再び戦場を見た。

紅瑠璃城の跡地で蠢く『大災』と、それを押しとどめる都市の戦力。

すでに、あの『大災』を退けるための方策はヨルナへと伝えられているだろう。

あとは――、

「それにしても閣下、こんなとこで悠長にしてっていいのかよぅ？」

「大事ない」

首を傾げるオルバルトの言葉に、ヴィンセントは静かにそう応じる。

ヨルナに策を伝え、説得するのはあちらの役目だ。その代わりに、ヴィンセントの方もヴィンセントの方で果たすべき役割は弁えている。

故に――、

「手は打った。――ヴォラキア皇帝、ヴィンセント・ヴォラキアとして打つべき手を」

# 第三章　『タリッタ・シュドラク』

## 1

「――ねエ、タリッタ。私、『星詠み』に選ばれテ、天命を授かったノ」


そうタリッタに打ち明けたのは、同じ『シュドラクの民』のマリウリだった。

『シュドラクの民』は皆、バドハイム密林で生まれ育ち、その生涯を終える。故に、集落の同胞は全員が家族のような関係であり、マリウリもその例外ではない。

ただし、タリッタにとって、マリウリは中でも特別親しい間柄だった。

――シュドラクでは、同じ日に生まれた赤子らには魂の繋がりがあると考えられる。

その繋がりは親姉妹よりも強いと考えられ、『魂の姉妹』という半身として扱われた。

クーナとホーリィの二人も、同じ日に生まれた魂の姉妹である。

そして、黒髪の先を桃色に染めた美しいシュドラク――マリウリこそが、タリッタと同じ日に産声を上げた、彼女の魂の姉妹だったのだ。

優しく聞き上手なマリウリは、臆病で引っ込み思案なタリッタと相性がよかった。

実の姉との関係やシュドラクという部族内での自分の役割など、数々の不安や葛藤をマリウリに打ち明け、幾度も心の安寧をもたらしてもらった。

どんな葛藤も、みっともない不安も、マリウリ相手なら自然と打ち明けられた。

だから、マリウリが打ち明けたい秘密があると言ってくれたとき、タリッタは嬉しかった。彼女の信頼に応えなくてはと、そう自分を奮い立たせるほどに。

そんなタリッタに、彼女は言った。

――自分は『星詠み』に選ばれ、果たすべき天命を与えられたのだと。

「天命を果たすこト、それは『星詠み』としてとても光栄なことなのヨ、タリッタ」

「よク、わかりませン……。天ガ、マリウリに何を言うんですカ？」

「天ではないワ、タリッタ。星が教えてくれるノ。星ガ、役目を与えてくれるノ。とてもとても大事な役目……本当ハ、誰にも話すつもりはなかったノ。でモ……」

「――――」

「あなたハ、私の魂の姉妹だもノ」

そう微笑んだマリウリの信頼に、タリッタは何も言えなくなった。

魂の姉妹であるマリウリが、タリッタを信じて打ち明けた話だ。それを誰かに口外するなんてできない。不安は、一人で抱え込むしかなかった。

故にタリッタは、それを真に受ける必要のない、一時の気の迷いと考えることにした。

降って湧いた思い込みと、そう信じることで目を逸らそうとした。

だが、変化は徐々に、しかし確実に異常となって表れていったのだ。


ある日のことだ。

タリッタやミゼルダが狩りから戻ると、集落の子どもらの面倒を看るマリウリが知らない歌を歌っていた。――それが、異様なことだった。

『シュドラクの民』では主に、狩猟者と守護者の二つに役割が分けられる。獲物を狩り、食料や交易の素材を手に入れる狩猟者と、集落で子を育て、里を守るために働く守護者の役割――前者がタリッタたちで、マリウリの役目は後者だった。

子どもたちに慕われ、たくさんの子の乳母を務めたマリウリは歌も達者だ。だから、マリウリが歌うこと自体は不思議でも何でもない。

歌うこと自体は、不思議でも何でもないのだ。しかし――、

「――マリウリの歌、聞いた覚えのないモノだナ」

「ア、姉上……」

「だガ、いい歌ダ。心地のいイ」

同じ歌に足を止めたミゼルダは、その異常性を気にも留めなかった。

他のシュドラク、クーナやホーリィたちも同じだ。皆、マリウリが知らない歌を歌っていても、その不気味さに気付かない。――タリッタだけが、その出所を不安視した。

天命と、星がやるべきことを教えてくれたと、そう語ったマリウリだ。

まさか、その歌まで星から教わったと言い出すのではないかと――。

「それは誤解ヨ、タリッタ。教わったんじゃなク、もう知っている歌を歌っただけなノ」

「知っていル、歌？」

「そうヨ、知っている歌……私じゃなイ、他の『星詠み』ガ……」

「――ッ、意味がわかりません！」

タリッタの恐れた答えではなかった。

しかし、ある意味、タリッタが恐れた以上の答えがマリウリからもたらされた。

他の『星詠み』という発言は、彼女があの絵空事を忘れていない証拠だ。まだ、あの夢物語が続いている証拠。――否、悪化している証だった。

幾度されても、『星詠み』の話をタリッタは理解できない。それにマリウリが寂しげにするたび、彼女の信頼を裏切っているようで、タリッタはひどく懊悩した。

――その後も、マリウリの『星詠み』との蜜月は続いた。

知らない知識を披露し、知らない歌を歌い、知らない物語を語り、知りようもない天命とやらを果たすための日々を過ごす。

いつでも、何でも、タリッタはマリウリと話し合ってきた。

人生において、タリッタが何かの決断にマリウリの意見を求めなかったことなどない。

それはマリウリも同じで、彼女の娘の名前だって二人で話し合って決めた。

柔らかく、儚く、しかし温かく愛おしいモノとなるよう、願いを込めて。

そうしてずっと共にあったはずのマリウリ、彼女の心は今、空の果てにあった。

同族もタリッタも、娘さえも蔑ろに、彼女の人生は星に囚われ、天命に縛られていた。

誰かが、星などではない誰かが、彼女に入れ知恵をしている。

そう疑って、彼女の身辺を探ったこともある。だが、守護者として集落で過ごすマリウリに、外と接触する機会などなく、タリッタの疑心は募る一方だった。

それこそ本当に、星の囁きが彼女にあれこれと吹き込んでいるみたいに――。

「あなたガ、マリウリを惑わせているのですカ？」

夜空を仰ぎ、木々の隙間から見える星々に問いかける。

マリウリに語りかける煌めきは、しかし彼女と魂で繋がったタリッタには物言わない。

知られざる知識も、聞いたことのない歌も、やらなければならない天命も――、

「――返せ、私の魂の姉妹ヲ」

弓の弦を強く引いて、タリッタは夜空の、ひと際輝く星に狙いを付ける。

指を離せば、鋭い矢は唸りを上げて夜空へ迫り――何も射抜けず、空しく落ちゆく。

星は、何も語らない。天命も下さない。タリッタの反逆の嚆矢さえ、一瞥もしない。

ならば、いったい何がマリウリを変えたというのか。それがわからない。

この嘆きを、苦しみを、誰に聞かせるべきなのかも、わからない。

言えない悩みや苦しみは、全てマリウリに聞いてもらってきた。ならば、マリウリが原因の悩みや苦しみは、いったい誰に聞いてもらえばいいのか。

きっと、姉にはわかってもらえない。姉は強くて、泰然としている。

うじうじと何かに悩んだり、足踏みしたりすることはありえない。それに、姉に打ち明けることの恐ろしさは、ただ理解を得られないこと以外にもあった。

『シュドラクの民』の教えと在り方に、今のマリウリは反している。

それを、族長となったミゼルダが認めるだろうか。あるいは危険な思想に至ったことを理由に、マリウリを森から追放することだってありえる。

過去にも一族を追われたものはおり、そのものたちは二度と森へ帰ってこられない。

マリウリと、会えなくなるのは嫌だった。

たとえ今のマリウリが、タリッタと魂の繋がった彼女と変わってしまっても。

だから、タリッタは抱える懊悩を、ずっと自分の胸の内に仕舞い込んで。

そして――、

「――どうしよウ、タリッタ。私、『星詠み』なのニ」

――そして、毎夜見る悪夢と同じ、あの日の出来事が本当に始まる。

2

──『大災』が暴れ、荒れ狂う影が周囲を呑み込み、削り取り、終焉が拡大する。

一目見れば足が竦み、挑むと思うだけで心が慄く、魂を震わせる強大な災厄。

その災厄と相対し、抗うと決めたものたち。彼らは誰一人怯まず、各々が置かれた状況下での最善を選び、貫徹する意志を体現する戦士だった。

「うあう！」

声にならない声を上げ、歯を食い縛りながら影の腕を躱し続けるルイ。

カオスフレームに縁も所縁もない少女、幼い彼女が懸命に『大災』に喰らいつくのは、都市の存亡と無関係の私情が理由だ。それが、ルイの覚悟を後押しする。

そしてそれは、ルイだけに限った話ではない。

小柄な体で蛮刀を振り回すミディアムも、己の首に青龍刀を宛がったアルも、体内の『虫』の力を総動員するカフマも、片目に炎を灯して団結する魔都の住民たちも、いずれもルイに負けず劣らず、『大災』を相手に退かない理由と覚悟を抱いたものたちだった。

その覚悟を武器に、『大災』の発する恐怖という壁を破ったものたちは止まらない。

「一発でお陀仏の即死攻撃、効いてんのかわからねぇとんでもHP……それだけだ」

瓦礫を足場に戦場を駆け抜け、周囲に指示を飛ばしながらアルは『大災』を睨む。

体の芯から漏れ出る怯えを消す術はないが、空元気と味方の存在がいくらか心に猶予を持たせてくれる。その猶予が、アルに思考する余地を与えた。

『大災』の行動は、有体に言えばワンパターンだ。

近付くものを影で薙ぎ払い、取り込み、周囲を呑み込んでその被害規模を拡大させる。

だが、攻撃を叩き込んで進路を妨害し、あるいは影の的となって狙いを散らし、餌を投げ込んで咀嚼に時間を割かせ、暴れる『大災』を押しとどめる。

ただし――、

「――全員、下がる準備をするでありんす」

踏み込み一つで大地が隆起し、突き上がる衝撃波と土くれが『大災』を二つに割る。

無論、『大災』は蠢いてすぐに元の一つに戻るが、目に見えるレベルのダメージを与えることができるのは、この魔都の女主人の『魂婚術』以外にない。

「ヨルナちゃん！」

「下がりなんし！　口惜しいでありんすが、あの男の言う通りにしんしょう」

「あの男って、アベルちん？」

強烈な一撃が生んだ隙間で、ヨルナが戦場を俯瞰する鬼面の男へと注目を集める。

崩れた建物を足場にしたアベル、その頭の中で巡らされた知略に従い、練られた策を実行するとヨルナは決めたのだ。ならば――、

「――この都市をそっくり呑ませ、妾が内より爆ぜさせるでありんす。それ以外、あの乱行を為す災いの芽を摘む術はありんせん」

「荒唐無稽な策だが、可能なのか？」

「城一つぶつけて足りぬと言うのであれば、あとは街一つぶつけてみるだけ。もっとも、それで足りなくば、わっちを皇妃にして国をぶつけるしかありんせんが」

「そのようなこと、臣下の一人として断固としてお諫めせねばならん！」

ヨルナの作戦を聞いて、その余計な一言に顔を赤くしたカフマが怒鳴る。が、その実直な虫籠族の戦士はすぐに表情を切り替え、「承知した」と頷いた。

そのヨルナの都市を捨てるという決断が、彼女にとって身を切る痛みを伴う選択であることを理解したが故の首肯だろう。

カフマの短い答えを聞いて、ヨルナは微かに目を伏せ、すぐに嫣然と微笑む。

「何のことはありんせん。わっちとわっちを愛するものたちが揃えば、このような都市はまた容易く形を成すでありんす。——安らぎは、わっちと共に」

胸に手を当てて、そう述べるヨルナに反対意見はない。

事実として、ヨルナの切り札がどれだけの威力を発揮するかはわからないが、現時点で彼女のそれ以外に、『大災』相手の決め手がないのもわかり切っていた。

故に——、

「——みんなで戦いながら下がる！　大急ぎで！」

ミディアムの言い放ったその一言が、魔都の攻防戦の最後の策を決行する合図だった。

## 3

——毎夜見る悪夢の始まりは、月が白く凍えた肌寒い夜のことだった。

「——どうしよウ、タリッタ。私、『星詠み』なのニ」

愕然と、そうこぼしたマリウリに、タリッタは瞠目して動けなかった。

弱々しく、嘆くようなマリウリの言葉。その唇から溢れたのは言葉だけではなく、胸元をしとどに濡らす赤々とした鮮血もだったからだ。

元々、体の丈夫な方ではなかった。

彼女が狩猟者ではなく、守護者の役割についたのも、狩りの技量の未熟さだけが理由ではなく、そうした体の弱さも一因だったのだ。

子どもの頃は寝込むことも頻繁にあった。それも大人になって頻度が減り、もう心配はいらないと誰もが油断していたということなのだろう。

病魔はゆっくりと、取り返しがつかないほどに彼女を蝕んでいたのだ。

血の気の失せた顔で、何度も吐血を繰り返すマリウリ。その体は日に日に痩せ細り、その生命の灯火が弱まっていくのは誰の目にも明らかだった。

故に——、

「あとはマリウリの気力次第ダ、タリッタ」

「姉、上……」

「マリウリと過ごセ。最期まデ。それガ、魂の姉妹の役目ダ」

薬湯を飲ませ、そう言い残したミゼルダの言葉がタリッタに圧し掛かる。

それはまるで天命だ。――必ず果たせと、天にも等しい姉に命じられた天命。

マリウリの最期を見届けるのは、彼女と同じ日に生まれ、しかし違う日に死ぬことになる魂の姉妹、タリッタしかいないのだと。

小屋からミゼルダが去り、他のシュドラクもマリウリと言葉を交わす。クーナやホーリィも彼女と語らい、誰もがマリウリとの最後の時間を愛おしみ、惜しんだ。

「マー……」

まだ事情のわからないマリウリの幼い娘が、握った母の手に頬擦りする。

周りに促され、理解できない別れを告げて、母と子とが最後の別れを終える。明日もまた会えると信じて疑わない無邪気な娘と、死の床にある母の別れを。

「おやすミ……どうカ、いつまでも安らかニ」

手を振る我が子の安寧を祈り、代わる代わる言葉をかけた同胞との別れも済ませ、自らの死と向き合うマリウリは立派だった。

その芯の強さは、タリッタが信じ、愛したマリウリに相違なかった。

しかし――、

「どうしよウ、タリッタ。まだ私、天命を果たせてないのニ……」

「マリウリ……」

「それを残したまマ、なんテ……私、何のためニ」

タリッタと二人きりになった途端、張り詰めていたものが音を立てて切れる。

血の気が引く以上に顔を青ざめさせ、マリウリが案じるのは目の前に迫る『死』でも、残される我が子の未来でもなく、星の囁きなんてわけのわからないものだった。

天命を果たせない自分を呪うマリウリ、その姿にこそタリッタは絶望感を覚える。

「まダ……まだそんなことを言うんですカ……！」

「タリッタ……」

「天命なんテ、そんなものはなイ。ありませン！　あなたハ、シュドラクのマリウリ！　それ以外の何でもないのニ、それ以外の何が欲しいというんでス！」

シュドラクとして生き、シュドラクとして死ぬ。それこそがシュドラクの本懐。

それこそが、シュドラクの一人であったマリウリにとって大事なことのはずで――、

「――生まれタ、意味」

「……イ、ミ？」

「それガ、欲しいノ」

この期に及んで、天命にその価値を見出すマリウリの言葉がタリッタを貫いた。

――娘もいる。タリッタもいる。シュドラクもいる。なのに、意味が欲しいと。

それは、裏切りだ。マリウリは自らに流れる血を裏切り、まやかしでしかない星の囁き

にこそ価値があると言い切った。培った絆を無意味と、そう切り捨てたのだ。

それは、タリッタにとって許し難い裏切りだったから――、

「――もウ、やめてくださイ」

「――」

「私ハ、あなたの魂の姉妹……その私の前デ、生まれた意味なんテ」

これ以上は聞くに堪えないと、タリッタは冷たい刃でマリウリに意思表明していた。

抜いた短刀の切っ先が、マリウリの青白い喉にそっと宛がわれる。その刃の冷たさと鋭さが、マリウリを正気に戻し、発言を撤回させてくれればと願った。

無論、『死』を目前にしたマリウリに、こんな脅しは通じないかもしれない。

しかし、タリッタには他の術が思いつかなかった。

そしてそれは、タリッタの、人生最大の失敗だった。

「――私にハ、タリッタ、あなたがいタ」

「エ？」

そう呟いたマリウリの闇色の瞳に、一瞬、タリッタの心が囚われる。

その刹那が命取りになった。――マリウリの。

「マリウリ……!?」

ぎゅっと、マリウリの細い手がタリッタの手に重なり、宛がわれる刃を押し下げる。

とっさにタリッタは抵抗したが、一瞬の混乱と、マリウリのものとは思えない腕力がそ

うさせなかった。鋭い刃が滑らかなマリウリの肌を裂いて、血が溢れる。

嫌な音と感触があり、刃がマリウリの胸を致命的に抉ったと経験でわかった。

「すぐニ……！　すぐに手当てヲ……！」

「ダメヨ、タリッタ……！　あなたにハ、役割があるノ……っ」

「馬鹿なことを言わないでくださイ！　今ハ、それどころジャ……」

「聞いテ！」

「――ッ」

血を吐くような――否、文字通り、血を吐きながらの絶叫だった。

短刀に胸を抉られ、刻一刻と命の灯火を弱らせながら、しかしマリウリの腕はタリッタを逃がそうとしない。口の端に血泡を浮かべ、彼女の目がタリッタを見る。

今にも失われかけている命に縋り付き、それに強引に爪を立てながら、

「千夜、超えた先デ、私ハ……あなたハ、旅人と出会う……」

「――」

「旅人ハ、この大地を滅ぼす『大災』の味方……だかラ、それヲ、殺さないト……」

「マリウリ……」

吐血と共に紡がれる苦痛に満ちた声が、タリッタの心に呪いのように刻まれる。

マリウリの魂はすでに、死神にその指をかけられ、連れ去られる寸前だった。それを一秒でも先延ばしにしているのは、天命への妄執めいた想いだけ。

「黒い髪ト、黒い目ノ、旅人……ヲ、殺シテ」

「――――」

「『大災』ヲ、止めテ、タリッタ……それガ、私の役目……。もウ、私は果たせなイ、かラ……お願イ、タリッタ……私ノ、魂ノ、姉妹……」

「ア、あなたハ、ここでそれヲ……ッ」

血に溺れながら、最後の力を懇願に使うマリウリを初めてタリッタは憎んだ。

これまで必死に、タリッタは魂の繋がりを理由に彼女を引き止めようとしてきた。それを全部無視したのに、最後の最後でそれを持ち出してくるなんて、卑怯だ。

あまりに卑怯で、そして、タリッタの心の臓を狙い撃ちにした言葉だった。

タリッタの涙声、それを聞いて、マリウリの瞳がわずかに揺れる。

そのまま、マリウリの体の力が抜け、ゆっくりと、その頭がくたりと落ちて――、

「――ウ、ア、タ」

「マリウリ？」

「――――」

「マリウリ!!」

弱々しく掠れた息が漏れて、それが最後だった。

胸に短刀を突き立てたまま、鼓動を止めたマリウリの体。タリッタは数秒だけ呆けて、すぐに小屋から飛び出し、ミゼルダたちを呼ぼうとした。

だが――、

「――ァ」

小屋の扉を開け放ち、外へ飛び出そうとしたタリッタの足が止まった。

そこに、いてはならない小さな影が座り込んでいたのだ。

病床の母を案じてか、幼いなりに嫌な予感を覚えていたのか。

大人たちの目を掻い潜り、優秀な狩猟者となり得る資質をこの夜に発揮した幼子が。

――母の血を浴びて涙を流すタリッタを、ウタカタが呆然と見つめていた。

4

――影が暴れ、躍り、荒れ狂い、激震が魔都を内から外へとひび割れさせる。

ヨルナの決断が魔都の住民に余さず行き渡り、それぞれが故郷となった地を捨てる。

苦渋の決断だった。彼らにとって、ここは行き場のない自分たちを受け入れてくれた最果ての地であり、隠れ潜まず暮らしていいという自由があった。

その全てが失われるとあって、これを嘆かずいられようか。

しかし――、

「命さえあれば、わっちが救ってみせんす。新たな魔都をその目に拝むためにも、遅れをとることなきよう急ぎんせ」

　魔都の女主人、寄る辺なきモノたちの最後の砦がそう告げるから、人々は再起と再建を信じ、住み慣れた我が家を、故郷を後ろに走り出せた。

　破壊が魔都を呑み込み、打ち砕いて、それを為す『大災』の規模が拡大する。

　薙ぎ払われる影の範囲は拡大の一途を辿り、抉り取られる大地と街並みを目にしながら、ヨルナは人的被害を最小限に抑える功労者――アルの活躍に舌を巻いていた。

「ミディアム嬢ちゃん！　下がれ！　もういい！　これ以上は今の嬢ちゃんじゃ逃げ切れねぇ！　潮時だ！」

「う～！　悔しい！　でも、ごめん！」

　そう叫んだアルの判断を信用し、蛮刀を担いだミディアムが一目散に逃げる。

　その背中を追って放たれた影の弾幕は、横合いから飛び出した茨が壁となって防ぎ、小さな体で危険な囮役を務めた少女の逃走が果たされる。

「触角の兄ちゃん、助かった！　けど、あんたもそろそろ……」

「そろそろなんだ？　まさか、自分に退けとでも言うつもりか？　だとしたら、このカフマ・イルルクス！　断じてそのような話は聞けん！」

「うわ、言いそうなキャラだと思ったけど、本気で言ったよ」

　意気込むカフマに肩をすくめるが、その奮戦が戦場を支えた功績は大きい。

　正味、カフマの援護がなければ、『大災』との均衡はもっと早くに崩れただろう。

ともあれ――、

「気に入らぬ呼び方でありんすが、わかっておりんす」

「――狐の姉ちゃん！」

自分を呼ぶアルの声に、ヨルナは顎を引いて頷く。

魔都を放棄するヨルナの決定が周知され、住民の避難も大部分が完了した。あとは決断した通り、都市を呑み込む『大災』に報いを受けさせるだけ――、

「――――」

目をつむり、ヨルナは一瞬だけ、躊躇いと未練に思いを馳せた。

ヨルナの『魂婚術』は、本来の運用と異なる条件の上に成り立つ特別なものだ。

通常、個人の持ち得る魂の総量は個人差こそあれ、大差はない。しかし、ヨルナはとある事情で他者の数千倍の大きさの魂を持っている。

望んだ力ではなかった。ともすれば、手放したいとすら思っていたものだ。

それが役立った結果が今の立場だが、それを役立てなくてはならない機会の訪れは予想していなかった。――否、考えることを避けていたのだ。

「――それを、あの男には」

見抜かれていたのだと、ヨルナは遠目に見える鬼面の男の姿を振り返る。

もはや滅亡を免れない魔都の高台に立ちながら、腕を組んだ男は小揺るぎもしない。その瞳の無感情は、『大災』を止めるための犠牲を必然とみなしている証か。

ただ、逃げずに全てを見届けることが、魔都への彼なりの仁義なのかもしれない。

「――っ、あの馬鹿！」

刹那、『大災』に渾身を叩き込む構えのヨルナの鼓膜を罵声が打った。

見れば、悪罵を叫んだのは『大災』を見上げるアルであり、覆面越しの彼の視線を辿って、ヨルナもアルが何を罵ったのかを理解した。

――『大災』の周囲、瓦礫を蹴り、跳ね回り牽制を続ける少女、ルイだ。

金色の髪を躍らせ、白い装いを土埃で汚した少女が歯を剥いて『大災』へ挑みかかる。

そのルイの目的は一つ、あの『大災』の始まりの中心にいた少年――、

「あの童は」

救う手立てが見出せないと、ヨルナは苦渋の内にそう決断していた。

魔都を捨てるのと同等か、それ以上の身を切る痛みを伴う決断だ。だが、泣き言を口にできない立場の自覚が、ヨルナに躊躇いを振り切らせた。

あの『大災』が呑んだものは取り返せない。故に、ルイの懸命さも届かないのだ。

「あの少女を引き戻さねば！」

「ふざけろ！　あんなガキ、放っとけ！　そもそもあいつは……」

「あの娘が、なんだ!?」

「あいつは……ッ」

跳び回るルイの姿に、声を上げたカフマがアルを睨みつける。その鋭い視線を浴び、ル

イに思うところのあるらしいアルは言葉を詰まらせた。

ヨルナは、ルイを救いたい。ルイの願いが叶えられない以上、せめて彼女の命だけは救ってやりたかった。――それを、ルイ自身が望まなかったとしても。

「クソ、クソクソクソ、チクショウ！　なんでオレが、あいつのことでこんな悩まなきゃなんねぇんだ！　恨むぞ、兄弟！」

荒々しくそう叫んで、アルがその声量を裏切らない勢いで走り出した。

彼が向かう先は、『大災』相手に縦横無尽の跳躍を続けるルイの下だ。あの滅びの顕現にすら狙いを定めさせない俊敏さを発揮するルイ、しかし――、

「見えてんだよ！」

「う!?」

降りかかる瓦礫の雨や影の余波を躱しながら、アルはまるでルイがどう動くのかわかっているかのような的確さで回り込み、その体を横抱きにかっさらった。

「うー！　うあう！　あーう！」

「――寝てろ！」

腕の中、暴れるルイの首に容赦のない一撃。青龍刀の柄で強く打たれ、「うっ」と苦鳴を漏らしたルイの頭がくたりと落ちる。

そのルイを抱きかかえたまま、アルが『大災』に背を向けて射程外へ走り出す。

「触角！」

「カフマ・イルルクスだ！」

切羽詰まった声に応じて、カフマの茨が逃げるアルの逃走路を展開する。その茨の道に駆け込むアルを『大災』が追いかけ、追いかけ、追い詰める。

しかし、茨はアルのための道を作りながら、『大災』を阻む壁をも作り出した。

攻防一体の援護を受け、ルイを担いだアルが戦場の外へ、そして──、

「──やれ、ヨルナ・ミシグレ!!」

最後の一手を促す一声、それを背中に浴びたヨルナが両手を正面へ突き出す。

この構えに意味はない。ただ、大勢の寄る辺を奪うモノへ、その怒りの証明を。

「わっちは主を、愛しんせん」

──その一言を以て、魔都カオスフレームの大部分を呑んだ『大災』が内から爆ぜる。

「────」

炸裂する『愛』の威力、それはまさしく街そのものをぶつけるような所業だ。影を内側から吹き飛ばす衝撃は爆風となり、凄まじい風が魔都を丸く吹き飛ばした。

広がる余波に揉まれ、魔都を構成するあらゆるものが壊れ、砕かれ、消し飛んでいく。

当然、その破壊の中心にあった『大災』も例外ではない。

そのまま、都市そのものを引き換えに放たれた一撃が、帝国全土を呑み込むとさえ思われた脅威、『大災』を跡形もなく打ち消し──、

「──足らぬか」

やまぬ暴風と噴煙が視界を砂色に染める中、静かな男の声が響く。

それが、誰もが顔を伏せずにおれなかった状況下で、なおも下を向かなかった男の一声だったとわかり、消耗に肩を落としたヨルナが息を詰めた。

渾身(こんしん)の、二度とは出せない威力を浴びせ、それでも噴煙の向こうに蠢(うごめ)く闇の気配。

届きはした。だが、なお足りなかったと、そう奥歯を軋(きし)らせる結末が――。

「――ぁ」

動かなくてはと、失望を上塗りする決意が立ち上がる前に、ヨルナの声が漏れた。

理由は簡単だ。――自分より早く、動くものがあったから。

ただしそれは、殺し切れなかった『大災』の残り火ではない。

それは――、

「――タンザ？」

吹き飛んだ旅宿の地下から飛び出した小柄な鹿人(しかびと)、その背にヨルナは目を見開いた。

## 5

「ウー、見てタ。マー、ターのデ、自分刺しタ」

一部始終を目撃した幼子、マリウリの娘であるウタカタの証言が決め手だった。

マリウリの胸にはタリッタの短刀が刺さり、タリッタは浴びた血を拭おうともしていなかった。誰の目にも、タリッタがマリウリを殺したと思われる惨状だ。

しかし、他でもないマリウリの娘がそれを覆し、タリッタの穢れを否定した。

——同族殺しは魂が穢れ、祖霊と同じ土へ還ることは許されない。

それがシュドラクの最も忌避する、『シュドラクの穢れ』だ。

「あの刺さり方ダ。タリッタなラ、もっと苦しまぬ場所を狙っただろウ」

刃の刺さり方と致命傷、それを一瞥しただけでミゼルダは真実を言い当てた。

他のシュドラクも、目敏いものは同じことに気付いたし、そうでないものもミゼルダの意見に納得する。——誰も、ミゼルダが妹のタリッタを庇ったとは思わない。

シュドラクの中のシュドラク、そう評されるミゼルダが肉親の情を優先するなどありえない。その血の濃さへの信頼が、ミゼルダの意見の根拠となったのだ。

結局、マリウリの死は、タリッタから短刀を奪った彼女の自刃と決着した。

病の苦しみから逃れるためか、あるいは己の最期を病魔ではなく、自らの手に委ねたのかもしれない。後者であればよいと、それがシュドラクの見解となった。

だが——、

「私ガ、マリウリを死なせタ……」

他ならぬ、タリッタ自身はそうは思えなかった。

タリッタは、自分が聞きたくない言葉を言わせないために、それ以上の呪いを残させないために、マリウリの口を塞ぐために短刀を抜いたのだ。

そのタリッタの浅はかな行動がなければ、マリウリはああして死ぬことはなかった。

何より——、

「——天命」

死の淵(ふち)で、マリウリは自らに下ったという天命をタリッタに聞かせた。

これまで、天命が下ったと話すことはあっても、その内容を語ろうとは決してしなかったマリウリ。それを、死に瀕(ひん)して初めてタリッタに聞かせたのだ。

「——『大災』」

滅びを免れるための天命と、そして滅びこそが『大災』だと、マリウリは語った。

それを防ぐための対抗策、その実行こそがマリウリの天命だと。

「——黒髪、黒目ノ、旅人」

千夜先に現れるという旅人、本当にそんなものがいるのだろうか。

その旅人の死が、『大災』とまで呼ばれる滅びをどうして遠ざけられるというのか。

ただ、最後の最後まで、マリウリは天命を、『星詠み』の役目を信じていた。

それを全うできないことで、自分の人生を無意味だったと感じてしまうほどに。

「無意味なんテ……」

ありえないと、タリッタはそうはっきり断言できる。

いったいどれだけ、マリウリの言葉に、優しさに、救われてきただろうか。

彼女がいてくれて、タリッタはシュドラクらしい姉への劣等感に潰されずに済んだ。彼女の支えなくして、今日までのタリッタはなかっただろう。

それもマリウリの功績だ。意味がなかったなんて、誰にも言わせない。

何よりも、マリウリにはお腹を痛めて産んだ子が、ウタカタがいるのだ。

「全部ヲ、無意味だなんて言わせなイ……」

強く歯を噛んで、夜空を見上げる。

満天の星は変わらず、タリッタに何かを教え聞かせるようなことはない。

当然だ。星は何かを語ったりしない。マリウリは、まやかしに心を囚われていた。

それでも、彼女がそのまやかしに救いを求め、誓いを立てていたのなら。

「星なんテ、全て砕け散ってしまえばいイ……！」

そう、憎悪を夜空に向けながら、しかし、同時にタリッタは希う。

この森に、マリウリに囁いた通りに旅人とやらをもたらすがいいと。

絶望と未練に支配されたマリウリの魂は、祖霊の下へ辿り着けずに彷徨い続ける。

その絶望と未練を断ち切らなくては、魂の姉妹が救われない。

あの最後のひと時のことは、まだ幼いウタカタも知る由のない秘密。

血で繋がった家族すら立ち入れない、魂の姉妹だけの秘密なのだ。

「きっト、私の矢デ――」

『大災』を呼び込む旅人を射殺し、マリウリの未練を断ち切ってみせる。

そのために、旅人の訪れを待って、待って、待って待って待ち続けて、そして――、
――あの日、待ち望んだ旅人の姿に、タリッタは弓を引いたのだ。

「――レム!!」
放たれた強弓が的を外し、黒髪黒目の旅人が傍らの少女を庇って飛んだ。
その心の臓に狙いを付け、奥歯を噛みしめながら、タリッタの心の臓が強く跳ねる。
千の夜を数え、ついに現れた黒髪の旅人。
白と黒に、朝と夜に、生と死に、矛盾を孕んだ切望がタリッタの内を占めていた。
星の囁きの実現を希いながら、同時に天命など誤りであれと願ってもいた。
だが、黒い髪に黒い眼の旅人の現れが、タリッタを狩人へと変貌させる。
沸き立つ血を凍てつかせ、タリッタは静かに弓をつがえて、狩猟者の眼光を森へ放つ。
冷静に、冷静に、つがえた矢の先端は標的の命に狙いを定める。
しかし、魂の猛りは、獣のように荒々しい咆哮は止めようがなかった。
魂が吠えていた。喝采を吠えていた。吠えていた。吠えていた。
――あの瞬間、吠えていたのだ。

6

――鹿人の少女が飛び出した瞬間、世界から音が消失した。

直前の、『大災』を中心とした凄まじい衝撃波は、文字通り世界を揺るがし、都市そのものを吹き飛ばす勢いで災厄を打ち砕かんとした。

全身に強烈な風と余波を浴びて、これの数千、数万倍の威力が炸裂したとなれば、どんな存在も粉々に砕け散ると確信されたほどだ。

しかし、そんな確信さえも塗り潰して、『大災』は滅びを耐え抜いた。

噴煙の彼方、健在とは言い難くも、存在の消滅を免れた『大災』の気配を感じて、片膝をついた我が身が震えるのを、傍観者となったタリッタは自覚していた。

ルイが、ミディアムが、アルが、街の人々が、必死で行った抗いを見ていた。

自らの在り方を定められず、踊らされ続けた天命とすら向き合えず、血の色に染まったマリウリの顔を思い出しながら、『大災』を前にタリッタは動けなかった。

その不甲斐ないタリッタを置き去りにするように、誰もが自らの役割を全うする。

都市の支配者たるヨルナ・ミシグレが、愛する都市を犠牲に一撃を放ったように。

その一撃が足りなかったと見るや、潜んだ場所から飛び出した鹿人の少女のように。

「――――」

猛然と、その右の瞳を燃やして走るキモノの人物は、宿に現れた使いの少女だ。

タンザと名乗った少女の行く手には、たなびく噴煙とその向こうの『大災』がいる。

いったい何をするつもりなのか、タリッタにはわからない。

ただ――、

「――やめなんし!!」

走る少女の背に叫んだヨルナの反応が、タリッタにタンザの狙いと覚悟を悟らせた。

タンザは命懸けで、何らかの手段を以て『大災』へ挑もうとしている。ヨルナはその手段に心当たりがあり、そして少女を愛するが故に止めようとしている。

だがそれは、あの『大災』を滅ぼせる千載一遇の機会を逃すということではないのか。

「――ッ」

悪寒に顔を上げ、タリッタは周囲に視線を巡らせ、切っ掛けを欲した。

自分以外の誰かが行動を起こし、状況を変えてくれる他力本願を。しかし、先の衝撃に揉まれ、地に倒れる人々に対処の余力はない。――あるのは、タリッタだけ。

総力戦に参加することを躊躇い、嵐が過ぎるのを体を丸めて耐え忍ぼうとしていたタリッタだけが、この場で唯一の選択権を持つこととなった。

そして――、

「――タリッタ」

残骸の山で体を起こした男が、膝を震わせるタリッタを呼んだ。

アベルだ。鬼面の内から血を流した彼が、その黒瞳でタリッタを見据え、言葉にするのではなく、その指を高く天へと向けた。

空を見ろと、そう言っているのではない。

アベルが示したのは天、そうでなければ星だ。――すなわち、天命だ。

選べと、タリッタに決断が強いられる。

「――――」

血染めのマリウリの最期と、黒髪黒目の旅人を殺せという天命が脳裏に蘇る。

それを為せば、『大災』による滅びを免れ、マリウリの魂も楔から解き放たれよう。

故に――、

「――――」

タリッタは静かに澱みなく、矢筒から抜いた矢を弓につがえ、狙いを付ける。

これまでに何千、何万回と繰り返してきた狩猟の技法、それがタリッタを、怯えて戸惑い、役目を果たせない愚かな娘から一人の狩人へと変貌させる。

世界を救う方法を選べと、そう居丈高に言われるなら、その通りにしてやろう。

もとより、星の囁きに、天の命題に対するタリッタの答えは決まっていた。

すなわち――、

「――天命なんテ、知りたくもなイ」

弦が弾かれ、つがえられた矢が風を切りながら猛然と空を走った。

そしてそれは狙い違わず、立ち上がり、走り出そうとしたキモノの女の足を射抜く。

驚愕の声を上げて、女がその場に前のめりに倒れた。

白い面に焦りと驚きを刻み、手を伸ばした女が悲痛な声で叫ぶ。

それが『大災』へ突き進む少女を呼ぶ声だと、タリッタにも痛いほど伝わった。

それでも、選んだのだ。

――『魂の姉妹』に託された天命に背き、命を懸けた少女の本懐を果たさせると。

「――ヨルナ様」

地を蹴り、噴煙の向こうへ飛び込む寸前、少女の唇が愛おしむようにその名を呼んだ。

そして、小柄な体は土煙の彼方、待ち受ける『大災』へと呑み込まれ――、

7

――時はわずかに遡り、旅宿のそれぞれが『大災』の対処へ動いた直後。

慌ただしく飛び出すもの、指示に従って行動するもの、恐怖に呑まれて怯え竦むもの、数多の思考と謀を巡らせるものと、様々いる中、二人は対峙する。

帝国の頂たる皇帝の座に就くものと、一介の哀れな鹿人に過ぎないものとが。

「――ヨルナ・ミシグレが魔都を放棄し、あの『大災』を討ち滅ぼさんとする。あれの『魂婚術』であればやってのけようが、確証はない」

「……もしも、魔都を差し出して、足りなければ」

「そうなれば、止める術もない『大災』は帝国全土を呑み込もう。あるいはその先の、帝国の外側にまで被害を広げる可能性もある。この、魔都に端を発して」

「――。ヨルナ様は、この都市を手放すことをお認めになられません」

「事態は感傷に浸ることを許さぬ。望むと望まざるとに拘らず、都市の放棄は為される。もっとも、そちらの説得は余の与り知るところではないが」

「ヨルナ様を、説得できると？」

「できねば全てが塵芥と化す。やらねばならぬならばやるだろうよ。あれは、そういう男であり、そうした在り方を貫き通してきた」

「……わかりません。そこまでわかっていて、確証が持てているのであれば、あなたは私に何をお望みになるんですか」

「余の意図するところ、貴様はすでにわかっているはずだ。幼くも、この魔都の支配者に重用される立場にある貴様であれば」

「――」

「『大災』を滅ぼさんとすれば、ヨルナ・ミシグレにも甚大な反動があろう。まだ育ち切らぬ『大災』相手に魔都をぶつけ、それでも足りなければ――」

「――私が」

「――」

「ヨルナ様……ヨルナ・ミシグレという、誰よりも偉大な慈母の如き御方のため、私は望んではるかな愛に殉じるでしょう」

「――。大儀である」

「慰めも、お褒めの言葉もいりません。――ヨルナ様の、涙以外」

8

「――やめなんし!!」

手を伸ばし、悲痛な顔で叫んだヨルナを背後にタンザは走る。

キモノの裾を摘まみ、地を蹴るタンザの右目は赤く燃え、その幼い体には重厚な鎧を纏った帝国兵も顔負けの力がみなぎっている。

とびきり戦い方に秀でているわけでも、魔法や術技に優れているわけでもない。

それでも誰も、今の自分を止めることはできない。

何故なら彼女には、自分が誰よりもヨルナから愛されている自信があった。

ヨルナを愛し、ヨルナに愛されることこそが、『魂婚術』の恩恵を最大限に受け取るために必要な資質――だが、タンザのヨルナへの愛に打算はなかった。

愛は見返りを求めないと、訳知り顔の誰かが語るかもしれない。

しかし、タンザはこう思う。――誰かを愛する気持ち、それ自体が見返りなのだと。

その人を想い、熱くなる胸の鼓動こそが『愛』の見返りなのだ。

ならばタンザはもらった見返りに、この小さな体の全部で応えなくてはならない。

それこそが――、

「私の、この命をいただいた理由なんです」

初めてヨルナにお目通りしたとき、タンザは幼すぎた。

優しい姉の背に隠れ、堂々と振る舞うヨルナを上目に見るしかできなかった。

ただ、生まれて初めて、誰にも脅かされない日々を送れると、住む場所を追われ続けた姉妹への約束があっただけ。その約束を信じて、姉との日々に思いを馳せた。

二度目にヨルナにお目通りしたとき、その約束は破られた。

優しい姉はおぞましきモノたちに奪われ、タンザは自暴自棄にヨルナに噛みついた。

ヨルナはその無礼を咎めず、それどころかタンザの訴えに真摯に耳を貸し、姉を奪ったモノたちへの応報にさえ手を貸した。――結果、謀反者の汚名を着せられてでも。

どうして、愛さずにおれようか。

先にそれほどの愛を注がれ、慈しんでくれた優しい御方を。

姉の死に際し涙を流し、守れなかった約束を悔やみ、タンザに詫びたあの方を。

――どうして、ヨルナ・ミシグレを愛さずおれようか。

眼前、おぞましく蠢く黒い澱みが、噴煙の向こうに寄り集まるのがわかる。

ヨルナの愛した都市をぶつけられ、それでもなお滅びないしぶとい執念。誰もが目を背けたくなる昏い闇に、しかし、タンザは怯まなかった。

怯む理由が恐怖なら、タンザの胸を支配するものはそれではない。

故に、タンザは瓦礫を足場に前へ飛び、揺らめく『大災』へ真っ向から突き進む。

振り向けば未練になる。呪いになるとわかっていた。

でも――、

「タンザ――！」

そう、愛しい人に名を呼ばれ、タンザの視線が後ろへ向く。

地面に倒れ、手を伸ばしているヨルナが見えた。その足を、痛ましくも一本の矢が貫いていて、そのはるか遠くで弓を構える人物がそれをしたのだと理解する。

その矢がなければ、ヨルナが『大災』へと、タンザへと駆け寄ってきていた。

それでは思い切ったこともできなかったと、タンザは矢の射手に感謝する。

そして――、

「――ヨルナ様」

唇が動いた。その先の言葉が音になったか、ヨルナに届いたかはわからない。

ただ、毎日寝る前に、朝目覚めたときに、暇さえあれば祈ったように、刹那にも祈る。

――どうか、愛しい御方の日々が健やかでありますよう。

# 9

刹那、光が全てのものの目を白く灼いた。

それが晴れ、灼かれた目が徐々に視力を取り戻した先に、人々は魔都の結末を見る。

「――――」

爆心地は丸く抉られたようになくなり、魔都の中心にあったはずの紅瑠璃城の跡地、そこには巨大な穴がぽっかりと口を開けていた。

まるで、巨人の腕で掘り起こされたような大穴は、文字通り、魔都の全部を呑み込んでしまった恐るべき存在の実在を証明する痕跡だ。

そして、総力戦というべき戦力で抗った災いは、忽然とその姿を消していた。

それが、魔都の女主人であるヨルナ・ミシグレの切り札の威力であり、最後の一押しに命を賭した少女の功績だと、戦いに参じた誰もが知るところであった。

つまり――、

「――我々は、あの少女に救われた。自分が不甲斐ない」

大穴の底、何も残らぬ深淵を覗いた男――カフマ・イルルクスがそう呟く。

嘘のない、本心からの言葉だっただろう。一角の武人らしく、帝国の哲学を信奉することの実直な男は、己の力不足を他人に補わせてしまったと自戒している。

ましてや、そのために幼い命が費やされたとなればなおさらだ。

「本来であれば、自分は貴公らと敵対している。事態が落ち着いた以上、休戦はここで終わらせ、その事実に向き合うべきと見るが……」

「……なら、あたしたちと戦う？」

「──。やめておこう」

　大穴を背後に振り返り、カフマは問いかけに首を横に振った。

　そのカフマと向かい合うのは、幼い体には大きすぎる蛮刀を背負ったミディアムだ。ボロボロの泥だらけの少女、しかしその眼差しは惨状にあっても眩い。

　その眩さが、甚大な被害を被った魔都と、その住民たちには必要だとカフマは考える。

　本来、帝国の『将』であるカフマはそれを黙って見過ごすべきではないが──、

「今回、自分はやんごとなき御方の護衛として同行した身だ。まずはその御方との合流を優先しなくてはならない。それ以外のことは、現時点では全て些事だ」

「些事？　些事って、ついでってこと？　そんな言い方、ひどいと思う！」

「い、いや！　そういう意味ではなく……」

　不謹慎だと抗議され、カフマがミディアムの剣幕にわずかにたじろぐ。が、そんなカフマの動揺に、「ミディアム嬢ちゃん」とけだるげな声が割って入った。

　見れば、それはゆっくりとこちらへやってくる隻腕の人影で──、

「今のはそのお兄ちゃんなりの気遣いだって。もっと大事なことがあるから、オレたちとはやり合わねぇ。それでこの場は収めようぜって話だろ？」

「……自分からは何も言えん。どう判断するかは貴公らに任せる」

「へいへい。どこにでもいるもんだね、お兄ちゃんみたいな回りくどい奴ってのは」

呆れた風に肩をすくめ、その男――アルがミディアムの隣に並んだ。そのアルの方を見上げて、ミディアムは「あ」と目を丸くして、

「アルちん、ちゃんと兜見つかったんだ？」

「ああ、どうにかかな。宿があった辺りに転がってたんで、不幸中の幸いだったぜ。まぁ、見つかりさえすれば壊れねぇもんとわかっちゃいたが」

「――？　頑丈ってこと？」

「そうそう、頑丈ってこと。この世の誰にも壊せねぇ」

言いながら、アルが自分の被った漆黒の兜を指で叩いてみせる。その答えにミディアムは「へえ～」と頷いているが、カフマはじっと鋭い視線をアルへ送った。

その眼差しに気付き、アルは「どうしたい」と首を傾げる。

「オレらとはやり合わねぇって意見なんだろ？　もちろん、こっちもおんなじ……てか、消耗がヤバすぎてそれどころじゃねぇし――」

「先の戦いの中、見事な指示だった。何故、あの『大災』の動きを？」

「企業秘密。それとも、それ言わなきゃ休戦はなしとか？」

「――。いいや、自分の発言は撤回しない」

首を横に振り、カフマはアルの答えに生真面目にそう応じる。それから彼はボロボロに

なったマントを手で払い、アルとミディアムの二人に背を向けた。

その足が向かうのは、自分でも言った通り、やんごとなき御方の下だ。

「成り行き上、今回は協力した。だが、貴公らとは敵同士……考え直さない限り、戦場で相見えることになるだろう。そのときには手は抜けない」

「言われなくても……」

「あたしたちも、それはおんなじ！　……手伝ってくれて、ありがとう！」

「帝国の『将』として、当然のことをしたまでだ」

そう答え、カフマはそのたくましい背中に透明の翅を広げると、大きな羽音を立てながら一気に飛び去った。巻き起こる風に土煙が巻かれ、遠ざかる背中をミディアムとアルが見送る。そうして、カフマの姿が見えなくなると、

「……アルちん、お疲れ様。本当にありがとう。あたし、助かっちゃった」

「そりゃお互い様だろ。ミディアム嬢ちゃんの頑張りがなきゃ、あのでかいのの攻撃はもっと偏ってた。そしたら、もっと死人が出てたさ」

「死人……」

アルの答えを聞いて、ミディアムがそっと目を伏せる。

そのミディアムの憂い顔を横目に、アルは自分の兜の継ぎ目を指で弄りながら、

「意味がわからねぇだろうし、慰めにもならねぇだろうけど……タンザって子があぁしてなきゃ、オレたちは全滅してた。絶対にな」

「もっと、頑張れたかもしれないよ」

「いいや、その道はなかった。——一通り試してもダメだったんだよ」

気落ちしたアルの言葉、それはミディアムには本当に意味がわからなかった。でも、慰めにならないかと言えば、それは嘘になる。

慰めようと、ちゃんと慰めにはなったのだ。

だから、ミディアムのためを思ってアルが何か言ってくれた気持ちはわかった。

「ありがと、アルちん」

「……ユーアーウェルカム」

重ねられたアルの言葉は、またしてもミディアムには意味がわからないものだった。

10

「おおよそ、やるべきことは見据え終えたか、ヨルナ・ミシグレ」

「……主さんでありんしたか」

瓦礫の山、倒壊した建物の残骸、そして激戦を物語る底知れぬ大穴。

『大災』を滅ぼすための魔都カオスフレームの総力戦、それらの爪痕が著しく残る光景を一望できる高台、そこで佇むヨルナの下にその男は現れた。

その顔貌を鬼の面で隠し、感情を窺わせない声色で胸中を問うてくるアベルが。

隣に並び、ヨルナと同じ光景を望むアベルは、その瞳にも声にも感情を宿らせぬまま、

「俺の差し出せるものは、親書に記した通りだ。貴様の答えを聞こう」

「それが、この惨状を眺めて出てくる言葉でありんすか？」

「慰めが庇となり、同情が寄る辺を作るか？　俺も貴様も生まれ持ち、そして為すべきを選んだ側のものだ。その一秒は、余人の一秒と等価ではない」

「――――」

慰めや同情を望んではいない。この男は、そういう在り方を選んだ人物だ。

ヨルナもそれがわかっている以上、彼の態度に反発するのはぐっと堪えた。何より、ここで心情的なものを理由に彼と敵対しても、ヨルナは何も得られない。

「もう、今日は失いすぎたでありんしょう」

「都市に民、猶予という時もそれに含めて違いあるまい」

「タンザ、でありんす」

「――――」

「最後に、わっちらを助けるため、その身を投げ出した愛し子……タンザでありんす」

そう言いながら、ヨルナは自分のキモノの帯留めを抜き取り、アベルに見せる。

丸く磨かれたそれを横目に、無言のアベルが意図を問うてくる。その視線だけの問いかけに、ヨルナは微かに目尻を下げ、

「あの子の、姉の角を削り出して作った帯留めでありんす。姉の亡骸を弔うとき、タンザ

がわっちのために作ったもの……それ以外にも」

「――――」

「この髪留めもかんざしも、いずれも愛し子たちからの貢ぎ物。住処を追われ、何も持たないあの子らが、わっちへ報いたいと自らを削った印の数々」

色とりどりの装飾品、髪飾りもかんざしも、全ては魔都の住民たちの貢ぎ物。

あるものは鱗を削り、あるものは羽根を集め、あるものは角や牙を磨いて、それらをヨルナへ献上し、自分たちの在り方と、感謝をそうして形にした。

それはヨルナにとって、貴重な宝石や宝よりも価値のあるもので、そんなものをもらってしまったからには、彼らの愛に応えなければと思ってきた。

それが――、

「約束を、これ以上違えるわけにはいきんせん……」

「――。早晩、ここを発ったヴィンセント・ヴォラキアたちが動き出そう。状況的にこの場で奴らが動くことはあるまいが、それも時間の問題だ。猶予はない」

「わっちの子らの行き場は、どうするつもりでありんす？」

「一度、城郭都市を拠点とするしかあるまい。道中、他の町々を接収し、こちらの旗下へ加える。貴様と魔都の住人がいれば可能だ」

魔都が失われた以上、行き場をなくした住民たちの受け入れ先が必要になる。

アベルの提案は強引で、他者に無理を強いる不条理なものだ。だが、ヨルナにも等しく優先順位がある。愛するものから救うのが、ヨルナのそれだ。

「あと一つ……わっちの願いを叶える用意があるというのは本気でありんすか？」

「二言するつもりはない。だが、よく考えておけ」

「考える……」

「自身の長年の願いと、貴様自身の『愛』とやらと、どちらを優先するのかを」

感情の見えないアベルの言葉、忠告と思しきそれが彼の好悪のどちらから発されたものなのか、それはヨルナに読み解けない。

ただ、彼の指摘に胸を突かれ、ヨルナは帯から煙管を抜くと、先端の曲がったそれを強引に指で直し、火を入れ、紫煙をたなびかせた。

眼下、壊れた都市を巡りながら、ヨルナの愛し子らが自分の生活、それを支えていた一部を集め、その後に備えようとしている。

明日の彼らに庇を与え、彼らのその先に光を灯せるか、それはヨルナ次第。

アベルに与し、ヴィンセント・ヴォラキア――否、それを騙る偽物を王座から引きずり下ろし、親書の約束を履行させる。

その、履行する約束の内容は――、

「――親より先に死ぬものがありんしょうか、タンザ」

そう、自らの運命を定めた愛し子の選択に、紫煙が儚く風に紛れて消えていった。

# 11

立ち上る紫煙を背後に、高台から降りてくる鬼面の男を出迎える。

出迎えを受けるアベルは、所在なく佇む(たたず)タリッタの姿に鼻を鳴らし、

「射抜いた足なら案ずる必要はない。あれの回復力なら、明日には傷も癒えていよう」

「……それハ、よかったでス。それが気掛かりだったわけではありませんガ」

アベルの言葉通り、遠目に見えるヨルナの立ち姿に足を庇(かば)う様子は見られない。が、キモノと髪を乱した憔悴(しょうすい)の原因、それが足のケガでないことは明白だった。

そしてそれが、自身の選択の結果であることもタリッタは深く受け止めている。

「────」

あの瞬間、選択肢を委ねられたタリッタは自らの決断を矢に託した。

マリウリの遺(のこ)した『星詠み』としての天命に従うなら、タリッタはあの矢でアベルの心の臓を射抜くべきだった。その結果、どんな因果が働いて『大災』が鎮まるのか想像もつかなかったが、タリッタの持てる選択の中で有力な可能性だったのは事実だ。

しかしそれは、あれほど大切だったマリウリを得体の知れない存在へと変えた星に従うということであり、まさしく身を切られる決断に相違なかった。

──最後の最後、タリッタの決断を分けたのは、結局はその一点だ。

タリッタは、マリウリを変えた星が憎かった。だから、星には従えなかったのだ。

その結果、駆け抜けた鹿人の少女は、自らの命と引き換えに『大災』を滅ぼし、魔都を失いながらも大切なものを守った。守り抜いたのだ。

「そのわりに、貴様の顔色は優れぬな」

「……私ハ、正しかったのでしょうカ。天命に従わズ、あなたを射なかっタ」

「射られなかった立場の俺が、俺を射るべきであったとは言うまいよ。貴様の決断の正負についても、俺の語るべき地平にない。陳腐な言い回しだが、自らの選択の正しきは、のちの己の行動によって証す他にない」

「……あなたのものとハ、思えない言葉ですネ」

「であろうよ。『アイリスと茨の王』……古典の引用だ」

タリッタにはわからない話をして、アベルは「理解しなくていい」と首を横に振る。

それから彼はタリッタを上から下まで眺めると、

「いまだに迷いはあれど、多少は吹っ切ったか。今後、貴様はどうする」

「はっきりとはわかりませン。ただ、あの街に戻リ、姉や同胞と言葉を交わしたいでス。すでにいなイ、私の魂の姉妹の娘とモ」

「魂の姉妹、そして託された天命か。……貴様自身が『星詠み』ではないという釈明にも筋が通る。ますます、忌まわしいもの共だ」

「忌まわしイ……」

「貴様のことではない。概ね、貴様の方針も理解した」

タリッタの呟きにすげなく応じ、アベルの視線が街へ向けられる。

廃墟と化した街並みには大勢の人々が乗り込み、被害を免れた家財や、何がしかに使えるだろう資材を集め、生きるための活動を再開している。

たくましい人々だと、タリッタは魔都の在り方に素直に感じ入る。

魔都の成り立ちを思い起こせば、きっと彼らは迫害され、虐げられ、失うことに慣れている。それを加味しても、たくましい。だからこそ——、

「彼らヲ、あなたの戦いに巻き込むのですカ？」

「そうだ」

短い、断定的な答えにタリッタは口を噤んだ。

そこに迷いはなく、アベルは荒廃した土地で懸命にあろうとする人々を眺め、カオスフレームへ足を運んだ当初の目的、それを一貫すべしと踵を鳴らす。

そこへ——、

「——アベルちゃんの意見はそうでも、周りが大人しく従うかね。あの狐耳のお姉ちゃんにしても、心情的にオレらの味方ってなりづらいんじゃねぇの？」

そうもっともな意見を述べながら、アベルとタリッタの下にアルが合流してくる。

どうやら、探し物を無事見つけ出せたらしい。見慣れた兜を被り直したアルの傍らにはミディアムがおり、彼女はそのくりくりの青い瞳をアベルへと向けた。

「あたしも、アルちんとおんなじ気持ち。ヨルナちゃんが味方になってくれたら嬉しいけ

ど、タンザちゃんと街がこんな風になって……」

「その災禍の中心たる存在を連れたこちらに、ヨルナ・ミシグレは従えぬだろうと？　それは感傷に浸りすぎた考えだ。あれはすでに心を決めている」

「本当に？　アベルちんが、また勝手にひどいこと言ったんじゃなく？」

「非情さの程度に拘らず、必要な話をする。俺の意図は明白だ」

呈された疑問を否定しないアベルに、ミディアムがその頬を膨らませる。

実際、タリッタの耳が捉えた限り、アベルとヨルナのやり取りは感情的でこそなかったが、優しく穏当な、寄り添ったものとは到底言い難かった。

それでも、アベルがこうもヨルナの意思を疑わないのは、

「ヨルナ嬢ちゃんの弱みに付け込む準備があるから……結局、オレたちと同じ道を歩かなきゃ、行き場のない街の住人を守れねぇ、か」

「そんなの……！　またそんな言い方したの、アベルちん」

「他の選択肢があるか？　あとは無意味な意地を貫き、野垂れ死にするだけだ」

「他の道はなくても、他の言い方はあるの！　なんでわかってくれないの！」

声を高くして詰め寄るミディアムに、アベルは鬼面越しの冷たい目を向ける。

ミディアムの思考が外見同様に幼児化しつつあるのも原因だが、こうして二人がぶつかるのはタリッタの心臓に悪い。正直、タリッタも心情的にはミディアム寄りだ。

しかし、過去の皇帝と『シュドラクの民』との盟約に従う限り、タリッタにはアベルを

見放し、敵対するという選択肢はないのだった。

「ミディアム嬢ちゃんのお怒りごもっとも。とはいえ、使えるものは何でも使うってアベルちゃんの考えは個人的には嫌いじゃねぇ。実利目当てにあのお姉ちゃんがこっちにつくってんなら異論はねぇさ」

「あたしは異論だらけだってば！　アルちんも、嫌い！」

「ミディアム嬢ちゃんに嫌われる心の痛みはあれど、だ。あとは……」

そこで言葉を切り、アルはアベルと自分を睨むミディアムを手で制しながら、その視線を都市の中心に開いた大穴へと向ける。

その動きに、タリッタたちの意識もつられてそちらへ向くと、

「オレたちの身内の話をしよう。──兄弟のことだ」

アルの切り出した話題に、渇いた空気が微かに張り詰めるのがわかった。

全員、しなければならないとわかっていた話題であり、同時にどう話せばいいのかと手応えのない心境に置かれつつあった話題でもある。

なにせ──、

「スバルちん、どこいっちゃったんだろう……」

沈鬱なミディアムの呟きが、『大災』がもたらした小規模な被害を物語る。

帝国の誇る大都市が丸々一つ消えてなくなり、二人の皇帝の命を危うくした事実と比べれば、それはあまりに些少と言えるかもしれない被害。

しかし、魔都へ赴いた一行にとっては見逃すことのできない被害でもあった。

「ヨルナちゃんは、スバルちんからあの影がぶわーって溢れ出したって」

「オルバルト爺さんも言ってたぜ。自分の右手がなくなってるってのに、へらへら笑ってやがった。片腕歴の長いオレからしたらとても信じられねぇ」

「老人の態度ガ、ですカ？　それとも言い分ガ？」

「悔しいが、この場合は態度の方。言ってることは本当だろうよ」

舌打ちして、アルがオルバルトの証言を信用する旨を口にする。

タリッタもいい印象のない怪老、しかし、嘘偽りを述べる理由が彼にないのも事実。ヨルナの話とも矛盾がない以上、それはおそらく事実なのだろう。

「――――」

ふと、タリッタの胸中を過るのは、『黒髪黒目の旅人』というマリウリの遺言だ。

森で初めてスバルを見かけ、その命を狙ったときには疑いはなかった。その後、集落に囚われたアベルの存在を知り、その素性が明らかになってからは自分は相手を間違えたのだと、天命の標的はアベルと信じて疑ってこなかったが――、

「もしモ」

マリウリの、『星詠み』の予見した『大災』の担い手がスバルの方だったとしたら。

だからこそ、あの『大災』はスバルを中心に溢れ出たのではないか。

「一つ、見解を統一しておかねばならぬことがある」

そのタリッタの懊悩を余所に、一同の中心でアベルがそう指を立てた。

注目を集めたアベルは、ミディアムとアル、そしてタリッタの顔をそれぞれ見渡し、

「貴様たちの口ぶりは、あれの……ナツキ・スバルの生存を疑っていない。あの惨状で、あれが生き長らえていると本気で考えているのか？」

「――っ、当たり前だよ！　スバルちんが死んじゃうなんて……」

「考えたくない、などと口にしてくれるな。貴様が受け入れ難くとも、起こるべくして物事は起こる。他人の生き死にには、その線上だ」

「アベルちんは……っ」

淡々としたアベルの物言いが、感情的なミディアムの主張と真っ向からぶつかる。

タリッタとしては、ここも心情はミディアム寄りだ。だが、あの災禍の中心にいたスバルが生き残れたかどうかについて、希望を抱けるとは思っていなかった。

狩りを行い、生き物の生き死にに触れる生活が日常だったから、だろう。

シュドラクは勇敢な戦士だが、日常的な狩りだって命懸けだ。時には獣の死に物狂いの反撃を喰らい、仲間が命を落とすことだってあった。

人は死ぬ。容易く。大事な相手でも、そうでもない相手でも違いはない。

「残念ですガ、スバルハ……」

「兄弟は生きてるぜ」

「――アルちん！」

首を横に振り、タリッタは哀悼の意を示そうとした。が、その発言は確信に満ちたアルの言葉に遮られ、それを聞いたミディアムがパッと顔を明るくする。

当然、アベルの方は不機嫌にも思える目をアルへと向けた。

「道化、貴様は何故にあれの生存を確信する？」

「単純明快、そりゃナツキ・スバルってのがそういう奴だからだよ。もっと言えば」

「言えば？」

「世界が滅んでねぇ。それがオレの根拠だ」

根拠と、そうアルが並べた理屈がタリッタには消化できない。どうやらそれはミディアムも同じらしく、彼女も理解できない顔で首を傾げている。

アベルも「ふざけるな」と一息に切り捨て、

「貴様の戯言に耳を貸す猶予はない。道化ていたいならプリシラの前でやれ」

「オレもそうしてぇのは山々だが、姫さんがいねぇからしょうがねぇ。しょうがねぇついでにアベルちゃんにも聞いときたいんだが」

「なんだ」

「アベルちゃんはどう思ってんだ？　兄弟が死んだって？」

被った兜の顎に触れ、アルがアベルの考えを問い質す。

聞くだけ無意味な問いかけだろう。元々、スバルの生存を信じるのは正気かと、そういう語調で問答を始めたのがアベルなのだ。当然、アベルの考えは――、

「──あれが『大災』でなかった以上、果たす役割が残されていよう。そのための能もあるなら、死したと考えるのは尚早だろうよ」

「エ……」

「アベルちん!?」

だが、実際にアベルが口にしたのは、タリッタの予想と正反対の答えだった。

その答えにタリッタは絶句し、望ましい答えを得たはずのミディアムも目を丸くする。

しかし、そのままアベルはタリッタたちの視線には応じず、体の向きを変えると、ゆっくりとその場から歩き出した。

顔を見合わせ、タリッタとミディアムもそれを追う。アルも、首をひねりながら前を行く三人の後ろについてくる。

「アベルちん！　どういうことなの、説明してってば！」

「何の説明がいる」

「全部！　だって、さっきまでスバルちんは死んじゃったみたいに言ってたのに」

「俺は、生き長らえたと思うなら感情論以外の論拠を示せと言っただけだ。俺はあれが生き長らえる理由があると考える。だから生き長らえたと考える。それだけだ」

「〰〰っ！」

優しさのないアベルの答えに、ミディアムが顔を赤くして不満を表明する。それも、振り返りもしないアベルには全く効果を発揮しないが。

そうして、三人を引き連れたアベルの足が、しばらく歩いた先でようやく止まる。そこは魔都の跡地、消し飛んだ『大災』の開けた大穴の目の前だ。

そこに──、

「うあう……」

穴の縁にしゃがみ込んで、項垂れている小さな少女──ルイの姿があった。

白い服をすっかり泥で汚したルイは、力なく素手で土を掻いている。手は土でも汚れているが、割れた爪からの出血で赤く汚れているのも目についた。

「ルイちゃん……！」

慌てて、そのルイの下にミディアムが駆け寄り、後ろから少女を抱きしめる。ミディアムの抱擁を受けながら、それでもルイは手を止めない。

地面を掻いて、あるいは瓦礫を押しのけ、少女はずっと何かを探している。──否、何かを、ではない。

「スバルヲ、探しているのですネ」

「良くも悪くも、ってな。……ちっ、気に入らねぇ」

小さいルイの背中を眺めながら、タリッタとアルがそれぞれの思いを吐息に乗せた。

タリッタの知らぬ間に、アルのルイへの態度はひどくささくれ立ったものになっている。ただ、『大災』を吹き飛ばす最後の衝撃からルイを守ったのはアルだったので、そのあたりの関係性はタリッタにはイマイチ読み解けない。

それを今ついても、たぶん誰も幸せにはならない。それが何となくわかったから、タリッタも突っ込んだ話は聞かずにおいているが。

「もうやめよ。土を掘り返し、瓦礫の裏を見ても貴様の探し物は見つからぬ」

「う……あーう！」

ミディアムに抱かれるルイ、彼女の後ろにアベルが立つ。見下ろしてくる鬼面越しの眼差しに振り向いて、ルイは怒りとも悲しみともつかない顔を作った。

それはアベルを責めているようにも、止めてくれるなと訴えているようでもある。

アベルは前者であれば意に介さず、後者であっても聞く耳持たずと、ルイの隣から大穴の中心へと顎をしゃくり――、

「あれを探し当てるのは骨が折れる。少なくとも、貴様が一人で土を掻いていれば出てくるものではない。――そも、どこへ飛ばされたかもわからぬであろう」

「あう！　あーう！　うあうーあ！」

「夜闇に光なく探しても、それで行き当たるものではない。弁えるがいい」

「うー！　ううー！」

アベルの冷徹な物言いに、ルイが顔を真っ赤にし、口を開けて猛抗議する。

その勢いと剣幕からは、彼女が決してスバルを探すことを諦めないと、必ず見つけてみせると意気込んでいるのがわかった。

そして――、

「アベルちん、スバルちんを探す方法があるの？」

「う、う？」

「今の言い方、ルイちゃんだけじゃ見つからないって言い方だった。もしかして、もっといい方法が思いついてる？」

勢い込むルイを抱きすくめながら、ミディアムがアベルの瞳に問いかける。そのミディアムの言葉にルイの勢いが落ち着くと、アベルは片目をつむり、

「察しは悪いが勘はいい、か。貴様、あの兄と瓜二つだな」

「あんちゃんとは兄妹なんだから当然だよ。それよりも、ちゃんと答えて！　スバルちんを見つける方法があるの？　ないの？　あるの!?」

期待が膨れ上がり、ミディアムが同じ質問を重ねて投げる。その、前のめりなミディアムの様子に嘆息し、アベルは一拍置いてから、

「探し出す術、というほど穏当なものではない。本来の狙いは、消えたあれの身柄を探し出すことではなく、帝都と事を構えるための名分の確保であったからな」

「もっとわかりやすく！」

「……策がうまく回れば、貴様やこの娘の願いが叶うこともあろう。何しろ、帝国中があれの身柄を探し回ることとなる」

「帝国中ガ、スバルのことを探ス……ですカ？」

アベルの言葉の気になる箇所を拾い、タリッタが眉を顰める。

ミディアムと同じで、タリッタも察しのいい方ではない。わからないことをわからないと大声で言えるのがミディアムで、胸に秘めるのがタリッタという違いだけ。

噛み砕いてくれたアベルの説明も、前提知識の足りないタリッタでは理解に至れない。

ただ――、

「――うあう、あうあう？」

その言葉に秘められた意図だけは、正しく伝えるべき相手に伝わった。

暴れかけていたルイが、ミディアムの腕の中でくたりと体の力を抜いて、じっとアベルを見ながら言葉にならない問いを投げる。

それを受け、アベルも正確な意味はわからないだろうに、「無論だ」と頷いた。

「で、どうすんだ？　どうすりゃ、その兄弟を見つける策ってのは実行できる？」

「そう難しいことでもない。ただ、広めるだけだ」

「む～、また悪い癖……！」

アルの問いかけに応じたアベル、彼をまたミディアムが鋭い視線で睨む。と、アベルはミディアムの追及を予期していたように嘆息し、続けた。

それは――、

「――ヴィンセント・ヴォラキアの落とし胤、黒髪黒瞳の忌み子が父王の地位を狙っている。まさしく、『マグリッツァの断頭台』の再現だとな」

## 12

――同日、同刻、とある地にて。


「――っ」

ぐっしょりと、濡れた体を無理やり押して、かろうじて指の引っかかった地面へと体を引き寄せる。一度、この感触を手放せば戻ってこられない。

文字通りの死に物狂い――否、生き物狂いの足掻きだった。

真っ黒な水、逃げ場のない空間で味わった、夢とも現ともつかない苦しみの連鎖。

幾度も、大きな魚影に喰らいつかれた気がする。息が続かず、肺の中まで苦い水に満たされて、血の味を噛みしめながら溺れ死んだ気がする。体温と体力の喪失に意識を失い、眠るように命が途絶えたことも、あったかもしれない。

それを繰り返し、重ねて、ねじれて、そうして、ようやく――、

「あ、ぶぁ……っ」

飲み込んだ水を吐き出しながら、強引に体を岸へ引き寄せた。辛い、苦しい、重たい。

両手が使えればもっと楽にと、心底思う。だが、それができない。

この、岸を掴んだ右手の反対、左手には決して手放せないものを抱いている。

それが何なのか、理解する前は何度か失敗した。手放してしまった。

だが、それが何なのかを理解してからは、絶対に手放すなどできなかった。だから、何度も何度も、失敗を重ねて、それでも諦めなかったから——、

「————」

自分より先に、左腕に抱いていたそれを——少女を岸へ押し上げる。

大きさは小さいが、それでも重たい。途中、何枚か着衣を脱がせ、軽くしたのは許してほしい。華やかなキモノは水を吸い、普通の服よりずっと重たくなっていたから。

あと、抱き寄せたときに脇腹や首筋を鋭く抉られた。それも、彼女の頭に生えている立派な鹿の角が原因だ。——この痛みで、無礼はお互い様としてほしい。

「う、ぐ……っ」

少女を岸へ押し上げた。あとは最後の気力を振り絞り、自分も岸へ上がるだけ。

しかし、彼女を岸に乗せたことで緊張の糸が切れたのか、振り絞るはずの最後の力が見当たらず、両手は空しく渇いた土を掻くだけだった。

このままだと、いけないと、ふらつく頭と途切れない耳鳴りが訴える。

意識が落ちる前兆だ。そして、ここで意識をなくすのは『死』を意味する。

緊張感が途切れ、何としてもやり遂げるという気力が絶たれれば、この幸運を引き当てるのにまたしても夢と現を繰り返し続ける羽目になる。

それだけは嫌だと、懸命に懸命に、意識を立て直そうとすればするほど。

意識は、白んで、やがて、岸を掴む手が離れ——、

「──おっと、危ない」

瞬間、岸から離れ、再び水の中へ没しかけた手を、誰かが掴んでいた。

ぎゅっと、細い指に手首を握られ、沈みかけた体が岸に引き寄せられる。顔が水の中から浮かび上がり、息も絶え絶えに、消えかけの意識の先に相手を見る。

いったい、誰がこの腕を掴んだのかと、しかし──、

「ああ、やめましょう。今にも意識が消える寸前でしょう？　それじゃちょっとしまらない。せっかくなら、もっと劇的に始めたいものですし」

あろうことか、こちらの手を掴むのと反対の手が、相手を見ようとしたこちらの目元を掌で塞いできた。見えたのは、相手の掌の皺ぐらいのものだ。

やたらと生命線の長い、見知らぬ相手の手。

それを目の当たりにしたのを最後に、意識は、遠ざかり──。

「しかし、よくもまぁ泳ぎ切ったものです！　たまたま、風に吹かれて僕がここを出歩いていたのも実に奇縁！　いやいやいやいや、いいですね！」

遠ざかる意識にも引っかかる、楽しげな声だけが最後までついてくる。

その、まるではしゃぐ雷鳴のような声が。

「──なんだか、壮大な物語が始まる予感がしませんか？」

答えようのない問いかけに、意識──ナツキ・スバルの意識は答えられず、落ちた。

# 第四章　『城郭都市狂騒曲』

## 1

——突き抜けるような蒼穹が、眼下の人々の営みを雄大な目で見下ろしている。

燦々と輝いている白い太陽、ゆっくりと流れる大きな白雲。ぬるい風にうなじを撫でられ、薄青の髪をなびかせながら、自分が世界の一部であることを実感する。

ずいぶんと大仰な言い回しで、大層難しいことを言われたような感覚。

ただ、それが今の自分に必要なことと言われれば、疑うよりもまず実践する。

自分から望んで教えを乞うた立場だ。まだ日も浅い。投げ出すには気が短すぎる。

とはいえ——、

「……焦る気持ちに、嘘はつけません」

そっと自分の胸に手を当てて、取り込んだ空気が肺の中で力を発揮するのを待つ。

この、実感のない感覚がもどかしく、すぐに成果を欲しがる自分の性分が小憎らしい。

——否、それは性分というより、置かれた状況の方が理由かもしれない。

自分ではなく、この場にいない、別の場所で役目を果たそうとする相手への——。

「――あ！　こちらにいらっしゃったでありますか！」

と、静かに瞑想する背中に声がかかり、忘れかけた呼吸を思い出した。肺に留め置いた空気を吐きながら振り返ると、小さな少年が駆け寄ってくる。

　ふわふわの、桃色の髪を揺らした子だ。愛らしい顔立ちに桜色のほっぺ、短いズボンを穿いた白い生足が眩しい、幼い可愛げに満ち溢れた少年だった。
　十一、二歳くらいに見えるその少年は、こちらの目の前にやってくると微笑み、
「プリシラ様がお呼びであります！　一緒にきてほしいのであります！」

「わかりました。わざわざ、ありがとうございます、シュルトさん」

「とんでもないであります！　お礼を言われることなんて、ないでありますよー」

とは謙遜しつつも、嬉しそうに頬を染める少年――シュルトの様子に口の端が緩む。

が、彼の持ってきた用事が用事だ。へらへらと笑ってもいられない。

　そう考えて、緩んだ頬を引き締めると、小さく吐息をついて頷き――、

「では、一緒にいきましょうか」

「はいであります！　レム様と、ご一緒するであります！」

　ぴょんと跳ね、頭に手を当てて敬礼するシュルト。その幼い勢いに少し驚きながらも、少女――レムは頷いて、二人で呼び出しの主の下へ向かう。

　城郭都市グァラルでの、レムの仮初の主人であるプリシラ・バーリエルの下へ。

## 2

城郭都市ヴァラルの陥落——ひどく馬鹿げた作戦により、結果的に最小限の人的被害で都市の攻略が完了して、すでに数日が経過していた。

幸い、都市の混乱は少なく、帝国兵の指揮官であるズィクル・オスマンの手腕と、妹に族長を譲り渡しても影響力の薄れない、ミゼルダの統率力が物を言った形だ。

帝国兵とシュドラクの衝突は避けられ、以降も大きな揉め事は起こっていない。

ただし、二人の影響力が及ばない範囲、元々の都市の住民の感情は複雑だった。無論、武器を持たぬとはいえ、彼らも鉄血の掟を奉じる帝国民である点は変わらない。

当初、ほとんど無抵抗で都市庁舎を占拠され、実権を奪われたズィクルや帝国兵たちに対する蔑視は強かったと聞く。ただし、そうした不満の声もすぐに消えた。

それというのも——、

「より強きに従うのが帝国の習わし。なれば、口先だけのもの共より、妾の行動に義があるのは誰の目にも明らかであったろう」

「それは……」

「それとも、頭を垂れて嵐を耐えしのぎ、風がやめば壊れた家屋を直せと声高に叫ぶ。かようなものの言葉にこそ価値があるか？」

「いくら何でも、極端な例でズルいと思います」

単純な立ち位置だけでなく、一段上から相手を見るものの言い方。その逃げ場を封じるやり口に対し、レムは静かにそう言い返した。

その答えに一拍の間があり、それから「く」と微かに喉が鳴る音がすると、

「妾を卑怯と、そう悪罵するか。なるほど、命知らずもいいところじゃな、レム」

「命が懸かっていれば、命知らずだと思います。でも、プリシラさんはそこまで短気なことはされない方だと」

「妾を、貴様の尺度で推し量ると？」

「残念ながら、他の物差しを持っていませんから」

紅の瞳に見下ろされながら、しかし、レムは毅然とそう反論する。

記憶を失い、実感のある過去を持たないレムにとって、見るもの全てが新鮮であり、起こす行動の全部が未知の体験だ。それが結果、相手の不興を買うこともあるだろうが、それを恐れすぎていては一歩も動き出せない。

少なくとも、目の前の女性の傍に置かれて数日間、レムは死なずに過ごせている。

故に――、

「ふん、小癪なことを言う。可愛げのない娘め」

と、そうして相手が矛を収めてくれると、何となく期待はできていた。

時折、理解の及ばない理由で不条理を働くこともあるが、基本的には物騒な発言と比し

て理性的な女性。それがレムの抱く彼女への——プリシラへの印象だった。

豪奢な椅子に頬杖をつき、膝の上で本を広げているプリシラ。そうして宮殿か大屋敷の主の如く振る舞う姿が非常に絵になる彼女だが、あくまでここは借り物だ。

現在、城郭都市に滞在するプリシラは、都市で最も大きな屋敷を接収し、そこを住まいに悠々とした日々を過ごしている。屋敷は都市庁舎を除けば都市で一番大きな建物で、二、三十人が暮らせそうな広さを贅沢に無駄遣いしている。

もちろん、屋敷を巡っては本来の所有者と一悶着があったが、それは帝国の流儀——野蛮な鉄則によって、少量の血が流れる形で決着した。

——それはすなわち、互いの主張を通すための実力行使。

「——」

ちらと、レムは視線を感じ、部屋の片隅へと意識を向ける。

プリシラに呼ばれ、彼女の傍仕えの立場にあるものが集められた一室には、レムと笑顔のシュルトだけでなく、もう一人の人物も姿を見せていた。

それこそが視線の主であり、屋敷の扱いを巡る『決闘』で剣を振るった人物——、

「——ハインケルさん」

「……なんだ」

「いえ、なんだか意味深に私を見ていたようだったので、何かあったのかと」

レムの呼びかけに低い声で応じる男が、重ねた問いかけに渋面を作った。そのまま、彼

は自らの赤髪を乱暴に掻き毟り、

「別に、プリシラ嬢にそんな口の利き方して、怖いもの知らずな娘だと呆れてただけだ」

「命知らずの次は怖いもの知らず、ですか。そういうわけでもないんですが……」

「俺にはそう見えたってだけだ。いちいちケチ付けるなよ」

小さく舌打ちし、男はレムの答えに頭を掻いていた手を振った。

その、燃えるような赤毛と鍛えられた長身、生来の精悍な容姿を無精髭と不機嫌な表情で台無しにするのは、プリシラの部下の一人であるハインケルという男だ。

レムと語らい、城郭都市に残ることを決めたプリシラ。その後、元々の拠点から彼女に合流したのが、このハインケルとシュルトの二人だった。ここにあの兜の男――アルを加えた人員が、プリシラの従者たち、ということになる。

「もちろん、今はレム様も僕たちのお仲間であります！」

「勝手抜かすな、チビ。この女はプリシラ嬢の敵のとこの娘って話じゃねえか。俺たちの味方どころか、潜在的な敵だ」

「ええ!? レム様、僕たちの敵だったたでありますか!?」

「ええと……それは保留しています」

まん丸い目をぎょっと見開いて、驚き慌てふためくシュルトにレムはそう答える。

ハインケルの言いようは極端だが、それを否定できないのもレムの複雑な立場だ。記憶のないレムの所属、それを確定するには自覚も情報も不足している。

無論、レムのあやふやな立ち位置を確定するのに最も貢献するのは——、

「……あの人が」

課せられた役割を果たすため、城郭都市を旅立った黒髪の少年——ナツキ・スバルの存在が、レムの曖昧な立場を確たるものにするとわかっている。

ただ、それを素直に受け入れ、彼の言葉に耳を傾けられないのもレムの本音だ。

——スバルの纏ったおぞましい瘴気、それは彼の言行を見極める上で大いに障害となったが、現時点でレムはスバルの言葉や行動に嘘があるとは思っていない。

それでも素直に彼を受け入れ切れないのは、レム自身の足場の不確かさが原因だ。

自分自身が何者で、ナツキ・スバルや他の人たちとどんな関係にあったのか。

それと向き合うことができなければ、レムの時間も、止まった足も動かせない。

自分の存在を確たるものとするためにスバルと向き合いたいのに、スバルと向き合うには自分の存在を確たるものとしなくてはならない。

それはもはや、出口のない迷路に迷い込んだようなジレンマだった。

「相当に難儀していると見える。眉間の皺が、そのよい証拠よ」

「それは……事実です。プリシラさんの助言を実践しているつもりですが、その」

「なんじゃ?」

「プリシラさんのお話は、いつも難しいので」

目を伏せ、恥を忍んでレムは自分の無学が理由だと釈明する。

はっきりとは言わないが、プリシラの言葉の選び方は難解で、理解に苦しむ。アベルとよく似た性質──否、同じ性質の持ち主と言えるだろう。おそらく、これを口にすると、プリシラからもアベルからも不興を買うため、わざわざ言いはしないが。

「助言？　助言って何の話だ？　プリシラ嬢が、この女に助言を？」

「はいであります、ハインケル様。僕は知ってるであります！　レム様は、プリシラ様のお傍で勉強させてもらってるであります！　それで、プリシラ様の身の回りのお世話をしていて、僕とおんなじなんであります！」

「おい、おいおいおい、正気か、プリシラ嬢？　そんな真似して、いったい何の得があるっていうんだ。敵を育ててやっているだけだろう」

と、詳しい事情を聞いていなかったらしきハインケルが目を白黒させる。彼は壇上のプリシラにのしのしと歩み寄り、唇を曲げてレムを指差した。

「てっきり、小間使いのつもりで傍に置いてるんだとばかり……こっちの陣営の情報が筒抜けになる。わざわざ不利になるなんて、お遊びも大概に……」

「黙れ、凡夫。妾に指図するつもりか？」

「ぐ……っ」

「学ばぬ男よな。貴様を打つ妾の手とて暇ではない。書物の頁をめくる役目がある」

膝に置いた本の表紙を手でなぞり、そう告げるプリシラにハインケルが息を呑む。そのハイ
彼はまるで剣でも突き付けられたような形相で、一歩二歩と後ろに下がった。そのハイ

ンケルの恐れようが、レムには大げさすぎるように感じる。

もちろん、プリシラの技量が卓越し、その剣力が『九神将』と呼ばれる帝国の強者を退けるのを、他ならぬレムもこの目で見届けたが――、

「ハインケルさんも、大きく劣るものではないと思いますが……」

あくまで、レムの見た限りと但し書きする必要はある。

だが、この屋敷を接収する際、屋敷の所有者の代理人を務めた剣士相手に、ハインケルは何もさせずにその剣を奪い、命を取らずに勝利を収めた。

その洗練された剣技には、そこいらの帝国兵では束になっても敵わないだろう。

にも拘らず、このハインケルの恐れようは、過剰反応の極みに思えた。

もっとも、『自分』であることにさえ素人のレムだ。強者たちの見えている世界には、レムなどでは立ち入れない物の見方があるのかもしれない。

ともあれ――、

「妾がその娘に目をかけるのは、気紛れの一端に他ならぬ。じゃが、痩せた土地で飢え死にしかけたシュルトを拾ったことも、実らぬ努力に血を流していた貴様を呼びつけたことも、いずれも妾の気紛れである」

「はいであります！　僕はプリシラ様の気分で助けてもらったであります！」

「お前はそれでいいのか……」

本の表紙を指で叩いて豪語するプリシラ、その言葉にレムは呆れ半分で圧倒され、シュ

ルトは嬉しげに自分の幸運を誇った。ハインケルも、直前の強張りは解けたようだが、それでもレムを見る目にはいくらか警戒を残している。

　およそ、一番真っ当な物の見方をするのが彼ということだろう。

「それで、プリシラさん、私たちは何の用で呼ばれたんでしょうか？　身の回りのお世話だけなら、ハインケルさんもいらっしゃる理由が思いつかなくて」

　役割分担という意味で言えば、屋敷でのプリシラの生活の世話はレムとシュルトで十分分担できている。杖をつく生活もかなり慣れて、単純な家事に不安はない。

　もしかすると、元々そういう役目を率先して担っていたのかもしれない。

　そんな形の作業分担なので、ハインケルの出る幕がないのだ。

「そもそも、ハインケルさんは何をする人なんでしょうか……剣を振っているか、お酒を飲んでいるか、シュルトさんと遊んでいるところしか見ていませんが」

「……言っておくが、そのチビと遊んでやった覚えはねえぞ」

「そうであります！　ハインケル様にはよく構ってもらっているでありますが、僕が勝手に近付いていってるだけであります！　いつも、ハインケル様がお一人だと寂しそうでありますから、寂しくないようにと思って……」

「ああ、そうだったんですか。シュルトさんは優しいですね」

「えへへへであります」

　胸に生じた疑問を解消され、レムがシュルトの癖っ毛頭を優しく撫でる。ついつい、こうして撫でてやりたくなるのがシュルトの不思議な魅力だ。

都市内だと、あとはちょこまかと出入りするウタカタも撫でたくなることが多い。もしかすると、単純に年下を可愛がりたいだけかもしれないが。

「クソ、付き合っていられるか。プリシラ嬢！　さっさと今の質問に答えてくれ。用がないなら、俺は酒場にでも……」

「――そろそろ、街を発ったものたちが魔都へ到着する頃であろう」

「あ……」

「状況が動くとすれば、この機に合わせての可能性が高い。気を引き締めておけ」

肘掛けに頬杖をついて、そう言い放ったプリシラに空気の水気が変わった。

ハインケルの表情が鋭くなり、レムも胸を衝かれた感覚を味わう。レムに撫でられるシュルトだけが、「アル様、お疲れ様であります～」と一行の旅路をねぎらっていた。

――状況が動くとすれば、とプリシラは前置きした。だが、旅立ったスバルたちの目的が目的だ。良くも悪くも、必ず何かしらの変化は起こされる。

ただ、プリシラの言い方は、都市に残ったレムたちの気を引き締めるものだった。

「この機に合わせて動く、ってことは……プリシラ嬢は思い当たる節が？」

「いいや、具体的なものではない。ただの、妾の経験則によるものよ」

「経験則、ですか？　それはどういう……」

「大きく物事が動くときは、それまでの静けさが嘘と思えるほど一度に動く。まるで示し合わせたかのように、並べた積み木を崩すが如く、一斉にな」

そう語るプリシラの言葉には、言いようのない説得力のようなものがあった。

究極、気を抜くなという指摘だが、レムは深呼吸して足下を見つめ直す。

スバルたちを気にかけるあまり、身近なことが疎かでは本末転倒。そもそも、延々とスバルを気にしているなんて、改めて考えるととても不愉快な状況ではないか。

「傍にいてもいなくても、厄介な人ですね……」

「レム様？　大丈夫でありますか？　なんだか、お顔が赤いであります」

「大丈夫です。ちょっと込み上げてきただけなので。沸々と、怒りが」

「怒りんぼはよくないであります！　レム様は笑った方が素敵であります～！」

パタパタと手足をばたつかせ、懸命に訴えてくるシュルトにレムは目尻を下げる。

一方、プリシラの警告にハインケルは真剣な顔を作り、

「プリシラ嬢、話がそれだけなら俺はいくぞ」

「好きにせよ。酒気に溺れるも、怠惰に過ごすも貴様の自由である」

「酒なんて気分じゃねえ。都市庁舎の、あのもじゃもじゃ頭の指揮官と話してくるさ」

そう短く応じると、ハインケルは大股で部屋の外へ出ていく。去り際、シュルトに「気を抜くな」と言い残す背を見送り、レムはプリシラへ向き直った。

「それで、プリシラさんはどうされるんですか？」

「妾の動静が気になるか」

「それは……そうです。プリシラさんのやること全部が正しいと、そういう風に思っているわけではないですけど……」

それでも、プリシラはレムの持ち得ない知識や眼力を以て物事を判断する。それは持ち物の少ないレムにとって、何を選ぶべきか判断するための貴重な材料だ。その、ある意味では無礼千万なレムの言葉に、プリシラは「ふ」と笑い、

「頭のない人形になる気はないか。そうでなければ、傍に置いた意味もあるまいよ」

「プリシラさん?」

「先の問いの答えであれば、備えはあの凡夫が敷こう。あの『将』と、シュドラクの民も相応に使える。なれば妾は……」

「プリシラさんは……?」

微かに息を呑み、レムはプリシラの言葉の先を待つ。知らず、レムの隣ではシュルトも期待に拳を握りしめ、主の答えを待っていた。

そんな二人の眼差しに、プリシラはその切れ長の瞳を細め、

「──湯浴みじゃな。花弁を浮かべ、香を焚くがいい」

「……えっ」

「なんじゃ、二度言わせるな。湯浴みとする。早々に湯殿を用意せよ」

ひらひらと手を振り、プリシラがレムとシュルトの二人をそう急かす。

その唐突な命令にレムは目を白黒させてしまうが、シュルトの方はビシッと敬礼し、

「わかりましたであります！　さっそく、お湯を張ってくるであります〜！」

元気よく答え、そのままシュルトは勢いよく部屋を飛び出していった。

それを唖然と見送るレムを、本の続きに取り掛かるプリシラが「レム」と呼び、

「貴様は行かぬのか？　シュルト一人に任せれば、盛大に湯水を無駄にしよう」

「……シュルトさんのお手伝いはします。ただ、何を考えているんですか」

「貴様の疑り深さは、その先入観の強さの表れでもあるな。貴様、妾があらゆる事象を自由自在に操る、世界の観覧者とでも思っておるのか？」

「そ、そこまでは思っていませんが……」

理路整然と説かれ、レムの追及の勢いが萎んだ。

そのレムの様子を鼻で笑い、プリシラは「よいか」と続け、

「この世の全ては妾にとって、都合の良いようにできておる。じゃが、それは全てを妾の意のままに従えるという意味ではない。そのような退屈、望むはずもない」

「思い通りは退屈、ですか？」

「起こり得る何もかもが思惑通りなら、明日を迎える意味はどこにある。レム、貴様は自身が生まれ落ちたときから、何もかもが終わった世界を望むのか？」

そうプリシラに問われ、レムは口を噤んで押し黙った。

プリシラの言葉はまたしても難解だが、かろうじて話の真意はわかる。望み通りの日々を送るということは、新しいことや未知と出くわさないことを意味する。

そしてそれはプリシラにとって、望ましいことではないのだと。

しかし──、

「それは、色々なことがうまくできない私には、贅沢な拒絶です」

自らの過去を失ったレムは、今現在の不甲斐ない自分からの脱却こそを望んでいる。

何一つ、思い通りにならないことで苦しむレムにとって、思い通りにならないことを楽しむプリシラの在り方は、理解できないそれだった。

もしもそれで、プリシラに面白みのない娘と見限られたとしても。

「貴様に、妾と同じになれとも、同じものを望めとも思わぬ。好きにするがいい」

だが、悲壮な覚悟さえして発言したレムに、プリシラの反応は予想外に柔らかかった。

目を丸くするレムに、プリシラは手のかかる犬でも眺めるような目を向け──、

「──世界はただ、在るがままに美しい」

静かなプリシラの呟きには、彼女の掛け値なしの本心が込められて思えた。

そう思ってから、レムは自分のその考えを馬鹿げたことと否定する。だって、それが掛け値なしの本音だとしたら、あまりにも規模が大きすぎる。

プリシラがあまりに大きなモノを愛し、慈しんでいることになる。

「大切に慈しむなんて、プリシラさんの印象と真逆のことですし……」

「何か言ったか？」

「いえ、大したことは何も……と」

ゆるゆると首を横に振るレム、その胸中のもやもやはわずかに薄くなっていた。

全てが晴れたわけではないが、直前の暗雲のようなそれは消えている。そう、レムが自己分析にひと段落を付けたところで――、

「わわわ～であります！　お湯が、お湯が溢れて！　お、溺れてしまうであります～!!」

と、屋敷の湯殿の方から差し迫ったシュルトの絶叫が聞こえてくる。案の定、といった状況に見舞われるシュルトを思い浮かべ、レムは顔を上げた。

プリシラと目が合い、その白い顎をしゃくって「行け」と命じられる。

「私は、プリシラさんの思い通りにはなりませんよ」

「だが、シュルトの悲鳴を無視もできまい。そら、妾の勝ちじゃ」

言いなりになるわけではないと、せめてものレムの抵抗は儚く散る。

それ以上の抗弁をするには、シュルトの安否が危ぶまれすぎていたから。

## 3

「うう～、また失敗してしまったであります……僕は本当にダメダメであります……」

ゆるゆると、桃色の癖毛を頂いた頭を振りながら、シュルトはとぼとぼと通りを歩く。

その小さな頭の中には、不甲斐ない自分への情けなさが渦を巻いていた。

――まだ幼いシュルトは、自分の終生の主人をたった一人とすでに決めている。

貧しい村に生まれたシュルトは、その年の徴税の重さに口減らしされ、家を追われて道端で飢えて死ぬはずだった。空腹と渇きで泥を啜り、それが人生最後の食事になりかけていたシュルトを救ったのは、そこに通りがかった眩しい太陽――。

その、世界全部を焼き尽くすような生き方に救われ、今のシュルトがある。

だからこそ、シュルトは自分の持てる全部と、これから持つだろう全部を大恩ある主人に捧げるつもりでいるのだ。それなのに――、

「ちっとも役に立てなくて、自分が嫌になるであります……」

自分なりの深いため息、それすら人並みより肺活量が弱めに感じる体たらく。先頃も、命じられた湯殿の準備もままならず、てんやわんやと慌てふためくばかり。

まだプリシラに仕えて日が浅く、それも足の悪いレムに迷惑をかけてしまい、散々だ。

「プリシラ様もアル様も、焦って変わらなくてもいいと言ってくれるでありますが……」

優しいプリシラと心の広いアルが、そう慰めてくれる気持ちは嬉しい。

でも、そんな二人に何も返せない自分がシュルトは嫌なのだ。その点、二人とは違った見方で接してくれるハインケルに、シュルトはとても感謝していた。

アルから教わった剣の練習も、やり方が違うと教えてくれたのはハインケルだ。おかげで、前よりちょっとだけ、力こぶのところが固くなってくれた気がする。

「一日練習して、五日お休みするアル様のやり方より、毎日続けるハインケル様のやり方の方が僕向きだったであります。……アル様には内緒でありますが」

ともあれ、そんな成長の兆しもあり、シュルトはちょっと調子に乗っていたのだ。それが先の湯沸かしの大失敗に繋がったのだと、シュルトは大いに反省する。

今頃、お湯を張り直した湯殿で、レムがプリシラの湯浴みを手伝っている頃だろうか。レムは何でもできて、尊敬できる人だとしみじみ思う。

「まるで、ヤエ様みたいであります。……ヤエ様、お元気なんでありますか……」

ふと、シュルトの脳裏に蘇ったのは、以前、プリシラの下で働いていた元気で明るいメイドのヤエ・テンゼンという女性だ。

プリシラの身の回りの世話を担当し、アルともいつも楽しく話していて、シュルトにも優しくしてくれる彼女が、シュルトはとても好きだった。

しかし、彼女はある日、家族に不幸があったらしく、突然に屋敷の仕事を辞めて田舎へ帰ってしまったのだ。シュルトは挨拶する暇もなく、とても寂しい思いをした。最後に彼女を見送ったアルの話では、シュルトによろしくと言っていたらしい。

もしかしたらレムは、プリシラの傍仕えとしてヤエの後釜になるかもしれない。優しくて努力家のレムがそうなってくれると、シュルトとしてもとても嬉しい。プリシラとも仲良くしているし、きっとレムも楽しいはずだ。

何より――、

「プリシラ様とご一緒なら、みんな幸せいっぱいでありますから」

他ならぬ自分の実体験が、シュルトにプリシラの存在の大きさを物語らせる。

レムも、色々と悩み多い年頃なのか、物憂げに考え事をしていることが多い。そんな思い悩む暗い顔も、プリシラという太陽が眩く晴らしてくれるだろうと。

「ア、シューきタ」

「むむ！　であります！」

そんな思いを胸に、頭を上げたり下げたりしていたシュルトが足を止めた。

通りの先、シュルトを指差しているのは黒髪の先を桃色に染めた幼い少女だ。彼女は隣に一人の青年を連れていて、彼もシュルトに気付くと「ややっ」と明るい声を出した。

「そこにいるのは執事くんじゃないか。あのお姫くんは一緒じゃないんだね」

「プリシラ様は屋敷でゆったりであります、フロップ様。ウタカタ様と一緒に、お散歩の最中だったでありますか？」

「ウー、様って呼ばれるの珍しイ。面白イ」

柔らかく微笑む青年——フロップが、シュルトの質問に「そうなんだ」と頷く。その隣ではウタカタという少女が頬に手をやり、シュルトからの呼び名に感慨深げにしている。

フロップとウタカタの二人とは、シュルトもこのグァラルで初めて知り合った関係だ。聞いた話だと、フロップは街から街へ旅をしながら商売をする行商人で、ウタカタは『シュドラクの民』という部族の戦士であるらしい。

二人とも、自分の拠って立つところのある人たちで、その立派さが今は眩しい。

「おや？　なんだか浮かない顔だね、執事くん。もしかして、悩みがあるのかい？」

「ええ⁉　す、すごいであります！　フロップ様、わかるでありますか⁉」

「ああ、もちろん、わかるとも！　なにせ、大抵の人には悩みがあるからね！　なんと、悩みなんてなさそうな僕の妹にもあるんだよ！」

「ミディー、悩みなさそうだっタ」

「あるんだよ！　ビックリだね！」

朗らか元気に笑うフロップの態度に、シュルトもなんだか気持ちが明るくなってくる。

フロップも、プリシラと同じで周りを明るくする太陽みたいな人だ。きっと、フロップの周りには色とりどりのお花がたくさん咲くことだろう。

「なんだか、お花畑の王子様みたいであります」

「ははは、王子様なんて大層なものじゃないさ。僕は単なる一介の行商人だとも！　それで執事くん、どんな悩みを抱えているんだい？　僕に話してみたらどうだろう！」

「いいんでありますか？　お散歩中だったんじゃ……」

そう聞いてくれるフロップに、シュルトは彼と一緒にお散歩していたウタカタを見る。

しかし、ウタカタはちっとも嫌そうでなく首を横に振った。

「ウー、暇してタ。フーと遊ぶのも退屈してたから、シューの悩み聞ク」

「そうなんだ。ああっと、退屈しのぎなんて思わないでくれたまえよ。どんな悩みも悩んでいる本人にとっては重大事さ。だから、しっかり聞かせてもらうとも」

あまりたくましくない胸を叩(たた)いて、フロップがシュルトとウタカタの二人を道の端、そこにある花壇に連れていき、三人仲良く並んで縁石に腰掛けた。

そこでシュルトは思い切って、不甲斐(ふがい)ない自分の失敗談を二人に相談する。

「プリシラ様のために、もっと頑張りたいのにうまくいかないのであります。フロップ様やウタカタ様は、どうやって今の立派な自分になれたんでありますか？」

「ほほう、なるほど。どうやって今の自分になれたか、か……哲学的だね！」

「テツガク……そうなんでありますか……」

笑顔のフロップの答えに、シュルトは学んでいない勉学の気配を感じて身構えた。そのテツガクの響きに身を硬くするシュルトの横、ウタカタがぐっと手を上げて、

「ウーがウーになったのハ、マーがウーを産んだからラ」

「マー、でありますか？　それはどなたなんであります？」

「ウーの母！　ターと仲良かっタ。でモ、自分で自分刺して死んダ」

「そ、そうなんでありますか……っ」

浮かせた足をパタパタさせながら、ウタカタが自分の母の死に様を語る。

気にしていない態度だが、予想外の内容を聞かされたシュルトの方は驚いた。そのウタカタの頭を、彼女を間に挟んで反対に座るフロップが優しく撫(な)でる。

「そうか、お母上がそんなことに。それは大変だったね、ウタカタ嬢」

「ウーより、ターの方が大変だっタ。ウーはミーとかみんなのおかげデ、全然平気」

「そうだね、確かにウタカタ嬢はとても立派に育っているとも。きっと、お母上もそのこ

とを喜んでくれているだろうさ」

「──？　マーは死んだからラ、喜ばないイ。フー、変なこと言ってル」

フロップに頭を撫でられながら、ウタカタは不思議そうな顔をする。ただ、フロップに撫でられるのは悪い気はしないらしく、彼の手を止めようとはしなかった。

そんなウタカタの反応に、フロップが青い目を静かに細めながら、

「さて、ウタカタ嬢の答えはとてもよかった。実際、どうやって今の自分になったのかという話をすると、僕も同じような答えをすることになると思うな」

「同じ答え……じゃあ、フロップ様も、ウタカタ様とおんなじ風にシュドラクの皆さんに育てられたでありますか？」

「だとしたら、僕には家族がたくさんいて嬉しいね！　でも、僕の家族は妹のミディアム以外だと、もう死んでしまった人たちしかいないんだ。とても寂しいけれどね」

「……そう、でありますか」

前半はいつもの調子で、後半は少しだけ声の調子を落としたフロップ。彼にもウタカタにも、とても無神経な質問をしてしまったとシュルトはまたも落ち込む。

シュルトだって、自分を捨てた家族のことを楽しく話すのは難しいのに。

「そう自分を責めることはないよ、執事くん。これから学んでいけばいい。それこそ、さっきの僕の答えの続きになるんだけどね」

「さっきの……ウタカタ様と同じ答え、というやつでありますか？」

「そうだとも。ウタカタ嬢と同じというのはね、僕も周りにいた人の影響を受けて、今のこんな僕になったというところなんだ」

両手を広げて、フロップが今の自分を見せびらかすように笑う。

その朗らかな笑顔と人を安心させる声色、どちらもフロップのフロップらしさに通じる大切なものだ。それも、人からの影響で培われたものなのだろうか。

「その昔、僕や妹はとてもひどい環境で暮らしていてね。みなし子たちを集めて育てる施設だったんだが、食事は少ないし、働いてもお金はもらえないし、その施設の大人たちは何かあるとすぐに子どもを殴るんだ。ひどい場所だよ」

「ひ、ひどいところであります……！　そんなの、どうしたらいいでありますか⁉」

「ウーなら焼き討ちするル」

「焼き討ちするであります！」

「ははは、それも一案だったかもしれないね。でも、そうはならなかったんだ」

フロップの過酷な過去に、ウタカタの火攻め案をシュルトも応援する。が、その二人の答えに笑うフロップは、すでにその過去を通り越したあとなのだ。

「まぁ、焼き討ちに近いことはあったかな！　それをして助けてくれたのが僕たちの恩人で、もう死んでしまった僕や妹の家族なんだけども」

「……助けてもらった、でありますか。それは、すごくよかったであります」

「わかるかい、執事くん」

「わかるであります。……僕も、プリシラ様に助けてもらったでありますから」

自分の胸に手を当てて、骨と皮ばかりの体ではない事実を指先に感じる。それが、シュルトが今日までプリシラに与えてもらったものの証だ。

シュルトがたくましく、強く元気で立派になるほど、あの日のプリシラの行動が間違いでないと証明できる。プリシラにも、後悔させずに済む。

そんなシュルトの赤い瞳の輝きに、フロップは小さく笑い、

「大体、僕も似たような思いを抱いたよ。だから、僕も自分の大きな目標を叶えるために頑張っている最中だ。なかなか道は険しいが、諦めずにいきたいものだね」

「諦めないでほしいであります！　あ！　でも、もうちょっと具体的に教えてほしいであります。フロップ様は、どう頑張ってるでありますか？」

「うん、そうだね。色々と考えてみたんだが……ここは一つ、僕ではなく、僕の妹の話をするとしよう。僕より背がでっかくて、腕の立つ元気な妹の話を」

「おおー、であります！」

フロップが大きく手を上に出したのは、話題の妹がそれだけ大きい人だからか。

彼が陽気に話す妹さんだが、シュルトは直接その本人に会ったことがない。プリシラに呼ばれてグァラルにきたとき、すでにフロップの妹は旅立ったあとだったのだ。

「ミディー、おっきくて強イ。ミーも感心してタ」

「何より声が大きくて、物怖じしないところが売りなんだ。もちろん、腕が立つのも兄の

僕としては鼻が高いところさ！　強くなるために頑張っていたからね」

「強くなるために……でありますか！　尊敬するであります！」

きっと、強くなるために前向きに、向上心を失わずに努力したのだろう。

腐らずに頑張り続けること、それが上達のコツなのかもしれないと、そうシュルトが受け止めようとする。しかし、「いやいや」とフロップは肩をすくめた。

「そう思うだろう？　でも、ところがどっこい！　ミディアムが強くなったのは、もうちょっと後ろ向きな理由なんだよ」

「う、後ろ向きでありますか？　それはどういう？」

「うん、簡単なんだ。――ミディアムはね、僕が大人に殴られたとき、僕の傷をずっと優しく撫でていたんだよ」

目尻を下げ、過去を懐かしみながらフロップがそう話す。

その穏やかな語り口と、しかし語られる内容の落差にシュルトは困惑する。殴られた傷を撫でていて、それが強くなる切っ掛けと言われてもピンとこない。

「殴られるなんて、可哀想であります。傷を撫でてくれる妹さんは、とてもお優しいと思うであります。でも、フロップ様は、どうしていたんでありますか？」

「僕かい？　僕は笑っていたよ。ミディアムの気持ちが嬉しかったし、僕が笑っていなかったら、僕に庇われたミディアムが気に病んでしまうからね」

「――――」

「だから、僕が庇い切れなくて初めて大人に殴られたとき、ミディアムは心の底から驚いたんだ。殴られた傷を撫でられたら、痛いんだよ。治ったり、痛みがなくなったりはしないんだ。とても残念なことに」

ゆるゆると首を横に振って、フロップは寂しげにそう答えた。

そのフロップの答えを聞いて、察しの悪いシュルトもようやく彼の真意を理解する。彼の妹が、どうして強くなろうと諦めずに志せたのかも。

「痛いのが嫌だったラ、やられないようにするしかなイ。ミディー、そう思っタ？」

「まぁ、そういうことだね！　我が妹ながら、とても単純でいい答えだ。おかげでミディアムが強くなってくれて、僕たち兄妹の旅は安全になったわけさ！」

そうして大げさに笑うフロップの様子が、シュルトには少し違って見えた。

明るいだけでなく、誇らしげに見える。きっと、フロップは心の底から妹のことを自慢に思っているのだ。それが、とても羨ましい。

「僕も、フロップ様の妹さんみたいに、強くなりたいであります……！」

「それを聞いたら、きっとミディアムも喜ぶさ。いや、照れるかもしれないな。誰かのお手本にされる経験なんてあまりないだろうし、それもとても楽しそうだ」

ぎゅっと小さな拳を固めるシュルトに、フロップが笑顔で太鼓判を押してくれる。

そんな二人のやり取りを聞きながら、ウタカタが「シュー？」とシュルトを見て、

「強くなりたいならラ、ウーと一緒に弓の練習すル？」

「弓、でありますか？　でも、僕は剣の練習も……ううん、するであります！　両方やるであります！　その方が、倍強くなれるであります！」

「どっちもやり遂げられたら、まさしくそうだとも！　賢い！」

両手を空に突き上げて、決意を燃やすシュルトにフロップが同調した。そうして一緒の訓練の約束に、ウタカタも小鼻を膨らませて胸を張る。

彼女は背負った弓をシュルトに見せながら、

「ウーモ、シューみたいに頑張ってル。ターみたいな達人になル」

「その、ター様とも会ってみたいであります。ウタカタ様は、どうして弓矢の達人になりたいんでありますか？」

「マーが言ってタ。旅人、ウーが弓矢で殺すたメ」

「なるほどであります。……であります⁉」

思ったよりも過激な答えがあって、シュルトの理解が一瞬遅れた。

旅人を殺すためと聞こえたが、それはいったいどういう意味なのか。詳しいことを聞いていいものなのか、さっき反省したばかりのシュルトは悩む。

――そうして悩んでいる間に、問い質す時間は失われた。

「――執事くん、ウタカタ嬢！」

「フー？」

不意に表情を変えたフロップ、彼は座っていた縁石からするりと降りると、目を丸くするシュルトとウタカタの手を取り、そっと引き寄せた。

思わず、驚いて地面に降り立つシュルトたち、その二人にフロップは頷きかけ、

「なんだか空が危ない感じになっている！　ちょっと慌てて逃げよう！」

「そ、空でありますか!?　ええと、急に言われても何がなんだか……」

わからない、と続けようとしたシュルト、その言葉の先がまたしても遮られる。

だがそれはフロップでも、ウタカタでもなく、もっと別のことが原因だった。

「――――」

フロップに言われ、目を回しながら空を仰いだシュルトも、それに気付いたのだ。

空の彼方より都市へ迫る、脅威の群れを目の当たりにして。

「――飛竜だ」

そう、確信を持ったフロップの声色は、彼とは思えないぐらい張り詰めたもので。

――奇しくも、それは遠く離れた地で『大災』が溢れ出したのと同刻のことだった。

## 4

空の彼方の異変が目撃されたとき、ハインケルの姿は都市庁舎にあった。

プリシラの予言めいた前兆の話、彼女に未来を予知する力があるなどと思わないが、ハ

インケルはああした規格外の存在が有する眼力を侮るべきではないと知っている。

プリシラに限らず、特別な力や宿命を負うものたちは常人とは目線の高さが違う。

目線の高さの違いとは、すなわち見える景色の違いだ。より遠くまで、常人には見えないものを見通せる彼らとは、常人——否、凡人は決してわかり合えない。

それを、ハインケルは四十年と少しの人生で痛いほど思い知ってきた。

故に、自分には理解できないからと、頭ごなしに否定することはしない。

プリシラの言を戯言と切り捨てず、都市庁舎へと足を運んだのもそれが理由だった。

そこで、ちょうど城郭都市の今後の方針を立てていた二人——ズィクル・オスマンとミゼルダに合流し、プリシラの懸念を伝え、話し合いを持っていた。

そうして——、

「————」


最初にその異変に気付いたのは、何かの直感に振り向いたミゼルダだった。

城郭都市を攻略する際の戦いで、その片足を失ったと聞くシュドラクの元族長。彼女は膝下をなくした右足に杖の先のような棒を取り付け、足の代用品としている。

歩くたびに杖をつくような音が鳴るが、このときも同じ高い音が鳴り響いた。

目力の強いミゼルダの美貌、その横顔が引き締まった瞬間、居合わせたハインケルとズィクルは同時に異変を悟り、同じ方向を見た。

そこで空の彼方から押し寄せる黒点を見て、ズィクルが呟いたのだ。

「――飛竜の、群れ」

そう、空を埋め尽くす信じ難い脅威の接近を。

「――ッ！　ズィクル！　兵たちに報せロ！　私はシュドラクを動かス！」

直後、切迫した事態を悟ったミゼルダが、ズィクルの丸い肩を張り飛ばし、凄まじい勢いで階段に駆け込んで仲間の下へ走った。

高く鋭いミゼルダの足音、それに鼓膜を打たれ、ズィクルも面構えを引き締める。

「鐘を鳴らせ！　敵襲！　空からくる！」

そう叫び、側近の背中を蹴飛ばして、城郭都市全体に危機的状況を報せる鐘が鳴る。その打ち鳴らされる鐘の音を聞きながら、ハインケルも大きく鋭く舌を打った。

プリシラの懸念が当たった。それも、準備を始める手前の最悪の間で。

「ハインケル殿！　プリシラ嬢は……」

「プリシラ嬢なら屋敷だ。何か起きるとは読んでた。すぐに動き始めるだろうさ」

振り向くズィクルに応じて、ハインケルは空の敵影に目を向ける。

ほんの数十秒で明らかに色濃く、大きさを増したそれは凄まじい速度で都市へと迫っている。もはや、一刻の猶予もない。

「敵襲だとして、攻め手の心当たりは？」

「――。あの飛竜の数、尋常ではありません。飛竜乗りをあそこまで動員できる戦力は帝都にも……そうなる以上、可能性は一つ」

「だから、その可能性はなんなんだ！」

回りくどいズィクルの物言いに、時間を削られるハインケルの語気が荒くなる。

そのハインケルの追及に、ズィクルは一拍置いて、

「『飛竜将』マデリン・エッシャルト……彼女は飛竜を操ります。つまり」

「クソったれ、『九神将』か……！」

聞き知った名前を出され、ハインケルが自分の頭を掻き毟る。

帝国の内情に詳しいわけではないが、ハインケルも一応はルグニカ王国の近衛騎士団の副団長だ。立場上、他国の情報についても一般よりははるかに知識がある。

帝国の有する最高戦力、『九神将』の名前と異名ぐらいは聞いたことがあった。

いずれも、常外の実力を持った一騎当千の戦士らしく、王国でそれらとまともに渡り合えるのは、近衛騎士団長のマーコスを始めとした最高戦力のみ。

あとはもちろん、王国最強の『剣聖』だが――、

「ラインハルトと渡り合う、とんでもないのがいるって話じゃねえか……」

ヴォラキア帝国最強の剣士は、ラインハルトに引けを取らない実力者と聞く。

当然、『九神将』にも実力差はあろうが、ハインケルにとっては十分以上に悪夢だった。

元々、ハインケルは帝国になんてくるつもりは毛頭なかった。

プリシラがヴォラキアへ向かうと勝手に決めてしまって、なし崩しに付き合わされてついてきてしまっただけだ。この城郭都市の存亡にだって、何の興味もない。

だが――、

「プリシラ嬢の機嫌を損ねるわけにはいかねえ……。プリシラ嬢が王様になっても、俺が追い払われてたら意味がない」

気紛れで、究極的には何を考えているのかわからないのがプリシラだ。

今はたまたまハインケルを手元に置いてくれているが、使えるところを見せなくては、いつ放り出されても不思議はない。それだけは、絶対にあってはならない。

今やプリシラは、ハインケルが縋る唯一にして最後の糸であるのだから。

「うだうだしてる暇はない。飛竜の群れを追い払う。ズィクル、お前は指揮に徹しろ！」

「そのつもりですが、ハインケル殿はどうされる？」

「――俺は、好きにやらせてもらう」

ズィクルやミゼルダと違い、ハインケルには率いる兵も仲間もいない。

仮にいたとしても、近衛騎士団の副団長なんて肩書きはお飾りだ。用兵の基礎なんてはるか昔に学んだきりだし、第一、誰もハインケルの指示なんて聞かないだろう。

だから、ハインケルのできることなど、始めから一個だけだ。

「――――」

そう決断した直後、ハインケルはズィクルの返事も聞かず、都市庁舎のバルコニーへ駆け込み、そこから眼下の都市へと飛び降りる。

高い建物の屋根に足の爪先をかけ、屋上を蹴って走り、また次の建物へ。風を浴びながら跳躍を繰り返し、向かう先は都市を囲む城郭だ。

飛竜の群れがやってくる西の空、そちらへ聳え立つ城壁に飛び乗り、息を整える。

すでに都市には敵襲を報せる警鐘が鳴り響き、街のあちこちで人々の混乱と、それを鎮めて避難を促す衛兵の怒号が入り混じっていた。

「……ああ、クソったれ」

空気の匂いが明らかに変わり、舌の上の唾の味が苦くなる。

戦場の、血と鋼の気配が近付いてくるに従い、ハインケルは耳の奥でキーンと高い音が鳴る幻聴を聞く羽目になった。

ハインケル以外にも、西の城壁へと帝国兵が駆け付けてくる。

ズィクルの推測が正しければ、攻めてくるのは『九神将』の一人。帝国一将の立場にある相手に、彼らはどういう覚悟で立ち向かうのだろうか。

同じ旗の下に集う立場にありながら、それに違和感を覚えないのか。それとも、戦えればそれでいいのか。戦って死ねれば、それで満足なのか。

「クソ、クソ、クソ、どいつもこいつもクソったれめ……っ」

沸々と、胸の奥からどろりとしたどす黒い熱が全身に流れ込んでいく。

心の臓から始まり、内臓と下腹部を巡り、手足の先へ、指先へと伝わっていくその闇色の熱を味わいながら、ハインケルは軋むほど歯を噛みしめた。

その手がゆっくりと、腰に下げている剣――『アストレア』の名を冠するそれへ伸び、ハインケルは柄を強く握りしめた。

そして――、

「――全員くたばれ、クソ共がぁ!!」

耐え難い怒りを吐き出すように吠えながら、ハインケルの剣が一閃され、喰らいつかんと滑空する飛竜の太い首が血を噴いて勢いよく吹き飛んだ。

5

――飛竜の群れの襲来に、城郭都市の平和は引き裂かれた。

鳴り響く警鐘と、逃げ惑う人々の絶叫、それらが絶妙におどろおどろしく重なり合い、グァラルは阿鼻叫喚の支配する地獄と化した。

西の空から大挙して押し寄せる飛竜の軍勢、数百を下らないそれらの脅威は、都市の四方を城壁に守られることで支えられた住民の安心感を打ち砕く。

強力な魔石砲の破壊力にさえ耐え得る城壁、その絶対の防備に弱点があるとすれば、それは大きな壁さえ乗り越えられる敵の存在に他ならない。

城壁を跨げるような存在か、あるいは城壁を飛び越せてしまう空の支配者。

まさしく、城郭都市はこの日、最悪の難敵に襲われたと言って過言ではなかった。

「――これは、とてもよくないな」

悲鳴が木霊する大通りを避け、路地から外を覗いてフロップは眉を寄せた。

空の彼方に飛竜の存在を見つけて数分、事態は転がるように悪化し、城郭都市は束の間の平穏を忘れ、再び数日前と同じ戦場へと引き戻された。

ただし、今度の戦いは以前のそれよりも、もっと悪い。

「旦那くんは、できるだけ被害を出さないようにしようとしていたけど……どうやら、今回の相手にはそういう気配りはなさそうだ」

女装という大胆な手段を用い、都市の『無血開城』を目指したスバル。

その目標は予期せぬ乱入者によって失敗に終わったが、それでも他の計画よりずっと流れる血は少なく済んだ。城郭都市の住民や、幕下に加わった帝国兵たちの感情が極端に悪化しなかったのは、紛れもなくスバルの功績だとフロップは思っている。

しかし、今回の敵にはそうした紳士的な気配りは一切期待できないらしい。

「ひうっ」

凄まじい轟音と地を揺らす衝撃に、フロップの傍らでシュルトが悲鳴を上げる。

無理もない。それほどに、飛竜を擁する敵の攻撃は苛烈で、効果的だった。

「飛竜に岩を運ばせて、それを空の上から投げ落としているだけなのに」

原始的で単純明快な攻撃、しかし、その効果は絶大だ。

拳大の石が当たるだけでも重傷は免れないのに、投げ落とされるのは一抱えもある大岩の類――直撃されれば石造りの建物が壊れ、通りの地面にも大穴が開く始末。

もちろん、人に当たれば結果は言うまでもない。フロップたちが逃げ込んだ路地も、安全圏には程遠い。すぐに地下へ逃げ込むか、頼れる相手の下へ向かうか、だ。

「ミーたちガ、真ん中のでっかい建物にいル」

「ぷ、プリシラ様がお屋敷にいるであります……っ」

「ああ、そうだとも。二人ともとても賢くて僕も同意見だよ。問題は、僕たちのいる場所がちょうどどっちの場所とも真ん中ぐらいってことだね！」

ミゼルダやズィクルといった、頼れる都市の防衛力を有するものたち。

あくまで個人の戦力だが、『九神将』にさえ引けを取らなかったプリシラの力量。

どちらへ向かうのが得策かと、そうして悩む合間にも――、

「た、助け……うわあああ!!」

フロップたちのいる路地の前、通りを逃げ惑う男が悲鳴を上げ、消える。――否、消えたのではない。男の体を飛来する影がさらい、空へ連れ去ってしまったのだ。

ああして投石でなく、地上への直接攻撃を担当する飛竜も存在する。穴がない。

「い、今の人は……っ」

「助けたいが、無理だった！　そして、僕たちも迂闊に出られない。飛竜の爪と牙にかかったら、僕たち三人もまとめて空へ連れていかれてしまう」

「ウーの弓があル！　これデ、飛竜も落とス！」

屈(かが)んだウタカタが弓矢を掲げ、鼻息荒くそう訴える。もしもここにいたのが、ホーリィやクーナといった成人したシュドラクなら、フロップも一考しただろう。

しかし、ウタカタの弓の練習に付き合ったことのあるフロップには、彼女の力量がこの戦場に見合ったものでないことはわかっていた。

「――子どもに一番おいしいモノを、だろう。わかっているさ」

ぎゅっと目をつぶり、フロップは自分と妹をどん底から救ってくれた恩人を思う。

ぶっきらぼうで粗野な態度、それでも恩人はその青臭い主義を曲げなかった。だからフロップも、その青臭さに恥じない『大人』でありたい。

この路地も安全地帯ではない。いい加減、決断しなくてはならないときだ。

シュルトとウタカタの二人を、無事に逃がすために――、

「――二人とも、聞いてほしい。これから僕が」

小さく息を詰め、フロップが決意と共に二人に方針を伝えようとする。

その言葉に幼い二人がフロップを見た、その瞬間だった。

「おおおおぉぉぉ――!!」

「――ッッ!」

壮絶な怒号と共に、空から巨大な影が通りに落ちてくる。

甲高い断末魔、それを上げて地面に叩(たた)き付けられたのは、どす黒い血に塗(まみ)れた飛竜だ。

翼を広げると、三メートルから四メートルほどもある大きな飛竜は、落ちた衝撃で折れ

た翼をばたつかせ、必死でそこから逃げようとするが――、

「逃げるな！　てめえ、逃げるなぁ！」

その飛竜と一緒に地面に落ちて、勢いよく転がった人影が竜の背に飛びつく。そして、悶（もだ）える飛竜へと剣を突き刺し、背後から心臓を串刺しにした。

高い高い悲鳴が長く伸びて、飛竜が血の涙を流しながらその場に倒れ込む。

そうして、飛竜の息の根が止まったのを見届けると――、

「クソ、ったれが……」

大きく肩を上下させながら、死した飛竜の背中を赤毛の男が降りてくる。その姿に、フロップの腕の中のシュルトが「あ！」と声を上げた。

「ハインケル様！　ご無事だったでありますか！」

「あぁ？」

シュルトの高い声に呼ばれ、赤毛の男が態度悪く振り返る。途端、その全身を真っ赤に染めた男の姿に、シュルトの喉が詰まった。

そして、目を見開いたシュルトがフロップの腕を逃れ、男の下へ駆け寄る。そのシュルトを見て、男は袖で血塗れの顔を拭いながら、

「なんだ、お前か、チビ」

「は、ハインケル様、真っ赤であります！　ど、どこか大ケガしてるでありますか⁉」

「怪我（けが）？　ああ、この血なら返り血だ。してても、掠（かす）り傷ぐらいのもんだよ」

「ほ、本当に？　本当にでありますか……？」

目を白黒させながら、シュルトがペタペタと血塗れの男の体を触って確かめる。自分の手や服が汚れるのも意に介さない態度、それを見下ろす男が嘆息した。

そんな二人のやり取りに、フロップは直前の決意に止めた息を吐いて、

「執事くん、心配いらなそうだよ。どうやら強がりではなく、本当に怪我はしていないみたいだからね」

「お前は……よくわからない男か。お前がこのチビたちを？」

「よくわからないは少し心外だけども、その通りだとも！　と言っても、執事くんとウタカタ嬢を連れて逃げ回っていただけだからね。あなたがきてくれてホッとしたよ」

フロップがそう笑みを向けると、血塗れの男——ハインケルが視線を逸らす。

照れたのではなく、不愉快そうな反応だった。実際、舌打ちもされた。が、彼が飛竜を仕留めたことと、シュルトの安心に一役買ったのは事実だ。

シュルトと同じく、プリシラに仕える従者の一人らしいハインケル。剣を持ち歩いているから戦えるのだとは思っていたが、予想以上の凄腕だったようだ。

事実、彼の体を赤く染める大量の血は、複数の飛竜の返り血を浴びた証拠だった。

「今から、僕たちはプリシラ様のところにいくつもりだったんであります！　ハインケル様は、どうするつもりだったでありますか？」

「プリシラ嬢のところに？　……お前はその方が安全だろうな。だが」

ちらと、飛竜の死体とシュルト、それとフロップたちを見比べるハインケル。彼の視線に生じた迷いは、自分の方針をどう傾けるかの思案だろう。

その判断材料になれば、というほどではないが。

「今、この街の中で安全と言える場所はあまりに少ない。ただ、見たところ相手は飛竜ばかり……それなら、地下のある建物か、そうでないなら香辛料が役立つかもだよ」

「コーシンリョウ？」

指を立てたフロップの意見に、ウタカタが不思議そうに首を傾げる。見ればハインケルも、同じような胡乱げな目をフロップへと向けていた。

確かに、地下室はともかく、香辛料は飛竜の生態に詳しくないとピンとこないだろう。

「飛竜はとても嗅覚が優れているからね。かなり遠くからでも血の匂いを嗅ぎつける。その反面、刺激の強い匂いは苦手な生き物なんだ。だから、全身にペッパを振りかけておくと、嫌がって近付いてこれなくなるかもしれないよ」

「……詳しいな」

「これでも、各地を巡る行商人なのでね！　あと、飛竜に関してはたまたま詳しい人が知り合いにいたのさ。帝国で一番詳しかった可能性もあるね！」

とはいえ、その人物からは飛竜のいい面の話を聞くことが多かったので、こうして脅威として飛竜と相対する機会はあまり嬉しくはなかった。

ただ、仕入れた知識に嘘はない。それ自体が間違っていない限り、飛竜から逃れるために香辛料塗れになる作戦も一考の余地はあるだろう。

戦えるハインケルと合流できたのは、フロップと子どもたち二人にとっては僥倖だが、この城郭都市を巡る戦いに僥倖とは言い切れないからだ。

何故なら――、

「赤毛さんに、僕たちを守ってもらうのがいいとは言い切れない」

飛竜と単独で渡り合えるハインケルは、無数の飛竜に襲われる都市の貴重な戦力だ。

ここから先、戦いがどう転ぶにしても、勝敗の趨勢を左右する要因の一つに彼はなるだろう。そんな彼を、非戦闘員の三人と並べておくのはよくない。

頼もしい相手に頼れないとは、なかなか難しい選択を迫られる場面だが。

「僕たちは、飛竜の目と鼻を逃れながら地下を目指そうと思う。赤毛さんには近くの料理屋か倉庫まで付き合ってもらえないかい。そこで目くらまし……いや、鼻くらましかな。それをしたら、あとは自分たちで何とかしようじゃないか」

「フロップ様……」

別れる、という考えが全く頭になかったらしく、フロップの提案にシュルトが驚く。しかし、驚くシュルトに代わり、ウタカタは「ン」と平然と頷いた。

「ウーモ、フーとおんなじ考エ。シューはウーたちが守ル。心配いらなイ」

「ウタカタ様も……でありますか」

こくこくとウタカタが首肯すると、シュルトはその丸い目を伏せる。それから数秒、彼は決意の表情で顔を上げ、ハインケルを見た。

「わかったであります。僕も、フロップ様たちと頑張るであります！　だから、ハインケル様も、ケガに気を付けて……」

「——勝手にお前らで盛り上がるな。なんで俺がお前らの言いなりにならなきゃならない」

「ええ⁉」

しかし、そのシュルトの決意も空しく、ハインケルが顔をしかめてそう言い放つ。

彼は自分のマントで剣の血糊を拭いながら、顎で周囲を示して、

「言っとくが、俺はこの都市に何の義理もない。それよりも、このチビを守り損ねる方がプリシラ嬢の機嫌を損ねる可能性が高いだろう。俺はそれは御免だ」

「ま、待った待った待った、赤毛さん！　待ってほしい！　それじゃあ、君はあのお姫くんの機嫌を守る方が、街を守るより大事だって言うのかい？　それは……」

「——そうだ」

「——」

はっきり、断定的な言葉で返され、フロップは思わず鼻白んだ。そのフロップの顔を見つめて、ハインケルは赤く汚れた顔の中、青い瞳をぎらつかせる。

その鈍い輝きの中に、フロップは彼が抱える強い強い執着の色を見る。

「俺にはこの街よりも、誰かの命よりも大事なものがある。このチビじゃないぞ。このチビを可愛がってるプリシラ嬢に、譲ってもらわなきゃならないもんがあるんだよ。それを

手に入れるためなら、誰が何人死んでも知ったことか」

「赤毛さん……」

「第一、俺もお前たちもそんな大層な人間じゃない。身の程を知れよ。できることは限られてる。その外側に手を伸ばそうとするな。馬鹿を見るだけだ」

「――」

「誰も、剣になんてなれないんだよ」

吐き捨てるように言って、ハインケルの手がシュルトの肩に伸びた。

シュルトの細く小さな肩が彼の手に掴まれ、幼い少年が潤んだ目をハインケルに向ける。

その瞳を満たした怯えが――、

「ハインケル様、辛そうであります」

――否、それは怯えではなく、情けと言うべきものだった。

幼い少年の真摯な眼差しを向けられ、ハインケルが微かに頬を強張らせる。が、それは彼の決め切った心を動かすものではなかった。

「このチビをプリシラ嬢のところに連れていく。お前らはついてくるなら勝手にしろ。ただし、俺が守ってくれると勘違いだけはするなよ」

そう言って、ハインケルがシュルトを掴んだままフロップたちに背を向ける。その足で通りへ踏み出し、プリシラのいる屋敷へ向かおうというのだ。

フロップも、彼の忠告通りについていくべきか迷い――、

「――お前か、竜たちを殺しているのは」

――刹那、その一声と共に落ちてくる影が、猛烈な轟音(ごうおん)を伴って地面に降り立った。

「――――」

濛々(もうもう)と土煙を立ち込めさせ、地面に大穴を開けた突然の闖入者(ちんにゅうしゃ)。

それはシュルトを連れていこうとしたハインケルの眼前、通りの道を塞ぐように、その短い腕を組んで立っている小さな人影だ。

――一見して、それが何なのか理解するのが遅れる。

なにせ、起こった出来事と、その人影から受ける印象があまりに重ならないためだ。

小さい背丈に愛らしい顔つき、傷一つない白い肌と、それを彩るのはやはり可憐(かれん)さを引き立てる空色の装い。外見年齢はシュルトやウタカタとそう変わるようには思えず、今しがた地面を砕くような衝撃と共に現れたとはやはり思えない。

しかし、起こった出来事が全てであり、それは何者にも否定できない。

現れた影はその金色の瞳を細め、通りに立つフロップたち四人を睥睨(へいげい)し、頷(うなず)いた。

そして――、

「竜に血を流させた報い、その血を流し尽くすまで流して贖(あがな)え。――愚人共」

# 第五章『大馬鹿と呼ばれて構わない』

## 1

――噴煙の中に立つ少女の姿を見た瞬間、フロップの頭の中で警鐘が鳴った。

グァラル中に響き渡る本物の警鐘ではなく、自身の生き物としての生存本能が打ち鳴らした警鐘だ。それがやかましく、頭が痛むほどに鳴り響く。

はっきり言って、フロップはミディアムと違って戦える人間ではない。

ちょっと体を鍛えようとしても挫折したし、兄の傷を撫でて実は痛い思いをさせていたと悟った妹の、妹なりに考えて選んだ役割を奪おうとも思わなかった。

なので、戦士の勘や武人としての眼力なんてものは全く持ち合わせていない。

それでも――、

「――あの子はマズい」

と、落下の衝撃で開いた穴から足を抜く少女に、苦い唾を呑み込んだ。

金色の瞳の瞳孔を細め、フロップたちを睥睨する背丈の低い少女。

シュルトやウタカタより二つか三つ上ぐらいの年齢に見える彼女だが、纏っている雰囲気がミディアムやミゼルダ——否、もっと危険なそれと遜色がない。

それこそ、ミゼルダの足を奪った『九神将』の脅威に近いと感じられるほどに。

「……赤毛さん、何とか隙を作れるだろうか。執事くんたちだけでも逃がしたい」

フロップが小声で提案した相手は、唯一、この場で戦力となり得るハインケルだ。

飛竜を斬り殺し、その剣力を示した彼であれば、フロップが肉の盾になるよりよっぽどウタカタたちを守る手助けになれるだろう。

理想を言えば、ハインケルがあの少女を倒せるぐらい強いと最高なのだが。

「赤毛さん？」

少女を警戒しつつ、フロップは返事のないハインケルを訝しみ、その横顔を覗き見た。

——ハインケルは目を見張り、その青ざめた顔におびただしい脂汗を浮かべていた。

「は、ハインケル様？　大丈夫でありますか？」

「う、あ……」

ハインケルの異変にフロップが気付くのと、シュルトが気付いたのはほぼ同時だ。

そのシュルトの案じる声に、ハインケルは頬を強張らせ、声にならない声で呻いた。

少女の素性を知っている、という反応なのかは横からではわからない。ただ、その是非に拘らず、明々白々な事実があるとすれば、それは——、

「なんだ、お前。怯えているのか」

目を細めた少女の視線、それが立ち尽くすハインケルの足下を見ていた。その、立って

いることさえ不安を覚えるほど、両膝を震わせている彼の足を。

そこにあるのは、誰の目にも明らかなぐらいの怯えと恐怖、すなわち絶望だ。

「やあやあ！　初めて見かけるお嬢さん、少しだけ話を聞いてもらえるだろうか！」

そのハインケルの絶望を一目見て、フロップは即座にそう声を張り上げた。

途端、ハインケルとシュルトの肩が跳ね、正面の少女の胡乱げな目がこちらへ向く。視線で殺されるわけではないが、それができても不思議のない圧迫感。

しかし、フロップは心を奮い立たせて頬を緩め、両手を広げて笑みを作った。

「僕はフロップ・オコーネル、しがない行商人の身の上でね。なかなか大変な事態に呑まれて困惑しているんだ。君は、僕より事情に詳しそうだね？」

「──。巻き添えか？　なら、運がないぞ」

「ほう、運がないというのは言われ慣れない言葉だね。足りないものはたくさんあるが、運だけはあるというのが僕の自負なんだ。そんな僕がどうして不運だと？」

「この都市の人間は全員殺していい。そう、老いぼれに言われてる」

小さな顎をしゃくり、周囲を示しながら答える少女にフロップは苦笑する。もっとも、内心は苦笑どころではなく、大いに慌てふためいていた。

都市の住民を全滅させるのが目的となると、交渉の余地はどこにあるだろうか。

「僕の聞いた話だと、その老いぼれさんは都市の全滅は間違いだったと言っていたみたいだよ。改めて、一緒にきている友人や仲間に聞いてみたらどうだろう」

「友人も仲間もいない。竜にいるのは同胞と、敵だけだ。――お前、竜をからかっているな。恐れを知らないと見える」

「からかうなんてとんでもない！　仲良くなりたいと思っているとも。手始めに、君の名前を聞きたいと思っているぐらいだ。そうだろう？」

「そ、そうであります！　お名前、知りたいであります！　僕はシュルトであります！」

機嫌を悪くしかけた少女に、慌てて手を上げたシュルトが自分の名前を名乗った。これでフロップとシュルト、二人から名乗られた少女は眉間に小さく皺を寄せて、

「――マデリン・エッシャルト。竜は、『九神将』だ」

「きゅ……っ」

淡々と、律義に名乗り返した少女――マデリンの肩書きにハインケルが絶句した。

ただ相対しただけでも震えていた膝は、彼女の実力を裏付ける肩書きを聞いてさらに悪化の一途を辿る。もっとも、フロップもそんなハインケルを笑えない。

『九神将』くらい危険と考えていた相手が、そのまま『九神将』だったのだから。

しかも――、

「――ウタカタ嬢」

静かに、フロップは状況に変化をもたらした相手の名前を呼ぶ。

フロップに呼ばれた少女、ウタカタはマデリンを見据え、弓に矢をつがえていた。彼我の距離は七、八メートル、彼女の腕でも外さない距離である。

とはいえ、それで有利に立てているかというと、全くそんなことはない。

「あの敵、飛んでる竜の群れのてっペン。てっぺん倒せバ、戦うの終わル」

「そ、そうなんでありますか!?」

「たぶん正しいよ。彼女の他にも、『九神将』がきていなければの話ではあるけれど」

ちらとフロップが視線を向けると、その話にマデリンは口を挟まない。

ここまでの態度だと、こちらの言葉にはそれなりに反応を見せる子だ。明らかに間違ったことを言えば、何かしらの反応をする方が自然のはず。

つまり、この城郭都市(じょうかくとし)への攻撃はマデリンが主導している。彼女を倒せば、飛竜を引かせることができるというウタカタの見立ては正しいだろう。

問題は、それが可能とはとても思えないことだけ。

「お前は戦士、お前も戦士、お前も……逃げない。戦士だ」

「え……僕のこと、でありますか?」

「そう。お前も戦士だ」

唐突に指差され、そう評価されたことにシュルトが目を丸くする。

シュルトを驚かせたマデリンは、その小さな手でウタカタとフロップ、そしてシュルトの三人を指差し、『戦士』とそう評した。

そのまま、マデリンの指が最後の一人、ハインケルへと向けられ――、

「お前は戦士じゃない。竜を殺したくせに、臆病だ」

「ぐ……っ」

「剣を抜け。竜が叩いてやる。流した血の重さの分だけ」

言いながら、ゆっくりとマデリンがこちらへ一歩、足を進めた。

そうしてずんずんと、ウタカタの矢に狙われていることも意に介さず、マデリンの足が距離を詰め、飛竜を殺したハインケルへと向かう。

「――当たレ！」

意気込みと同時、ウタカタの矢が放たれ、それがマデリンの胸を狙った。が、真っ直ぐ飛んだそれは、マデリンの持ち上げた手の指二本で挟み取られる。

マデリンはウタカタの方を見もしなかった。視線は、ハインケル一直線だ。

「赤毛さん！」

「ハインケル様！」

危険を悟ったフロップが叫び、シュルトがハインケルの腕を引こうとした。が、ハインケルはそのシュルトの手を振りほどき、むしろ自分から遠ざけた。

シュルトが尻餅をつき、ハインケルがマデリンを睨み、奥歯を噛む。

「お、おおおぁ……ッ！」

ハインケルの、剣を握っている手に強い強い力がこもる。歯を食い縛る頬が赤くなり、己を鼓舞する血流が足を震わせる怯懦を正面からひねり潰そうとした。

なおも、マデリンは足を止めず、ハインケルへの距離を詰めていく。

城郭都市を滅ぼそうとする大敵、それにハインケルは己の剣力に懸けた一撃を――、

「――お」

高い音を立てて、震えるハインケルの手から、取り落とされた剣が落ちていた。

「やはり、お前は戦士じゃない」

軽蔑し切ったマデリンの言葉が、ハインケルの横っ面に拳と共に叩き込まれる。

豪風を纏った殴打、それが一発でハインケルに白目を剥かせ、凄まじい勢いで吹っ飛んだ体が石造りの建物に激突、石壁が彼の人型にひび割れた。

だが、一撃で意識を奪うような拳打も、マデリンの怒りを収めるには足らなかった。

「か」

前のめりに倒れるハインケルの鼻面を、マデリンが拳でぶち抜く。後頭部から壁に叩き付けられ、反動で跳ね返る胴を少女の蹴りが穿った。

衝撃が貫通し、ハインケルの背後の家屋が盛大に倒壊する。そのまま倒れ込むハインケルの足を掴み、マデリンは力ずくで反対へ投げた。通りの地面を勢いよく転がって、転がって、転がって、壁にぶつかり、止まる。

そのまま、地面に大の字に転がるハインケルはピクリとも動かない。

「――――」

フロップなら、死ぬような攻撃だった。

フロップ以外でも、大抵の人間は死んでしまう攻撃だ。ミディアムだって耐え切れるか

わからない攻撃を連打され、ハインケルの生死は不明となる。

だが、戦いを生業とするマデリンが、そんな半端な決着を許すことはない。

「すくたれ者め」

侮蔑を隠さない声で呟いて、マデリンの手が自身の背中に伸びる。そこに背負われた鞄の留め具が外され、直後、収まっていた武装が音を立てて開いた。

折り畳まれた鋭い刃、鋏を大きく開いたような形状のその武具は、草原で暮らす遊牧民族が狩りに用いる『飛翼刃』と呼ばれる武器だ。上手いものが投げれば、百メートル先の獲物を狙い、仕留めることもできるという投擲具。

ただし、マデリンの背負ったそれは小柄な彼女の身長ほどもあり、投げる以外に近接武器として扱うための取っ手も付いた、特注の代物だった。

その凶悪な武器を、マデリンは容赦なく地べたのハインケルへと向ける。

「やめないか、マデリン嬢。君の怒りはわかる。仲間を殺され、さぞや怒りに燃えているだろう。でも、襲われたなら反撃もやむなしと、襲われた側は言わざるを得ない」

ぎゅっと唇を噛んで気を引き締め、フロップはマデリンの背中にそう言った。飛翼刃を手にした彼女は背を向けたまま、「勘違いするな」とフロップに答え、

「竜は、この世で最も偉大な生き物だ。その竜にお前たちが噛みつくなら、お前たちが駆除されるのは当然だ。それも」

「それも?」

「こんなすくたれ者の仕業なんて、許せるものか」

マデリンの金色の瞳が怒りに揺れ、フロップは彼女の苛立ちの理由を悟る。

当然、味方の飛竜を殺されたことにも怒っているが、もっと大きいのはそれをしたハインケルが、剣を取り落として戦えなかった事実。

仲間を、取るに足らない相手に殺されたことに、彼女は腹を立てている。——それはハインケルのみならず、彼が殺した飛竜の命への侮辱なのだと。

「動くな」

「うあ！」「ウ！」

刹那、短く告げたマデリンが足下の小石を蹴飛ばした。それはフロップの足を、そして次の矢をつがえようとするウタカタの腕を打って、それぞれの行動を妨害する。

その間、マデリンは飛翼刃をハインケルに振り下ろそうとして——、

「だ、ダメであります——っ！」

小石に打たれた二人と違い、警戒の外にいたシュルトが破れかぶれで突っ込む。彼はその小さな体でハインケルに覆いかぶさり、儚すぎる庇となって嵐に抗おうとする。

しかし、その少年の無謀を見て手を止めるほど、マデリンは優しくなかった。

「どのみち誰も、生かしはしない」

マデリンの瞳が細められ、飛翼刃がシュルトの頭部へと打ち下ろされた。

# 2

──プリシラの警告、それをレムは重く受け止めたつもりでいた。

物事が大きく動くとき、それらは矮小な人間一人一人のことなど気にかけてくれない。

巻き込まれるものたちなど意に介さず、波濤の如く押し流すのだと。

それをレムは、自らの実体験で知っていたつもりだった。

記憶をなくして目覚め、見知らぬ場所で見知らぬ臭い相手の腕に抱かれていたのが、レムの長いとは言えない日々の始まりなのだ。

その少年から逃れ、再び出くわし、その後は多くの帝国兵に囚われ、黒煙と炎の中から救い出されて、流れ流れてこの都市で日々を過ごして。

激動とはまさしく、レムのこれまでのためにあった言葉と思うほどだ。

しかし、その認識すら甘かったのだと、レムはここへきて思い知らされることとなる。


「──レム！　無事でいるカ!?」

大扉を開いて、屋敷に飛び込んできた細身の女性が声を上げる。

その聞き慣れた声に、玄関ホールを奔走していたレムは振り返り、目を見張った。

「クーナさん！　ホーリィさんも！」

「無事でよかったノー！　もう、街の中はあちこち大騒ぎで大変なノー！」

返事をしたレムの正面、軽重二つの足音を立てて駆け寄ってくるのは、都市に駐留する『シュドラクの民』の二人組、クーナとホーリィだ。

見知った二人の合流に、レムはわずかな安堵で目尻を緩め、

「お二人も、無事でよかったです。怪我はされていませんか？」

「アタイらは何ともねーヨ。今のとこはナ。ただ……」

「……みんナ、ボロボロになっちゃってるノー」

声の調子を落とした二人が、レムの駆け回っていた大広間を見渡してこぼす。

三人の周りには、都市への襲撃で被害を受けた住民が多数寝かされており、有志が慣れない治療に追われる野戦治療院の様相だ。

傷が浅ければ包帯や縫合で対処できるが、それが命に関わるような重傷なら——、

「私が、応えなくてはいけませんから……」

杖を握りしめるレム、その手には自身のものではない血がこびりついている。拭っても拭っても、拭い去れないほどに塗り固められる負傷者の血が。

——飛竜の襲撃が始まり、都市は混乱の只中へと叩き落とされた。

空を我が物とする飛竜にとって、戦う術を持たない人々は格好の狩りの獲物だ。屋敷は追われる人々の避難所兼治療院と化しており、レムも気の休まる暇がない。

当然、こんな惨状にプリシラはさぞや腹を立てると思われたが——、

『もとより、貴重な治癒術師の居所を明確に、堅牢に置くために屋敷を接収した。傷を

負ったものを屋敷へ送るよう、ズィクルらにも命じてある』

『そ、そうだったんですか……!?』

『なんじゃ、貴様。まさか妾が本気で湯殿目当てで屋敷を奪ったと思っておったのか？　正しくは湯殿と、屋敷の広さが妾の目当てよ』

と、そんなやり取りがあり、屋敷は現在の使われ方になっている。元からそのつもりだったと、そうしたプリシラの算段は関係者たちに伝えられていたとのことだ。

「それでどうして、肝心の私に話してくれないのかわかりませんが……！」

碌な答えが返ってくる気がしないので、レムはその理由の追及はしなかった。

何より、プリシラの稚気や悪戯心に構っている暇はレムにはない。なにせ、次から次へとひっきりなしに、レムの手を必要とする怪我人が担ぎ込まれてくる。

「それで、お二人は私の無事を確かめに？」

「族長……あ！　もう違ったノー！　元族長ノ、ミゼルダに言われてきたノー！」

「死人が増えると士気が下がル。戦える奴が減っても困るかラ、アタイらがレムのお守役ってこっタ。飛竜は近付かせねーヨ。それト……」

切れ長の瞳を細め、クーナが屋敷の中に視線を巡らせる。

「お前が世話してるお姫様ハ？　まさカ、この状況で部屋でくつろいでねーよナ？」

「もしそうだったラ、すっごくお寝坊さんなノー。私だっテ、これだけうるさくしてたらお腹いっぱいで寝てても起きちゃうノー」

微妙に切迫さの異なる基準で問われ、レムは二人の疑問に首を横に振った。

確かに、プリシラは傲岸不遜、自分本位を地でいくような性格の持ち主で、二人がその気紛れを心配する気持ちもとてもよくわかるが。

「あれで意外と、プリシラさんは頼りになる人です」

そう、レムが姿の見えないプリシラのことを評した直後だ。

「――ッッ!!」

建物の間を強風が抜けるような高い音が、屋敷の前庭へと真っ逆さまに落ちる。

凄まじい土煙を立てて芝生を削ったそれは、上空からの着地に失敗した飛竜の巨体だった。激しく身悶えし、不細工な踊りを披露する飛竜の奇行、それも無理はない。

それは、すでに頭を叩き潰された飛竜の、命尽きる前の最後の生理反応なのだから。

そうして、墜落した飛竜の踊りを尻目に、天空からの人影が芝生に着地した。赤いドレスの裾をはためかせ、その手に真紅の宝剣を下げた美女――プリシラだ。

「露払いに妾を使うとはな。この貸しは高くつくぞ、レム」

「ありがとうございました。心から感謝を込めて、髪を洗います」

「それで済まそうとは何たる豪胆よ。許す。気に入った」

屋敷の内外、開いた扉越しのやり取りに頷いて、プリシラがレムの答えを受け入れる。

先ほどからプリシラには、屋敷へ飛来する飛竜の迎撃を引き受けてもらっている。その常外の実力の一端を目の当たりにして、さすがのクーナたちも驚きを隠せない。

二人の反応に、何故か少しだけ誇らしい気分を覚えるレム。しかし、飛竜と相対するプリシラに、全くの不安がないわけではなかった。

その不安の原因は、彼女が手にしている美しい赤い宝剣にある。

「プリシラさん、陽剣の調子は……」

「見ての通り、日輪は陰った。今しばらく、これは剣とは呼べぬナマクラよ。もっとも」

『陽剣』の何らかの不調を明かし、そこでプリシラが後ろへ振り向く。

刹那、羽ばたく飛竜がプリシラの背を狙い、猛然と牙を突き立てんと口を開いていた。

その地竜の口腔に、プリシラは容赦なく切れ味をなくした陽剣を突き込む。

牙がへし折れ、陽剣の先端が飛竜の喉奥を貫通、勢いのままに竜は絶命する。

「妾にかかれば、斬れぬナマクラであろうと翼竜など物の数ではない」

剣を振り、殺した飛竜の巨体を庭の端へ放り捨てるプリシラ。あっさりと脅威を退けた彼女は、それからレムの傍らに立つクーナたちの存在に気付く。

「シュドラクか。レムを守りにきたので相違ないな」

「プリシラさん、お二人は怪我人を助けに……」

「綺麗事で本質を見誤るな。傷を負ったものが戦場で何の役に立つ。ここで最も価値あるものは誰か。妾でなければ貴様だ」

「——っ」

ぴしゃりと、反論を切り返されてレムは喉を詰まらせる。だが、そのプリシラの冷酷な見立てを肯定するように、クーナが「そーだナ」と頷いた。

「レムを守るのがアタイらの役目ダ。デ、レムの役目ガ……」

「死んじゃう人ヲ、できるだけ少なくしちゃうことなノー！」

静かなクーナの言葉を、朗らかなホーリィの言葉が後押しする。

二人の言葉とプリシラの視線に、レムは自分を深く戒めた。自分の価値を軽く見て、哀れんでいられたのは昨日までのこと。──もう甘えないと、レムがそう望んだのだ。

「私は、私の戦いをします。クーナさん、ホーリィさん、よろしくお願いします！」

「おウ」

「お任されなノー！」

決意を込めたレムの答えに、クーナたちが頼もしい笑みで頷く。

そんな二人に気持ちを救われながら、レムはプリシラへと振り向いた。

「いかれるんですね」

「どうやら、妾なしでは立ち行かぬ局面が多いと見える。貴様のお守りも到着した以上、妾も動かねばなるまい。他のものでは、敵の主力と当たるに不足しよう」

「敵の主力というのは……」

「──無論、『九神将』であろう」

片目をつむったプリシラの答えに、レムはごくりと喉を鳴らした。

『九神将』の存在は、この帝国の戦況を左右する重大な要素。一人でも多くのそれを確保するため、スバルやアベルたちはカオスフレームへ旅立った。

にも拘らず、この都市を『九神将』の一人が襲うというのは——。

「当然、これも相手方に与した一人であろうな。ますます、アベルの置かれた状況は劣勢と見える。よくもまあ、緩い地盤を築いたものじゃ」

「その点に関して、アベルさんの仕事ぶりをよく知らないので何も言えません。あんな調子で過ごしていたなら、周りは大変だったと思いますが……」

色々とスバルに思うところのあるレムだが、アベルの態度だって褒められたものとは思っていない。国の頂点にいたなら、きっと大勢が彼の周囲にいたのだろうが、その全員がアベルの賢明さを理解し、あの横柄な態度を許容していたとも考えにくかった。

実際、アベルは謀反だって起こされている。しかし——、

「それを理由に、こんなひどいことがまかり通るなんて……！」

あってはならないと、血を流す人々と間近で接するレムは憤慨する。

そのレムの絞り出した一言に、プリシラは何を思ったのか「ふ」と笑った。その反応にレムが目を疑うと、プリシラはその笑みがなかったかのように背を向け、

「この飛竜の群れ、『飛竜繰り』では説明がつかん。大方、妾のおらぬうちに生えた一将で違いあるまい。セリーナめの話なら、『飛竜将』なる輩であろうよ」

「確か、『玖』の……その人も、この街のどこかに？」

「——都市庁舎。敵が愚かでなければそこを狙う。なにせ、空を突っ切れば一直線じゃ。

わざわざ指揮所を見逃す理由がない」

当然のこととばかりに言われ、一瞬、レムは言葉の理解に時を要した。

「と、都市庁舎が襲われるって、大変じゃないですか！　プリシラさん！」

「たわけ。ああもふくよかではあるが、ズィクルもあれで帝国の『将』よ。足りぬ戦力の埋め方は弁えていよう。自身が戦えずとも、無為に死ぬほど愚かでもない」

「それは……ぁ。た、戦えないと言えば、シュルトさんが！」

飛竜が襲来する直前、屋敷を離れてしまった少年の存在がレムを焦らせる。

一生懸命だが不器用なシュルトは、レムの助けを必要とするもの以上にか弱い存在だ。誰か頼れる大人と一緒ならいいが、もしそうでなかったら。

「プリシラさん！　早く、早くいってください！　ぐずぐずしないで！」

「せめて、妾の無事を健気に祈るのが貴様の務めであろうに。そも、そう焦らずとも、シュルトはそう簡単に死にはせぬ」

「え……？」

慌てて自分を送り出そうとするレムの様子に、プリシラが何気ない態度でそう答える。

そのプリシラの言葉の意味がわからず、レムは眉を寄せた。当然、クーナやホーリィも心当たりのない顔で、同じ幼子の姿を思い浮かべて困惑している。

あの、可愛らしさと懸命さが武器のシュルトの、何を以て無事とのたまうのか。

そんなレムたちの疑問に、プリシラはその血色の美貌で嫣然と笑い、続けた。

「――あれは、その愛くるしさと健気さで妾の寵愛を勝ち取ったが故に、な」

3

激しく鈍い音が響いて、フロップは自分の無力さに魂を砕かれる感覚を味わった。

小石の痛みに足が止まり、手を伸ばすことさえできないフロップの前で、幼い少年が暴力を一身に浴び、倒れる結末――目を、逸らしてはいけないと思った。

目を逸らせば、何もできない無力な自分からの責任逃れになる。

せめて、自分が何をして、何をすることができなかったのか、それを見届けなくては。

そんなささやかな覚悟があったから、フロップは目を背けず――、

「……なんだ、お前？」

飛翼刃を振り下ろし、獲物を両断しようとしたマデリンから驚きの声が漏れた。

間違いなく、彼女は軽蔑するハインケルと、それを庇おうとしたシュルトをまとめて真っ二つにしようとした。途中で手を止めたなんてこともない。

それなのに――、

「うう、ううう……！」

倒れるハインケルに覆いかぶさるシュルトが、歯を噛みしめて唸っている。

マデリンの一撃は確かにシュルトの後頭部を捉えた。当たった鈍い音を、フロップもこ

の耳で聞いた。なのに、その体は切り裂かれても、押し潰されてもいなかった。

「――？」

不思議そうに自分の武器とシュルトの頭を見比べ、マデリンが首を傾げる。そして傾げたまま、あろうことか彼女は再びシュルトに飛翼刃を打ち下ろした。

一度、二度、三度四度と、何度も何度も何度も立て続けに――、

「や、やめないか！　痛がってるじゃないか！」

「それがおかしい！　竜は殺すつもりでやった。なんで死なない？」

「それは……もしかしたら、君の人を殺したくないという気持ちが、武器が当たる直前で手の力を緩めているのかも……ぐあっ」

「竜をからかうな！」

不可解な現象に怒るマデリンが、先ほどより大きい石を蹴ってフロップを黙らせる。

胸に硬い感触を受け、後ろに倒れるフロップの視界がチカチカと明滅した。しかし、それでマデリンの溜飲は下がらない。何故なら――、

「い、痛い、痛いであります……っ」

痛みを訴えるシュルトは、何度殴られても死にはしない。その異様さに歯を軋らせ、マデリンがシュルトの桃色の髪を掴み、無理やり引き起こす。

そして――、

「お前、いったい何を隠して……ッ」

「〰〰っ」

力ずくで引き起こされ、シュルトの喉が悲痛な声を上げる。だが、怒りに燃えた目でシュルトを睨んだマデリンの反応は、それを上回るものだった。

マデリンが金色の瞳を見開いて、わなわなと唇を震わせる。彼女がそんな反応をした理由を、痛みで涙目になるフロップも目の当たりにした。

引き起こされたシュルト、その姿に劇的な変化が生じていた。

その変化とは――、

「――シュー、目が燃えてル」

同じものを見たウタカタが、端的に述べた表現が正解だ。

一見、意味のわからないウタカタの指摘だが、他の表現が思い浮かばない。フロップの目から見ても、言葉通りの状態だった。

シュルトの美しい赤い瞳、それが両目とも、揺らめく炎を灯していたのだ。

「え、え、え……」

ただし、指摘されたシュルト本人には自覚がないらしく、周囲の反応が理解できない顔で目をぱちくりさせる。しかし、その理解の遅れもすぐに解消された。

突き付けられた飛翼刃、その刃に映り込んだ自分の顔を目にして、すぐに――。

「な、なんでありますか、これ⁉　あ、熱い！　あ！　熱くないであります！」

自分の顔に手をやって、その炎の実感のなさをシュルトが訴える。

どうやらいきなり顔を燃やされたわけではないらしいが、その原因はあまりに不明。しかし、フロップたちの困惑と、マデリンの困惑とは根本から理由が違う。

彼女には、幼子の双眸を燃やす炎の心当たりがあった。故に――、

「お前、まさかあの狐人の身内だっちゃ⁉」

「きつね……」「ぴト？」

「――？」

動揺したマデリン、彼女の叫びに心当たりのない三人は目を瞬かせる。

直前の、マデリンの口調が突然に崩れたことを気にする余裕もなく、激しい驚きと混乱に打たれた彼女が次に起こした行動に、意識を強制的に引きつけられる。

――地面を蹴り、マデリンの姿が通りの上空へと一気に跳び上がったのだ。

「――――」

その突然さと勢いに、フロップには彼女の姿が消えたようにすら見えた。だが、踏まれた地面が激しく陥没し、加速を得るために足場にされた建物が倒壊する。

そのまま空へ上がったマデリンは、その両腕で思い切りに飛翼刃を振りかぶった。

「また、竜の邪魔をするっちゃか……！　消えるっちゃ、邪魔者――‼」

拒絶の声が高々と響いて、振り下ろされる飛翼刃が猛然と地上へ迫る。

飛竜の投石と仕組みは同じだが、込められた力が桁違いだ。狙いは当然、マデリンの怒りの対象であるシュルト。――フロップの脳裏を、刹那の思考が走る。

原理は不明だが、とても頑丈な体を手に入れたシュルト。しかし、マデリンに殴られ、シュルトは痛いと言っていた。何も効かない無敵の体になったわけではない。

ましてや、たとえ体が頑丈だろうと、子どもが「痛い」と泣いていたなら――、

「ゆかなくては、ミディアムに怒られてしまう！」

軋む胸の痛みを堪え、フロップはとっさにシュルトの方に駆け寄っていた。

自分の体があの攻撃に対して、どのぐらいの盾になるかわからない。が、ほんの少しでも勢いが弱まり、シュルトが助かれば御の字だ。

そこまで考える余裕もなく、フロップが飛翼刃の脅威に身を晒し――、

「――大儀である」

何故か、大きいわけでもないその声がはっきり聞こえて、衝撃と衝撃が打ち合う激しい光がフロップの目を焼いた。

「――――」

それは、真上から高速で回転しながら落ちてくる飛翼刃に対し、その真横から衝突した真っ赤な宝剣が生み出した輝きだ。

紅の光が無音で炸裂し、フロップは全身に風を浴びたような錯覚をする。

それが収まったとき、続いて聞こえたのは肉が肉を打つ鈍い音だ。

「──ッ」

見上げれば、苦鳴と共に斜めに滑空し、地上の建物へと何かが突っ込む。背の高い建物を豪快に倒壊させたそれがマデリンだと、フロップはかなり遅れて気が付いた。

そしてそれをしたのが、息を呑んだフロップたちの前に着地する赤い美女──、

「お姫くん！」「プリシラ様!!」「プー！」

「わかっておるではないか。かようなとき、叫ぶべきは妾への称賛であると」

言いながら、悠然とドレスの裾を払ったのはプリシラだ。

都市を飛竜に襲われ、『九神将』まで出撃している状況下にありながら、その変わらぬ態度と在り方は、他の何にも代え難いほどに頼もしい。

事実、彼女はあのマデリンを一撃し、フロップたちを命の危機から救い出した。

「しかし、よもやこのような場所で足止めを食っているとは思わなんだ。当然、最初に庁舎を目指すものと思ったが」

「ああ、僕らも迷っていたところでね。お姫くんや奥さんのいるお屋敷か、毬頭くんのいる都市庁舎にいくべきか……」

「そうではない。あの、都市を襲った一将の狙いじゃ」

顎をしゃくり、フロップの言葉を遮ったプリシラがマデリンの墜落地点を示す。

それを受け、フロップは一瞬思考を迷わせたが、そこはこの瞬間に重要ではないとあっさり手放し、「お姫くん」とプリシラを呼んだ。

「助けてくれてありがとう。僕は執事くんやウタカタ嬢を連れて避難するが、どこへ向かえばいいか教えてほしい。赤毛さんも連れていかなきゃならないんだ」

「ほう、分相応に役割を弁えているか。ならば、屋敷を目指すがいい。攻撃を集中される庁舎より、そちらの方が安全であろうよ。それと」

ちらと、プリシラの視線がフロップを外れ、地面に倒れているハインケルを見る。

「それは捨て置いても構わぬぞ。役に立たぬならばそれまでの話じゃ」

「生憎、そうもいかないよ。赤毛さんは目が覚めたら戦力になるし、何より、君の大事な執事くんが痛い思いをしてまで守ったんだ」

「――――」

フロップがそう伝えると、プリシラの視線がついとシュルトに向いた。

ギリギリの窮地を主人に救われ、感極まるシュルトの目には涙が一杯に溜まっている。

なおもその両目は燃え続けているのだから、濡れて燃えての大騒ぎだ。

しかし、シュルトは自分に起こった不可思議な現象に泣き言を言わず、代わりに倒れているハインケルの足をぎゅっと掴んで、

「は、ハインケル様は僕が連れていくであります……！　プリシラ様は」

「妾にはやらねばならぬことがある。貴様もわかっていよう」

「はいで、あります。プリシラ様にしかできない、すごいことであります……！」

健気なシュルトの信頼は、プリシラにはどのように響いているのだろうか。

表情を変えないプリシラは、ただ静かに頷いてシュルトの言葉を受け止めた。そのまま彼女は路地の方に視線をやり、

「大通りを避け、高い建物の脇道を抜けよ。シュルト、道は覚えておるな」

「はいであります！　言われた通り、ちゃんと毎日お散歩してたであります！」

「褒めて遣わす」

短い言葉でシュルトの努力をねぎらい、プリシラがこちらに背を向けた。これ以上、話すことはないという明白な態度だ。フロップも、長居は得策ではないと考える。

「執事くん、案内してほしい。赤毛さんは何とか僕が担いでいこう。それと、ウタカタ嬢は道の警戒を。狩りで慣れているだろう？　頼りにさせてもらうよ！」

「わ、わかったであります！　頑張って案内するであります！」

「……ウーモ、わかっタ」

一瞬、逃げることに躊躇いを見せたウタカタも、役割を与えられて頷く。

これで役割分担は完了した。あとは——、

「お姫くん！　重ねてありがとう！」

「礼などいらぬ。ただ、妾を称える言葉のみでよい」

背を向けたまま、プリシラはフロップの礼にそう答えた。そのきっぱりした態度にフロップは苦笑し、倒れているハインケルの体を担ぎ起こす。

鍛えられた長身、彼の体はとても重いが、いざというときにミディアムを担いで逃げる

練習をしていたのが功を奏した。両肩に荷物のように担いで、どうにか動ける。

「これも、忘れちゃダメであります」

と、シュルトがハインケルの落とした剣を拾い、細い手で強く握りしめる。

そうして顔を合わせて頷き合い、フロップたちは路地へ駆け込んで屋敷へ向かう。

そうして完全に遠ざかる前に――、

「プリシラ様！　きっとこの火も……ありがとうございますであります！」

燃える両目を目一杯に見開いて、シュルトのお礼の声がプリシラへと投げられた。


――そうして、シュルトたちが騒がしく慌ただしく去ったあと。

「シュルトと、あれはフロップといったか。使えるものと窮地に居合わせたのであれば、あれも相当に悪運の強い輩よな」

誰もいなくなった通りで、プリシラは静かにそう呟く。

それは双眸に火を灯したシュルトでも、非力を機転で補ったフロップでも、身の丈に合わない度量を持ったウタカタでもなく、最後の一人を評した言葉だ。

間違いなく死ぬような状況で生き残った。悪運以外の何物でもない。

もっとも――、

「死ぬべきときに死ねぬものが、運に恵まれたなどと言えるかは怪しいものよ」

憐れみではなく、しかし憐れみに近いものが言の葉に込められる。

それが血の香りを孕んだ戦場の風に溶け、誰にも聞かれぬままに消える。

その瞬間――、

「――――」

音を立てて、プリシラの橙色の髪を飾る宝飾が砕け散った。

宝石をあしらった髪飾りは、脆い部分が壊れたなんてものではなく、その髪飾りの全体が一挙にひび割れ、粉々に砕け散る。

ゆったりと、プリシラのまとめた長い髪が広がり、波打つそれが背中を流れた。

そして――、

「――お前も死なないっちゃか」

荒々しく、瓦礫を蹴散らす音を立てながら、通りに影が現れる。

その全身を土埃で汚し、しかし、体自体はピンピンしている存在――その頭部に二本の黒い角を生やした姿に、プリシラは切れ長な瞳を細めた。

「竜人とはな。そのような古物、いったいどこより引っ張り出した？」

「竜を侮るっちゃか？　お前、ただで済むとは思わないことっちゃ」

プリシラの言葉に牙を見せて、瞳の瞳孔を竜のように少女――マデリンが細める。その矮躯から発される鬼気を浴び、プリシラは自分の解けた髪をそっと撫で付け、

「妾が死なぬのが、そうも気に入らぬか？」

「その、膨らんだ乳を潰してやったはずっちゃ。心の臓が潰れても死なない奴なんて、何

人もいたらたまったもんじゃないっちゃ」

「――心の臓が潰れても、か」

マデリンの言いように吐息し、プリシラは指摘された自分の胸を見下ろす。

腰を絞るドレスの仕様上、プリシラの豊満な胸が通常より強調されるが、確かにマデリンの一撃はこの自慢の胸に届いた。

シュルトたちには見えなかっただろうが、空での交錯は痛み分けといったところだ。

プリシラの一撃がマデリンを弾き飛ばしたのと同様に、マデリンの反撃もまたプリシラの胸を強烈に打ち据えていた。

現時点で、プリシラが何事もないように見えているならそれは――、

「どうやら器物すら、妾がこの世から失われるのを惜しむらしい」

「――『魂婚術』っちゃな」

思いがけず、マデリンの口から飛び出した単語にプリシラが眉を動かす。

マデリンはプリシラを睨みつけたまま、通りの建物を――否、その先、ずっと先、はるかはるか彼方の、南東の方を指差しながら、

「あの狐人とおんなじっちゃ。知り合いっちゃか？」

「知らぬ。もしも妾のこれと通ずるものに心当たりがあるなら、そちらが妾の『ぱくり』であろう。妾こそが『おりじなる』である」

「――？」

「わからぬか？」

聞き覚えのない単語を投げられ、マデリンの顔に混乱が生まれる。故に、プリシラはその混乱を解いてやろうと、物事を簡単にしてやることにした。

すなわち――、

「苦手意識のある相手と同様に、貴様では妾に勝てぬということじゃ」

「――ッ、竜をコケにするっちゃか⁉」

「たわけ。誰であろうと選ぶものか。――妾が上、それ以外が下である」

笑みと共にそう答えた瞬間、マデリンの怒りが臨界点を超える。

顔を赤くし、黄金の瞳を輝かせた竜人が咆哮し、その脅威が眼前へと迫ってくる。

それを正面にしながら、プリシラはちらと空を見た。

空を――否、その空を鞘とする、真紅の宝剣の柄を探して、

「日照が終わったか。少々、手こずることになろうな」

4

――衝撃と破壊が、城郭都市の一角で始まり、一角で終わらない。

「――――」

最初、都市の南側で始まった激闘は、密集する建物の連鎖的な破壊を招き、噴煙を巻き

上げながら飛竜による災害の凄まじさを物語って見えた。

しかし、城郭都市の南方を壊滅状態へ陥らせたそれは、飛竜の災害ではない。

無論、大岩を上空より投げ落とし、地上を蹂躙する飛竜の狩猟は災厄そのものだ。

降り注ぐ岩を恐れて逃げ惑う人々が現れれば、滑空する飛竜の爪が牙が、それらを無惨に引き裂き、噛み砕き、路上に屍が量産される。

抵抗する人々もいる。飛竜に弓をかけ、地上へ落とす逆襲を果たすものも。

しかし、大半の人々は飛竜の一方的な攻撃に晒され、救いを求めるばかりだった。

それほどに、飛竜のもたらす被害は絶大で、途方もない。

だが、それらの飛竜さえも近寄ることを避けるほど、その激闘は破壊的だった。

「ぢ、ああああァァァ――ッ!!」

吠えながら飛び跳ねる矮躯、それが全身をひねり、強大な飛翼刃を投擲する。

屈折した刃は風や空気の抵抗を巧みに切り裂いて、途上の全てを薙ぎ払いながら都市そのものを裁断していく。その破壊性能は、従来の飛翼刃とは比較にならない。

通常扱われる飛翼刃が片手剣程度の大きさだとすれば、それは大剣二本を組み合わせたような大きさであり、その重量は大剣十本を鋳熔かすよりもなお重い。

かつてこの世界に生み出された、特別な力を持った十本の聖剣、魔剣の類。

それらを打つのに用いられたとされる金属で作られたその武装は、見た目よりもはるかに凶悪な兵器として、遺憾なくその力を発揮した。

一投、放たれるたびに数十メートル範囲が一度に壊滅し、街が平たくされる。怒れる竜人の暴れぶりに、城郭都市の南部が壊滅するまで数分かからなかったほどだ。

それはもはや、飛竜がもたらす災害とは別種の、新たなる災害と呼ぶべき被害。

一つの都市で、二つの天変地異に同時に襲われることなど、悪夢でしかない。

ましてや、その天変地異の片方は、たった一人を滅ぼすために起こされているなどと。


「――――」


暴れ回るマデリンの攻撃を、プリシラは舞うように地を蹴り、躱し続ける。

竜人の身体能力は侮り難いが、マデリンの戦い方には繊細さがない。武術の類を一切学んでいないのだ。おそらく、人間を下等と侮るが故に。

「もっとも、妾も武術を学んだことなどないが」

プリシラに覚えがあるとすれば、剣を使うものの動きをしっかりと見たことがあるぐらいだ。あとは、自分の体がどうあり、どう動くのかを完璧に把握している。

達人の如く陽剣を扱えるのに理由があるなら、まさしくそれが理由と言えよう。

ただし、陽剣を抜けない現時点では、そのマデリンの一撃一撃が脅威ではあった。

――日照が終わり、日輪が陰る。

『陽剣』を扱うにも、それ相応の決まりがあった。太陽は常に輝き続けるわけではない。日の半分は月と役割を分け合い、力を蓄える時間もいる。

常に輝き続ける太陽があるなら、それはプリシラ自身に他ならない。

とはいえ――、

「長くかければ、それだけ傷は深くなるか」

マデリンの攻撃に対し、慎重に対応しているプリシラ。無論、陽剣という決め手がないことも押し切れない理由だが、竜人の生命力の高さも気掛かりだ。

一度で殺し切れなければ、マデリンの反撃がプリシラへ届く可能性が高い。

最初と同じ痛み分けは、何度も重ねられるものではなかった。

そうして決着を先延ばしにすれば、城郭都市の被害は広がる一方だ。

直接的なマデリンの破壊で都市の南方が壊滅したように、他の場所では飛竜による攻撃が次から次へと降り注ぎ、なおも死傷者は増え続けている。

その上――、

「――ッッ」

飛んで戻ってくる飛翼刃(ひよくじん)を受け止め、二本の足を地に着けたマデリンの戦意。高まる一方の竜の覇気、それが空気を伝わり、都市の空にいる飛竜たちを鼓舞する。

人間であれば士気を高めるという現象だが、野を生きる獰猛(どうもう)なる種族の本能を沸き立たせるそれは、狂奔と呼ぶべき効果を生んでいた。

飛竜の凶暴性が増し、攻撃の手が増えれば文字通り、手が付けられなくなる。

そうなる前に、事態を動かしたい。そのために――、

「あと一手、いる」

——この状況を動かすための、何か大いなる一手が。

「——」

「次は、当てる……ッ」

マデリンの攻撃を躱して大きく飛びずさり、プリシラは崩壊した街並みに立つ。そのプリシラを睨みつけ、大味な攻撃を繰り返したマデリンが獣のように唸った。

だが、彼女も当たらない攻撃を続けることで、徐々に戦術を修正している。学ぶ意思の乏しい敵であればいいが、そうでなければ戦いの最中に相手も伸びる。

これ以上の成長を避けたいプリシラの前で、マデリンが白い息を吐いた。

その全身に竜の血を巡らせ、体温の上昇が少女の矮躯から湯気を立たせる。

白い息と相まって、その姿はまるで白煙に包まれたようにすら見えて——、

「——いや」

おかしい、とプリシラは片目をつむり、マデリンを凝視した。

戦闘が長引き、竜の血が活性化しているのは頷ける。竜人であるマデリンの感情の萌芽が、飛竜たちの狂奔を招いていることも明らかだ。

しかし、このヴォラキア帝国の気候で、吐息が白く曇ることなど。

ましてや——、

「雪が降るなど、ありえぬことじゃ」

ちらちらと、プリシラは視界の端をゆるゆると落ちていく白い破片に言及する。

それは少しずつ、しかし確かに数を増やし、人々を守る庇の大半が失われつつある城郭都市へと降りゆく雪だ。

珍しい、などという言葉では足りない、ある種の天変地異と言えよう。

ヴォラキアでは、雪を見たことのない人間とて少なくはない。

一つの都市で、二つの天変地異に同時に襲われるなどと悪夢でしかないと述べた。

だが、そこに新たな天変地異、三つ目のそれが重なればどうか。

それは悪夢か、あるいは――、

「――そこまでよ」


天からの冷たい落とし物、それらがゆっくりと降り積もる地に、声が響いた。

銀の鈴が鳴ったような、美しくも芯の通った響きが。

――三つ目の天変地異、それが重なれば、それは悪夢か。

――はたまたそれは、大いなる一手となり得るか。

「とっても急いでるけど、見過ごせないわ。――私、すごーく怒ってるんだから」

何もかもが大災に見舞われたその場所に、銀髪の少女が靴音を鳴らす。

いなくなった自分の騎士を探し、雪を引き連れた『魔女』が城郭都市に参じていた。

# 5

──ナツキ・スバルの行方がわからなくなり、エミリアは人生で一番慌てふためいた。

「お願い、スバル。──どうか、レムと一緒にへっちゃらでいて」

プレアデス監視塔を襲った影の暴威、それにスバルとレムの二人──否、正確にはその二人だけでなく、もう一人の不確定要素が一緒に飛ばされたことがわかっている。

それでエミリアが今以上に取り乱さなくて済んだのは、スバルとレムの二人と繋がりのあるベアトリスとラムが、二人の生存だけは保証してくれたからだ。

もちろん、命があっても、危ないことや怖い目に直面している可能性はある。

むしろ、知らない土地で眠っているレムを助けなくてはいけないのだから、スバルが無茶をするのは絶対の絶対だった。なのに、そのスバルの傍にエミリアも、ベアトリスもいてあげられないのだから、それはもう大慌てである。

「早く、スバルたちを見つけてあげないと……！」

その決心と共に、エミリアとプレアデス監視塔の攻略に赴いた一行は動き出した。

まずは、スバルが飛ばされたと思しき南のヴォラキア帝国──現在、ルグニカ王国との行き来を禁じているかの国に、何とか潜り込む方法を探すところからだった。

「ウチたちはカララギの方から攻めてみるわ。元々にらめっこしてるルグニカとヴォラキアより、カララギの方が警戒緩いかもしれんもん」

とは、スバルの捜索に協力を約束してくれたアナスタシアの言だ。

アナスタシアたちも、ユリウスやエキドナ含めてプレアデス監視塔での鮮烈な体験があり、決して余裕のある立場ではなかったと思う。

それでも、スバルたちのためにそう申し出てくれて、エミリアはすごく嬉しかった。

「私、アナスタシアさんとお友達になれてよかった」

「まぁ、お友達とはちょこっと違うと思うわ。相変わらず、ウチとエミリアさんの立場は競合相手のまんまやし。でも」

「でも？」

「ナツキくんのことも王選も、全部片付いたらお友達になろか。エミリアさんと同じで、ウチもあんまり友達いないんよ」

気安い調子でそう言って、アナスタシアは力になることを約束してくれた。

そんなときではないとわかっていても、エミリアはその約束――スバルの捜索もだが、彼女と友達になる約束が果たされる日が待ち遠しいと思えた。

そして――、

「アナスタシア様がカララギから渡られる算段なら、こちらはシンプルにヴォラキアとの国境を渡る術を探すのが得策でしょうねーぇ」

プレアデス監視塔から戻ったエミリアたちと合流し、差し迫った事態を理解したロズワールは、すぐにでもスバルを探したいというエミリアの意見を尊重してくれた。

ただし、ロズワールの地位や力を使っても、ヴォラキア帝国に入るのは簡単なことではないらしい。飛んで入ろうにも、飛竜に齧られてしまうそうだ。

何より、帝国と言ってもとても広いのだ。どうにか入国できても、スバルたちをポンと見つけられるかどうかはわからない。

ますます焦ってしまう状況の中、打開案はやっぱり頼れる彼からもたらされた。

「ヴォラキア帝国に入る方法ですが、心当たりがないわけではありません。ただし、あまり褒められた方法じゃありませんし、危険もあるんですが」

そう、切り出すのを躊躇いながら切り出したのは、エミリアたちの帰還と合わせて屋敷に戻ったオットーだった。

水門都市プリステラで療養していた彼は、一緒に残ったガーフィールと共に戻り、エミリアたちを大いに悩ませる難題にそう希望の道を示してくれたのだ。

ただし、その方法というのがズバリ――、

「――密入国です。ピックタット……ルグニカの南にある五大都市、僕の実家があるその街からなら、入り込む手段を用意できるかもしれません」

密入国とは正規の手続きや段取りを踏まず、こっそりと国を渡るということだ。

オットーの言う通り、褒められた手段ではないし、もしも見つかった場合のことを考えれば、とても危ない選択肢であることは否めなかった。

でも、他に方法がないのだとしたら。

「スバルたちのために、私たちができることを全部しなくちゃ」

強い覚悟を決めて、エミリアは自分の決心をみんなに伝えた。

そのエミリアの決心に、ラムやオットーは色々と注文を付けたものの、誰も「やめよう」とは言わなかった。みんな、スバルの無事を祈っていた。

それが、エミリアには何より一番誇らしかった。

「何としても、スバルを無事に連れ戻すのよ。やってやるかしら」

「ええ、ホントにそうね。——頑張りましょう」

きゅっと、スバルと離れ離れで不安がっているベアトリス、彼女の小さな手に手を握られて、エミリアはそれを優しく、力強く握り返して応えた。

そして、オットーの故郷で、オットーの命を狙う古馴染みとの一悶着や、国境越えの密入国を手引きする集団とのペトラの男前交渉、フレデリカの特別な体質を巡った花嫁騒ぎなどを起こしつつも、一行はスバルたちを探して国を渡り——、

「——そこまでよ」

そう、狂乱渦巻く城郭都市に、雪をもたらしたエミリアは宣言したのだった。

# 6

「――――」

いくつもの建物が倒壊し、きっと綺麗だった街並みが見る影もなく崩れ去った光景。

そしてなおも、右へ左へ空を行き交う大きな影が、その翼を駆使して人々の生活を打ち壊していくのを遠目に、エミリアの怒りは高まる一方だ。

どうして、こんなにひどいことができてしまうのか。

もっと他にやり方はなかったのか、ちゃんとそれを探す努力をしたのだろうか。

でも、そう考えるエミリア自身も、この瞬間に戦いを止める方法を、自分の力を用いる以外に思いつかなくて、それが悔しい。

だから、エミリアは精一杯悔しがって、この悔しさを忘れないようにしようと思う。

そのために――、

「――アイスエイジ」

そう呟いたエミリアの周囲、猛烈な勢いで世界から熱が失われていく。

ゆっくりと空気が冷えていって、冷まされる空からはちらちらと白い雪の結晶がちらつき始める。急速に、逃げ場なく、エミリアは街の周りを寒さで覆った。

やりすぎないように気を付けて、注意深く、魔法の力を調整する。

うっかり調整を失敗して、この街をエミリアの故郷の、エリオール大森林のように氷漬けにしてしまうわけにはいかない。もちろん、あとで溶かせるかもしれなくても、レグルスの花嫁たちのように、仮死状態になるほど冷ますのも厳禁だ。

　エミリアのすべきことは、寒さを知らない帝国の地に、耐え難い氷季をもたらすこと。身を切るように冷たい風が、降り積もる白い雪の結晶が、吐く息が白く染まる魔氷の季節が、この飛竜災害に見舞われる城郭都市を覆うことなのだ。

　そうすれば――、

「竜種は寒さに弱い。まして、凍えるような寒さを知らぬ飛竜となれば、その過酷さはより顕著に翼に応えようよ」

　そう言って、エミリアの立つ半壊した城壁の上に、軽い足音と共に人影が飛び乗る。

　そちらにちらと目を向けて、エミリアは「ええ」と頷いた。

「飛竜は寒さに弱いって、飛び出す前にペトラちゃんが教えてくれたの。すごーく勉強熱心で、帝国のこともすぐ詳しくなっちゃうのよ」

「従僕の知恵を頼ったか。道理で、巡らせる知恵もない半魔にしてはまともな策を打つと思わされたものよ」

「む、そんな言い方しちゃダメよ。それに、私がハーフエルフってどうして……あれ？」

　と、相手の言いように唇を尖らせたエミリアが、その紫紺の瞳を丸くする。

　赤いドレスを纏い、橙色の長い髪を冷たい風になびかせる女性。記憶にある姿とは髪型は違っていたけれど、そこにいたのは――、

「え、プリシラ？　なんでこんなところにいるの？　ここ、ルグニカじゃないのよ？」

「そっくり同じことを貴様に返してやる。もっとも、貴様が帝国に足を踏み入れた理由の心当たりはあるが……よくぞ国を渡れたものよ」

「あ、方法は内緒ね。言っちゃいけないことになってるの。あと、私が誰なのかも隠さなきゃいけないんだって。だから、気を付けてね。私は……」

まさかの再会、南の異国で見るはずのなかったプリシラの姿に、エミリアは驚きながらも奇妙な感慨を得ながら応じる。とはいえ、驚いてばかりもいられない。エミリアが帝国に入った方法は横紙破り、いわゆる悪いことなのだ。

それを、ちゃんとプリシラに伝えておかなくてはと――、

「――！　プリシラ、危ない！」

告げる言葉を中断し、エミリアはプリシラに注意を促した。

次の瞬間、「ち」と舌打ちするプリシラが飛びずさり、彼女がいた場所を猛烈な勢いで回転する刃――飛翼刃が抉り取る。

ボロボロの崩壊寸前の城壁、それは刃の切れ味に綺麗に削られ、逆に奇跡的に崩壊を免れることとなった。その刃を躱したプリシラも、ドレスの裾をはためかせながら、今度はもっとエミリアの近く、すぐ傍らへと着地する。

そして――、

「次から次へと、なんなんだっちゃ、お前たち」

手元に戻った飛翼刃を片手で受け止め、憤怒を孕んだ少女の声がエミリアに届く。

見下ろせば、破壊された街並みの中、通りにポツンと立っている角を生やした少女が瞳を輝かせ、並んだエミリアとプリシラを睨みつけていた。

どうやら、あちらもとても怒っている。でも、エミリアもとても怒っている。

故に、エミリアはビシッとその少女を指差して、

「私の名前はエミリ……エミリー！　通りすがりの精霊術師よ！」

危うく勢いで本名を言いかけたが、何とか偽名を名乗ることに成功する。そのエミリアの啖呵にプリシラが目を細め、名乗られた少女は「精霊術師……」と呟いた。

「あの犬人と同じだっちゃか……？」

「もしも、貴様の考えているのがアラキアのことだとすれば、あれは『精霊喰らい』であって精霊術師ではない。考え違いじゃぞ、マデリン・エッシャルト」

「ぐ……っ」

その少女――マデリンが内心を言い当てられ、プリシラの指摘に頬を強張らせた。

ただ、今の話はエミリアにもとても聞き逃せない話に思えて。

「ねえ、『精霊喰らい』ってなに？　精霊をどうしちゃうの？」

「聞いての通り、精霊を喰らう。その力を己の内に取り込み、十全に使う存在じゃ。今やほとんどが失伝し、帝国でもアラキアぐらいしかおらぬ」

「精霊を食べちゃうの!?　そんな、ひどい……」

精霊術師であり、多数の微精霊とも契約するエミリアには信じられない話だ。

もしも、パックやベアトリスがその『精霊喰らい』と出会ったら、パックたちも体を齧られたりしてしまうのだろうか。泣きべそを掻く二人を思い浮かべ、胸が痛む。

「うん、今はそれよりも……あなた、マデリンちゃんでいいの？」

「……竜を見くびるな、半魔」

「なら、ちゃんと話しましょう、マデリン。あなたが、あの飛竜たちに街を襲わせてる張本人でしょう。それをやめてほしいの、今すぐに」

視線を遠くにやり、エミリアは都市の空を行き交う飛竜の群れを指差す。

気温の低下の影響か、その飛竜の動きはわずかに鈍って見えた。このまま気温を下げ続ければ、飛竜たちを軒並み地上へ落とすこともできるだろう。

でも、できればそれはしたくない。飛竜だって、死なせたくはないのだ。

「あなたが飛竜を大事に思ってるんなら、私のお願いを聞いてほしいの」

「――――」

「マデリン？」

できるだけ誠実に、エミリアは自分の言葉を伝えたつもりだ。

もしかしたら、オットーやラム、ペトラの方がうまく話せたかもしれない。でも、飛竜の群れに襲われる街を見たとき、大急ぎで駆け付けられるのはエミリアだけだった。

一番乗りしてしまった以上、エミリアは全力でやれることをする。

その結果――、

「竜に願うなんて、思い上がりも甚だしいっちゃ、人間……！」

そう、マデリンの怒りを爆発させてしまったのだとしても。

「――貴様でなくとも、誰であろうと説き伏せられまいよ。あれは竜人、もとより、地に根を張るものの言葉に耳を貸すほど、殊勝な生き物ではない」

怒りに満ちたマデリンの答えと、それを聞いて息を詰めるエミリア。両者のやり取りを無言で聞いていたプリシラが、決裂した交渉の所見を述べる。

それが自分を励ましてくれているみたいで、エミリアは目を丸くした。

「プリシラ、いつも私に意地悪ばっかり言う子だと思ってたのに」

「見合わぬものに見合わぬと、そう述べることを邪険と妾は思わぬ。慈悲深い妾の言葉を曲解するでない。――さて、如何にする」

「うん」

頷きながら、エミリアは伸ばした左手に氷の髪留めを作り出した。その髪留めを差し出され、胡乱げに片目をつむるプリシラに頷きかける。

「一緒にあの子を止めましょう。意地悪しちゃダメよ」

「妾の行いを、稚気の表れなどと貶めるな、半魔風情が」

憎まれ口を叩くプリシラが、受け取った氷の髪留めで自身の髪をまとめ、留める。氷の留め具が嚙み合う音がして、見知った雰囲気に戻るプリシラと、エミリアは並び立った。

そして――、

「――竜を相手に、恐れを知らない奴らはうんざりするっちゃ」

「私、ちょっと前におっきな龍とケンカしたばっかりなの。だから、あなたが怖がってほしくても、あなたを怖がってなんてあげられないわ！」

白い牙を見せるマデリンの威嚇に、エミリアがはっきりとそう答える。

直後、マデリンの瞳が地竜のように細くなり、手にした飛翼刃が猛然と、凄まじい速度と勢いでエミリアたちに向かって投じられた。

回転しながら迫ってくるそれを見て、エミリアは両手に氷の大槌を生み出した。

真下から振り上げる氷槌、その一撃で迫る飛翼刃を打ち上げ、弾き飛ばそうとする。

「う、んしょ!!」

両手に強烈な反動があり、踏み込んだエミリアが頑張って氷槌を振り上げる。一撃がかろうじて飛翼刃の軌道を逸らし、刃はエミリアとプリシラの頭上を抜けた。

しかし、たったの一合で氷槌は砕け散り、エミリアの両手もじわじわと痺れる。

「すごい力……私より、ずっと力持ちかも……っ」

「当然だっちゃ！　竜と人を、同じ物差しで比べる方が間違い――」

小柄な体で前に踏み出し、痛がるエミリアに勝ち誇るマデリン。――そのマデリンの頭上に、都市庁舎よりも大きな氷塊が天墜した。

「――ッ!?」

突然の氷塊、その規模と重さに喉を詰まらせ、マデリンの矮躯が押し潰される。

冷たい衝撃波が彼女を中心に全方位へ溢れ出して、白い風が瓦礫や壊れかけの建物を吹き飛ばし、甚大な破壊をもたらした。

「貴様、どの口で街を壊すなと？」

「え！　でも、今のところはもう壊れちゃってたから……」

「大味な物の見方をする。さぞや、貴様の従僕は気が重かろうよ。とはいえ、貴様もようやくわかろう」

「ようやく、わかる？」

氷塊の落ちた地点を眺め、プリシラが腕を組んで目を細める。その横顔に問いかけるエミリアだが、答えはプリシラの唇と、目の前の光景の両方から同時にきた。

マデリンを押し潰したはずの氷塊、大地に突き刺さったそれがわずかに震え、まるで世界がひび割れるような大きな音が氷塊そのものから響き始める。

地面に落ちたはずの氷の塊、その着弾点で腕を突き上げた少女を起点に。

「――竜人が、如何に厄介な存在であるかをだ」

プリシラの言葉の直後、轟音と共に長大な氷塊が真っ二つに割れた。

破壊の衝撃が全体に伝い、砕かれる氷が端からマナの塵へと変わっていく。その、氷片舞い散る光景のど真ん中で咆哮し、龍の化身たる竜人が二人へ飛びかかった。

# 7

――凍える風が荒れ狂い、破壊の衝動が跋扈する戦場を麗人たちが舞い踊る。

遠目にその戦いを見るものがいれば、あまりの荘厳さに目を疑っただろう。

果たしてそれは現実か、それとも夢幻の類なのか。

「――ッッ!!」

地面を踏み砕くほどの力を込め、矮躯の竜人が旋回する『死』を投擲する。

弧を描き、途上の全てを薙ぎ払う破壊の飛刃は、その暴虐的な脅威と裏腹に美しく世界を裁断し、切り裂いていく。

もしもこれが絵画の一枚であったなら、あるいは只人の審美眼には破壊ではなく、世界を美しく削ぎ落とすための剪定とすら映ったかもしれない。

そのぐらい、マデリン・エッシャルトの怒りは洗練された本質的暴力だった。

しかして――、

「プリシラ！　あげる！」

氷の足場を中空に生み出し、投げ込まれる飛翼刃を避けながら銀髪を躍らせる天上の美貌、それが地上に向けて手を振るうと、原形を失ってしまった街路が凍り付く。

凍結する大地、それが隆起して生まれるのは、装飾の美しい氷の剣だ。

それを、駆け抜ける美姫がすり抜け様に大地から引き抜き――、

「妾でなければ指が落ちるぞ。──だが、装飾は悪くない。使ってやる」

青白い絶氷が走り、マデリンの体を斜めに斬撃する。

しかし、その小さな体に如何なる力を秘めているのか、一撃されたマデリンは軽くのけ反るばかりで、代わりに一撃した氷の剣の方が砕ける始末。

そのまま、マデリンが近付いてきたプリシラにその手を伸ばすが、

「とやぁ!!」

その暴挙を許さぬと、真上から落ちてくるエミリアの両足がマデリンを打つ。

回転しながら打ち下ろした両足に氷の靴を履いたエミリア、少女の両肩を打ち砕く容赦のない攻撃が、頑健なマデリンに一歩踏鞴を踏ませた。

刹那──、

「お願い！」

「指図するでない」

着地したエミリアが地面に両手をつくと、生み出される氷の双剣をプリシラが奪い、しゃがむエミリアを飛び越えてマデリンへ斬りかかる。

右手と左手、プリシラの握った氷の刃が異なる角度からマデリンに迫り、それを彼女はとっさに伸びた両手の爪で受け止め、甲高い音が鳴り響く。

「図に乗るんじゃ……ッ!?」

「えりゃあ！」

双剣を打ち払い、反撃に移ろうとしたマデリンの顔面に、プリシラの頭の真横を抜けた氷の穂先が突き出される。とっさに身を傾けるマデリン、そこにプリシラと入れ替わりに前に出るエミリアが氷槍を目にも止まらぬ速度で突き放つ。

「代われ」

その槍をマデリンがしのぎ切れば、続いて氷の剣舞を披露するのはプリシラだ。

赤いドレスの裾を翻らせ、青く輝く氷の双剣を流麗に振るい、白く凍える世界で舞い踊るプリシラの剣舞が、マデリンの全身を打ち据え、押し下がらせる。

「――なんで、なんでなんでなんで、なんでだっちゃ!?」

プリシラの双剣の対処に追われ、防戦一方の己にマデリンが絶叫する。

その悲痛な声を聞こうと、プリシラの猛攻は欠片も緩みはしない。さらにマデリンにとって悪夢の如く、プリシラが剣舞の足を止めたとしても――、

「とりゃ！　そやや！　えいたぁ!!」

息つく暇もなく飛び出してくるエミリアが、次から次へと氷の武装を生み出し、尋常ならざる対応力を駆使し、力一杯にそれらを叩き付けてくるのだ。

――プリシラが技で、エミリアが力で、マデリンの攻防を完全に封じ込めてくる。

竜人の生まれ持った身体能力は、ひ弱な人間などとは比べ物にならない。人間より多少頑丈な亜人であろうと、竜人の前では枯れ枝も同然だ。

それは忌まわしくも、竜人と並べられることのある鬼族であっても同じこと。

竜人と鬼、最強の種族などと並べて語られることもあるが、とんでもない話だ。

所詮、鬼族など亜人の中の優れた血でしかない。竜人は、それらと根底から異なる。

竜人とは亜人ではない。人族に連なる種とは根っこから違う。

竜人とは人に非ず。——だというのに、何故、こうもうまくいかない。

「お前らはなんだっちゃ……なんなんだっちゃ！」

怒りに任せた攻撃が空振りし続け、ついには吐き出す怒りも尽きてしまう。

そうして竜の怒りが尽きたあとに残ったのは、みっともなく裏返る竜の嘆きだ。掴んだ飛翼刃を横薙ぎに振るい、それをエミリアが屈み、プリシラが飛んで躱した。

そして上下、二手に分かれた二人はマデリンの嘆きに同時に答える。

お前はなんだと、そう問われ——、

「——エミリー！」

「妾である」

振り上げられる氷の大斧と、閃く二振りの氷の刃が、それぞれマデリンを直撃する。

氷の刃に鋭く頭部の角を打たれ、その胴体に氷斧の猛撃を受けたマデリンが、受け身も取れずに真後ろへと吹っ飛んでいく。

戦いの中、やまぬ雪が薄く積もる地面の上を、マデリンの体は一回、二回と高く弾み、そのままの勢いで瓦礫の山へ飛び込んで、白い噴煙が大音と共に上がった。

そのマデリンの突っ込んだ瓦礫の山を、エミリアはじっと油断なく見つめ、

「……やっつけた、かしら」

「相応の手応えはあった。生憎と、歯応えはなかったがな」

「歯応え……？」

隣に進み出るプリシラ、その手の中で双剣が光と化すのを見届けて、エミリアは首を傾げる。何となく、プリシラの口元を見てしまうが、何も食べていない。

そのエミリアの視線に、プリシラはささやかな吐息をつくと、

「竜人に生まれ、『九神将』の地位にあるにしてはこの程度か、と言っておる」

「その、キューシンショウもだけど、リュウビトって何なの？　亜人なのよね」

「古に滅んだとされる種族よ。もはや、この世界で見かけることもなくなった龍と通じ合う力を持つという話じゃったが、迷信俗信の類であったか」

「龍……それって、ボルカニカとも話せる？　ちょっとよぼよぼなんだけど」

おずおずと切り出したエミリアに、プリシラがわずかに眉を上げた。それから彼女は、その口元にそっと指を当てて、

「よもや、貴様の口から然様な言葉が飛び出すとはな。いくらか見違えたか？」

「――？　あ、もしかして冗談だと思ってる？　全然冗談じゃないの。実は、少し前にボルカニカと会ったんだけど、ずっと一人だったせいであんまり話が通じなくて」

信じる気のないプリシラの反応に、エミリアが慌てて抗弁する。が、エミリアはすぐに「いけない」と優先すべきことを思い出して、

「やっつけたんなら、マデリンに飛竜を止めさせなくっちゃ！」

「この寒さであれば、動きの鈍った飛竜など遠からず全て狩られようよ」

「その間も危ない人はいるの！　スバルとレムだって、危ないかもしれないのに……」

「――ふむ」

プリシラの横を飛び出し、エミリアがマデリンの埋まった瓦礫に向かう。その背中越しに交わされたやり取りに、プリシラが形のいい眉を顰めた。

もっとも、その反応は氷の掘棒を作り出し、瓦礫に埋まったマデリンを掘り起こそうと一生懸命になっているエミリアには届かない。

ともあれ、その背を眺めながら、プリシラは小さく吐息をつく。

一手、思いがけずに届いたそれが導いた結果、それ自体は良しとしよう。だが、マデリンと飛竜がもたらした甚大な被害、それは消し去れるものではない。

最悪、拠点を魔都カオスフレームへと移すことや、協力者であるセリーナ・ドラクロイ上級伯を頼るということも視野に入れなくてはなるまい。

「いずれにせよ、まずは翼を畳ませてからとなろう」

先々のことに思いを巡らせるのを一時止め、プリシラは白く曇る空を仰いだ。

限られた範囲とはいえ、気候の変動さえ可能とするエミリアの力。いっそ、ヴォラキアで暮らした方が重宝され、王選などという負け戦に時を浪費する愚も犯さず済もう。

ヴォラキアで尊ばれる力も、ルグニカで同じように扱われるとは限らないのだから。

とはいえ、性質はともかく、エミリアの性格ではヴォラキアを生きれまいと――、

「――――」

そう、空に思考を描いていたプリシラの瞳が、微かに揺らめいた。

宝玉のような紅の瞳が揺れたのは、見上げた大空にわずかな違和を捉えたからだ。

そして、その違和の正体をプリシラが理解するのと――、

「いた！　マデリン、今出してあげる。でも、大人しく私たちの話を……」

「――ぁ」

「え？」

瓦礫に埋もれた少女を見つけ出し、エミリアが氷の掘棒で建物の破片をどける。土埃で汚れた雪に塗れ、服を汚して仰向けに横たわる竜人の少女。

その唇が動いて、掠れた声が漏れたのにエミリアは耳を澄ませた。

負けを認め、飛竜を退かせるという意味の言葉を期待して。

しかし、エミリアの期待も空しく、マデリンの唇が紡いだのは敗北宣言ではなかった。

呟いたのはたった一言、名前だ。

「――メゾレイア」

――次の瞬間、雲上からの『龍』の咆哮が地上へと破壊を降り注がせた。

8

天空から白い光が放たれた刹那、エミリアとプリシラは同時に動いていた。

音も、合図もなく氷の塔が生み出され、空へ伸びる塔の頂に銀と紅の美貌が躍り込む。

地上十数メートルへ一瞬で伸び上がった塔の頂上、エミリアは両手を空に掲げ、白い光の着弾が予想される範囲に巨大な氷の天蓋を作り出す。

作り出される天蓋は、内にさらに小さな天蓋を孕み、都合六枚の天蓋が空を覆った。

そして、エミリアが氷雪の防護を組み立てる裏側で、プリシラはそのすべらかな指を虚空へ伸ばし、空間を鞘とする『陽剣』を引き抜く。

赤々とした輝きと、目を奪われる宝飾の数々で彩られた珠玉の宝剣、しかし、その内から溢れる光は万全のときと比べるべくもなく弱々しい。

それでもなお、プリシラは宝剣を構え、頭上を仰いだ。

次の瞬間、落ちてくる白い光が一番外側の天蓋を直撃し、ほんの一秒ももたず、一枚目の天蓋が、二枚目、三枚目の天蓋が貫かれ、光が地上へ迫りゆく。

だが、貫かれ、破られた天蓋が役目をまるで果たせなかったかと言えば、それは否だ。

光を受け、貫かれる瞬間、わずかに光の角度が変わる。

一枚目、二枚目、三枚目と微々たる変化が、四枚目、五枚目とささやかな変化となり、そして六枚目が破られた刹那には、光の入り方は確実に変わった。

真っ直ぐ、白い光が氷の塔へと、頂に立つ二人へと落ちる。

それを迎え撃つように、真紅の煌めきが美しく鮮やかに、そして抗うような一閃となって放たれ――、

9

「――――」

完全に音が掻き消え、生まれて初めて味わう静けさが体感で十秒。

おそらく、実際には一秒にも満たなかっただろうそれが弾けたとき、都市の南側から広がった衝撃波は城郭都市を満遍なく呑み込み、ひっくり返した。

地面が、建物が、人が、飛竜が、容赦なく区別なく風に呑まれ、吹き飛ばされる。

当然、負傷者が担ぎ込まれ、臨時の治療院となった街一番の大屋敷。そこで怪我人の手当てに駆け回っていたフロップも、衝撃に揉まれて壁に叩き付けられていた。

「――う」

数秒、あるいは十数秒、もしくは数分単位、気を失っていたかもしれない。

背中に強烈な衝撃を受けて、内臓が全部ひっくり返る感覚を味わった。痛みはあまりないが、もしかしたら痛すぎて感じない類の傷を負った可能性も無きにしも非ず。

もし実際にそうなら、このまま痛みに気付かないまま毎日を送り、妹のミディアムが無

事に幸せに誰かに嫁ぐのを見届け、自分も世界への復讐を成し遂げた達成感を味わい、老いて寿命で死ぬ寸前まで気付かないままでいたい。

そこまでいったら、傷で死んだのか寿命で死んだのか区別はつかないはずだ。

「ようしようし、たぶん、深刻な状況ではなさそうだぞぅ……」

保険に保険をかけて、自分の状態を慎重に推し量ってから体を起こす。

手足は動くし、手の指も全部揃っている。耳や鼻が欠けたり、目が潰れていることも幸いなさそうだ。油断は禁物だが、悲観的過ぎてもよくない。

頭を振りながら立ち上がり、フロップは滲んだ視界を拭って周りを見渡す。

どうやら、周りの被害もフロップと似たり寄ったりらしく、あちこちから痛みを訴える呻き声が聞こえる。手当てを待つものも、すでに済んでいたものも、新たに怪我人になってしまったものも、とにかく助けるために手を差し伸べなくては。

「執事くんと、ウタカタ嬢も無事かな……」

遭遇したマデリンの相手をプリシラに任せ、フロップたちは屋敷のレムたちと合流し、できることを求めて負傷者の対応を手伝っていた。

両目に炎を灯したままのシュルトも、プリシラを心配しながらもそれを手伝い、どうにか心を落ち着けてきたところだったのだ。

それが、あの衝撃一発でおじゃんにされては浮かばれないというもの。

「いったい、何があったんですか……」

と、屋敷の奥から姿を見せたのは、重傷者に治癒魔法を施していたはずのレムだ。杖をつくレムは目を回しながらも、何が起きたのかと窓から屋敷の外を覗く。

先の、都市全部をひっくり返す衝撃は、とてもではないが尋常なものではなかった。あるいは、飛竜が群れで襲ってくることや、『九神将』の一人が力一杯暴れ回ることよりも、もっと恐ろしいことが起きたのではと思わせるほどに。

そう、警戒するフロップがレムに声をかけようとしたとき――、

「――大変っ」

目を見開いて、表情を険しくしたレムが慌てて屋敷の扉へ向かう。外に何を見たのか、大慌てで飛び出していく背中に「奥さん！」とフロップも叫んだ。

痛む胸と膝を押して、フロップもレムのあとを追いかける。すると、彼女は屋敷の前庭に倒れている人影の傍にしゃがみ込み、その容態を確かめていた。

さっきの、あの衝撃で飛ばされてきたらしい、新たな怪我人。その傍らのレムを追いかけて外に出たフロップは、屋敷の中からではわからなかった光景に目を見張った。

「これは……」

ちらちらと、白い雪が舞い降りてくるグァラル。その南の空に厚い雲が何層にもかかっていて、その雲を太陽の光が貫くようにして降り注いでいる。

いっそ、幻想的とさえ言える光景に白い息を吐き、フロップは身を震わせた。

突然、周囲の気温が著しく下がった上、ああした天変地異めいた絶景までもが展開され

る状況だ。もはや夢ですら、こんな光景はなかなか実現し得ないだろう。

つまり、夢ではないと逆説的に考えて、フロップは首を横に振った。

「フロップさん、手伝ってください！　この子を中に運ばないと……」

「うん、わかった。こんな摩訶不思議な空模様の下でも、僕たちができることは僕たちにできることしかないんだ。それを精一杯――」

やらなくては、と振り向いて、フロップはレムを手伝おうとした。そのフロップの青い瞳が見開かれ、言葉が途中で中断する。

理由は明白で、こちらに手助けを求めたレムの背後にあった。

レムの背後、先の衝撃に吹き飛ばされ、彼女が手当てのために屋敷へ運ぼうと提案したその人影は小さかった。小さく、可憐で、頭に二本の黒い角があった。

そして、意識が朦朧としているのか、レムの後ろでゆっくりと体を起こした少女は、その鋭い爪の備わった腕を無造作に振り抜こうとしていた。

「――――」

再び、フロップは音が消え去り、時間の流れが実際とズレる感覚を味わう。

こちらを見ているレムは、後ろに迫る脅威に気付いていない。その脅威そのものとなった少女にあるのも、レムを傷付ける意図というより、防衛本能のように見えた。

きっと、よほどひどい目に遭ったのだろう。それは同情するが、同情しても状況が変わらないのが辛い話で、困ったものだった。

「――――」

屋敷とレムの護衛をしているクーナとホーリィも、おそらく先の衝撃から立て直すのに時間がかかっている。見える範囲に彼女らの姿はなく、対処は期待できない。

両目を燃やしたシュルト、闘争心を堪えながら手当てを手伝うウタカタ、昏倒したまま目覚めないハインケル、彼らを当てにすることもできない。

目をつむれば、瞼の裏にははち切れんばかりの笑みを浮かべた妹が見える。

兄に痛い思いをさせないよう、強くなると誓って、本当に強くなった自慢の妹。そんな妹と世界へ飛び出す切っ掛けをくれた恩人、義兄弟、色んな姿が過って。

『――自分の命を大事にしろよ、フロップ。自己犠牲なんて大馬鹿のするこった』

いつか、無謀な生き方をするフロップを恩人がそう笑ったことがあった。

今この瞬間、ふと思い出したそのときと、同じことをフロップは言おう。

「僕は、大馬鹿と呼ばれて構わない」

そんな自分の答えを、好きな人たちがみんな手を叩いて笑ってくれたから。

「フロップさ――」

踏み込み、伸ばした手で細い肩を押して、レムをその場から突き飛ばした。

そして、振り抜かれる爪の途上、代わりに割って入る大馬鹿が一人。

――血が散って、フロップ・オコーネルは冷たい地面に倒れ込んでいった。

# 第六章　『フロップ・オコーネル』

## 1

——屈辱だった。

噛みしめる牙が軋み、臓腑が怒りで煮えくり返り、魂が悲憤でひび割れる。

下等な人間にいいようにされ、為すべきことを為せずに追い込まれ、切るべきではないとわかっていた切り札まで切らされて、自分は何をしているのか。

「なんて、無様だっちゃ」

竜人たる存在が容易く見せてはならない境地、それをむざむざと晒した醜態。

もしも他の竜人が見ていれば、あまりの体たらくに顔を覆い、竜人の恥と罵り、自他へ向けられる怒りで憤死しかけるマデリンを殺してくれただろう。

だが、そんなことは起こらない。他の竜人などいない。マデリンは、ずっと一人だ。

——だから、なんとしても、伴侶と望んだモノを殺した相手に応報せねばならない。

「フロップさん、手伝ってください！　この子を中に運ばないと……」

朦朧とする意識の端っこで、誰かのそんな声が聞こえた。

誰かも何もない、人間の声だ。自分以外、全部がそうなのだから、人間の声だ。マデリンに屈辱を与えた人間、導かれるように、声の聞こえる方に腕を伸ばした。

目の前にある細い背中、それを引き裂いて、そして――、

「僕は、大馬鹿と呼ばれて構わない」

それとは別の、誰かの声が聞こえて、次の瞬間に肉を引き裂く感触と、血が散った。

やった、とは思わなかった。竜人に一撃されれば、人間の体なんてひとたまりもない。

それでも、まずは一人。次の、次を、次が、次へ――、

「次は、誰が……ッ」

自分の爪に引き裂かれたいのかと、牙を剥き出して吠えようとする。

次なる獲物を貪欲に求め、今しがた打ち倒した相手を足蹴に転がして――、

「……え？」

白い肌を血で染めて、長い金色の髪を地面に広げた男が倒れている。

見知らぬ男だ。人族の顔の区別なんて大雑把にしかつかないが、区別できる顔の中に男のものはなかった。――故に、目に留まったのは男自身ではなく、その持ち物だ。

倒れた男の、引き裂かれ、剥き出しになった薄い胸板。そこで血に塗れているのは、男が首から下げていた獣の牙を使った装飾品――否、それは、獣の牙ではない。

それは、それは、それはそれはそれはそれはそれは――。

2

「――――」

駆け寄ってきたフロップに肩を突き飛ばされ、レムは庭の芝生に倒れ込んだ。

予想もしないところに、加減のない一押しだ。体を支える余裕もなく、レムの手からは杖が転がり、体は緑の上に横倒しになってしまう。

しかし、それをしたフロップに、何故と問い質す必要はなかった。

それよりもはるかに雄弁な答えが、レムの前に真っ赤な形で広がっていたからだ。

「フロップさん――っ！」

芝生に手をついて、レムはその光景に声を裏返させる。

眼前、数秒前までレムがいた場所に仰向けに倒れているのは、その細い体の肩から腰までを深々と抉られ、痛々しい傷から血を流しているフロップだ。

刃のような鋭い傷、それが自分を庇った傷だとレムはすぐに理解した。

それをしたのが、レムが助けようと無防備に駆け寄った少女であることも。

「――――」

空色をした髪の少女、彼女は腕を振るった姿勢で立ち尽くし、その爪の先からフロップを抉った血を滴らせている。

「どいて！　フロップさん！　傷を見せ……きゃあ！」

血の凍る思いを味わい、レムはフロップに飛びつこうとした。が、それは無言の少女に邪魔され、レムは再び芝生に押し倒される。

そのまま、少女は倒れるフロップの首を掴み、乱暴にその体を引き起こした。

まさか、フロップにトドメを刺すつもりなのかと、レムは悲鳴を上げかけ――、

「お前、なんで竜の牙を……カリヨンの牙を下げてるっちゃ⁉」

その横顔に必死さを宿し、悲鳴のように問いかける少女に、息を詰めた。

一瞬、質問の意味がわからなくてレムの思考が停止する。だが、その間も少女は「なんでだっちゃ！」と、目を閉じたフロップに問いを重ねていた。

フロップの返事はない。彼の意識は闇に落ちたままだ。その傷から流れる血が止まらない限り、意識が闇から戻らないだろうことも、明らかで。

「答えるっちゃ！　答えろ！　それができないなら……ッ」

「や、やめてください！　意識がないんです！　死んでしまいます！」

フロップに乱暴する少女の腕に、レムが縋り付くように掴みかかった。その邪魔に少女が金色の瞳を怒らせて振り向くが、レムも気迫でその眼力に堪える。

フロップの命が懸かっているのに、圧倒されてなどいられるものか。

「すぐに治療させてください！　そうじゃなきゃ、フロップさんは……」

「手当てしてどうなるっちゃ⁉　どうせ死ぬなら、死ぬ前に……」

「治癒魔法をかけます！　私は、治癒魔法が使えます！」

レムの必死の訴えに、少女の腕の力がわずかに緩んだ。

ただの手当てで、深手を負ったフロップを救う手段はない。が、治癒魔法となればまた話は別だ。少女の黄金の瞳が、そこで初めてまともにレムを映した。

「……救えるっちゃか？」

「──。やります。何としてでも……！」

「なら、早くするっちゃ」

レムの言葉を信用したというよりは、他に手立てがないと理解したのか。

少女は引き起こしたフロップの体をレムに押し付け、一方的にそう言いつけた。だが、その態度に反発している余裕なんてない。

「ひどい……」

引き渡されたフロップの傷を確かめ、レムはその惨さに呟いた。

フロップの白い肌に刻まれた四本の爪痕、なおもだくだくと流れ続ける血を、フロップが頭に巻いていた布で押さえ、治癒魔法を発動──直後、レムの全身を倦怠感が襲う。

「──っ」

すでに、飛竜の襲撃で傷を負った大勢に治癒魔法を施してきたあとだ。

どうしても治癒術が必要な相手に絞って消耗を抑えたつもりでも、治癒術を必要とする相手はそれだけ重傷ということだ。消耗は、避けられなかった。

そこへきて、瀕死に陥ったフロップの治療となれば、精神的な負担も大きい。

「それでも、諦めるなんて選択肢は……」

ないと、そう自分に言い聞かせ、レムはフロップの傷の治療に集中する。

白みかける意識を繋いで、レムはフロップを救う手立てを必死に追い求めた。ここで届かなければ、この街に残った意味がない。残って、何を学ぼうとしたのか。

――プリシラは、レムになんと伝えてくれていたか。

『傷ではなく、命そのものを見よ。とかく、生き物の体には血だけでなく、目には見えぬものが様々巡る。治癒術が掴むべきは、その先にある』

『それが何なのか、治癒術を使わぬ妾に解き明かせるものではない。便宜上、妾は命と呼んだが、貴様の捉え方、呼び方は好きにするがいい。ただ――』

『覚えておくがいい、レム。記憶をなくし、拠り所を失った哀れな娘。何もかもなくしたはずの貴様に、人を癒す力があるのは、それが貴様の本質であるからじゃ』

『――誰しも、自分からは逃れられぬ。努々、妾の言葉を忘れず、精進せよ』

「――命を、見る」

痛々しい傷そのものではなく、フロップから流れ出る、留め置かなくてはならない命そのものをせき止め、あるいは増幅し、命を繋ぎ止める。

ただ抉られた肉を埋め、傷を塞ぎ、痛みを和らげることが治癒術なのではない。

もっと本質、治癒術とは傷を治す魔法ではなく、命を救う魔法なのだ。

命に干渉する、その自覚と術に手を伸ばせば――フロップの、失われかけた命を繋ぎ止め、救い上げることも可能とするはず。

「――――」

少ない余力の最善を求め、研ぎ澄まされるレムの治癒術が真価を発揮する。

繋ぐべき命の糸を繋ぎ、留めるべき命の流れをせき止め、消えかける命の灯火に勢いを取り戻させる。――フロップの、その命を救い上げる。

「フロップさん……！」

か細い呼吸と、血の気の失せた頬の色に、改善の兆しが見え始める。その確かな手応えをレムが引き寄せれば、フロップの長い睫毛が震え、青い瞳が薄く開いた。

まだ、意識のぼんやりとした様子のフロップ。だが、このまま治癒術をかけ続ければ、彼の命を拾い切ることが――、

「……僕を、治し切ってはダメだ」

「――え？」

耳を疑うような言葉に鼓膜を打たれ、レムは掠れた息を漏らした。

あまりの驚きに集中が乱れ、治癒術の発動にも支障をきたす。慌てて治癒術への集中を整えるレムの前、フロップは瞼を閉じ、意識を手放していた。

今度こそ、完全に意識をなくしたフロップ。その傷の治療を続けながら、レムは先の彼

の言葉の意味がわからず、頭の半分を混乱させている。

何故、フロップはあんなことを。自分を治療してはならないなんて、どうして。

「意識が朦朧としていたから、おかしなことを言った？」

その可能性は十分ある。あれだけ血を流して、一瞬でも意識が戻ったのが奇跡だ。

ほとんど曖昧な意識の中で、意味のわからないことを言ってしまってもおかしくはない。

しかし、ほんの短い付き合いでも、レムのフロップへの信頼はとても高い。

フロップはいつも、一生懸命に考えて意見を述べてくれる人だ。

もしも、今のフロップの言葉も、そんな彼の振り絞ったものだとしたら、どうだ。

ただの放言と決めつけるには、あまりに不誠実というものではないか。

「――――」

何故、治していけないなんて言ったのか。――否、そもそも、フロップはなんて言っていた。治してはいけない、ではない。正しくは、治してはいけないではなくて。

「治し切っては、いけない？」

治し切っては、という言い回しは不思議だ。

治すことは止めないのに、最後まで治すことは止めようとしている。しかし、最後まで治すことをしなければ、フロップの命は危ないままなのだから――、

「――ぁ」

そこまで考えて、レムは自分の置かれた状況の認識がズレていることに気付いた。

フロップの治療に必死になるあまり、周りが全く見えていなかった。

「——」

フロップを治療するレムの背後には、これをした張本人の少女が立っている。

もっと言えば、都市の上空には飛竜の群れがおり、各所の激しい戦いも続いている。

何一つ、状況は好転していない。フロップの傷が癒えても、だ。

そして、フロップのあの訴えは、レムをある可能性に思い至らせた。

それは——、

「——あなたは、どこの誰なんですか？」

背後の少女に、レムは振り向かないままでそう質問した。

顔を見ての言葉ではないが、少女にもレムの質問の対象が自分とわかっただろう。すぐに少女は苛立たしげに牙を鳴らして、

「お前、そんなこと言ってる場合じゃないはずっちゃ。他を気にしてる暇があるなら、とっととその男を治すっちゃ！」

「私だって治したいです！　でも……」

「でも、なんだっちゃ⁉」

「でも！　あなたがどこの誰なのか気になって、集中できないんです！　このままじゃ、魔法が続かないかもしれません」

とっさの言い訳が思いつかず、レムはひどく幼稚な反論をしてしまった。これが相手の

怒りを買えば、フロップを切り裂いた爪がレムに向けられても不思議はない。

だが、そんなレムの稚拙な反論に、少女は荒々しく息を吐いて、

「……マデリンっちゃ」

「……なんですか？」

「マデリン・エッシャルト！　帝国の一将っちゃ！」

怒りとも焦りともつかない声色で、少女──マデリンがレムにそう答えた。

答えてくれたことへの驚きもあるが、それ以上の衝撃はマデリンの肩書きだ。彼女は帝国一将と名乗り、それがこの国でどんな立場のものかレムは知っていた。

そしてその理解は、レムの中で芽生えた可能性と符合した。

すなわち──、

「──？　お前、何してるっちゃ？　なんで……」

「────」

「なんで、その男の治療をやめたっちゃ!?」

一度深呼吸して、レムはフロップの傷にかざした手を引っ込める。

当然、フロップの傷を癒す治癒術は中断され、その事実にマデリンが噛みついた。マデリンはレムの襟首を掴み、強引に自分と向き合わせる。

その金色の瞳を、レムは真っ向から見返して──、

「答えるっちゃ！　何のつもりっちゃ、お前！」

「――。フロップさんの治療を続けるなら、条件があります」

「条件……？　お前、いきなり何を言い出して……」

「――街を襲っている飛竜の群れを退かせてください。その条件を聞いてもらえない限り、これ以上の治療はできません」

そう、飛竜の群れを率いる少女に、真っ向から交渉を持ちかけた。

――自分を治し切ってはいけない。

その不可解なフロップの言葉を、レムはこの交渉に利用するためだと解釈した。

理由はわからないが、マデリンはフロップの生存に固執している。彼女が執着する理由がフロップにはあり、その命を盾にして、都市への攻撃をやめさせる交渉も、レムにしかできない。

フロップの命を留め置けるのは現状、レムしかいない。

この絶体絶命の、流血の事態を脱するための戦いを、レムも始めてしまったのだ。

「な……ッ」

突き付けられた要求に、マデリンが耳を疑うように絶句する。

当然だろう。レムも、フロップの言葉を聞いたときは同じように混乱した。それと同じものがマデリンに降りかかっているのだ。理解もできる。

だが、一切の同情はしない。そんな余裕はレムにだってないのだ。

「――――」

じりじりと、フロップの治療を中断していることの焦燥がレムの胸を焼く。

本心では、今すぐに治癒術を再開し、フロップの命を救い上げる作業を続行したい。この指先にかかった消えかけの命が、戻ってこれるかどうかの瀬戸際なのだ。

こうしている合間にも、フロップの可能性は少しずつ閉じていく。

「どうしますか。早く決めてください」

その焦りを顔に出さないようにしながら、レムはマデリンに決断を迫った。

追い込まれているのは自分ではなく、彼女の方なのだと思い込むように仕向ける。そうすることで、フロップの可能性をわずかでも多く残したい。

先の、都市の全体を揺るがした白い光の影響はまだ大きく、屋敷の警護に当たっていたクーナやホーリィの姿は見えない。――レムが一人で、抗うしかない。

「マデリンさん、時間が――あぐっ」

「――竜を、侮るのも大概にするっちゃ」

決断を促そうと言葉を重ねた途端、マデリンの手がレムの首を締め上げていた。

怒りに燃える金色の瞳が、交渉などと驕ったレムの蛮勇を呪っている。

その幼い見た目からは想像もつかない、恐ろしく強大な鬼気を浴びせられ、レムの心胆が竦み上がる。自分の勢い任せな行為を今すぐ撤回し、許しを乞うべきだと。

だが――、

「――――」

同じぐらい強大な相手に、レムを庇おうと前に立ったスバルの姿が思い出された。

　ふざけた女装をして、とても見ていられないような醜態を晒しながらも、スバルはレムを守ろうと命懸けで立った。――否、あの場面だけではない。

　レムの目から見ても、スバルは決して強くも特別でもなかった。

　それなのに、スバルは危険を相手に怯みながら、決して退くことをしなかった。

　その、スバルの姿を見ていたレムは、怯えて竦む自分自身を叱咤する。

　――下を向いて、諦めてなんていられないと。

　――そんな甘えた考えと柔い覚悟で、居残ることを決めたわけではないのだから。

「わたし、を……」

「なんだっちゃ」

「私を、殺しても……あなたの負け、です……」

　首を絞められながら、喘ぐレムの宣告にマデリンが目を見張った。

　もしも、マデリンが怒りに任せてレムを殺そうものなら、彼女はフロップと言葉を交わす機会を永遠に失うことになる。

　――結局、マデリンには都市を滅ぼすか、フロップを救うかの二択しかない。

　帝国の一将として、命じられた役割を全うするのがマデリンの使命だろう。しかし、レムはマデリンの態度と言行に、小さくても勝機を見出した。

　マデリンは、フロップとどうしても交わしたい言葉がある。確かめたい何かがある。それを確かめることが、マデリンにとってどれだけ重要なことなのか。

そこに、レムは勝負に出るだけの価値を見たから――、

「――どう、しますか」

「――――」

「――選んでください。あなたは人を殺すのか、それとも生かすのかを」

3

――白く染まった意識が徐々に晴れ、世界が緩やかに色づいていく。

「――ぅ」

意識の覚醒に伴い、全身が味わったのはひどく重たい圧迫感だ。

まるで、体の上に瓦礫(がれき)が乗っているような重たい感覚、それが全身に圧し掛(か)かっていて息苦しい。どうにか、それを押しのけようと腕を動かして、

「ん、しょ……っ」

窮屈な体勢から腕を伸ばすと、大きな音を立てて圧迫感が遠ざかる。

そうして初めて、気のせいではなく、本当に瓦礫の下敷きだったのだとわかって、とても息苦しかった理由に納得がいく。

納得して、どうして瓦礫の下敷きになっていたのかを思い――、

「――そうだ。プリシラと一緒に、マデリンと戦ってて」

直前の出来事が思い返され、エミリアは周囲の景色に目をやった。

そこに広がっていたのは、あまりにも殺風景になりすぎてしまった廃墟の街並みだ。建物は崩れ、その倒壊した瓦礫も吹き散らされ、真っ平らになった大地。

それをやってのけたのは、あの空から降り注いだ白い光だった。

「――ボルカニカの吐く息と、すごーく似てて」

雲上から放たれた白光は、マデリンの意思が引き金になったものだと思う。

何がくるのかわからないまでも、エミリアはとっさにプリシラと合わせ、その白光を迎え撃つべく氷の盾を張り、プリシラも赤い宝剣を閃かせて――、

「そのあと、埋まっちゃって……いけない！　プリシラは⁉」

何があったのか思い出して、エミリアは姿の見えないプリシラを探し始める。

エミリアが瓦礫の下敷きになっていたのだから、すぐ隣にいたプリシラも同じ目に遭っていても不思議はない。もしそうなら、力持ちのエミリアと違って、プリシラは埋もれて出てこられない可能性もあった。

早く助けてあげないと、心細さに震えていては可哀想だ。

「プリシラ！　プリシラ、どこ⁉　返事して！　すぐ出してあげるから……」

「――ぴいぴいとうるさいぞ、半魔」

「プリシラ⁉」

痛む体を押しながら、近くの瓦礫をひっくり返すエミリアに返事がある。慌てて声の方

に駆け寄ると、崩れた城壁の残骸でできた山の反対にプリシラが座っていた。

彼女は駆け寄ってくるエミリアを見ると、「ふん」と小さく鼻を鳴らし、

「しぶといな。生きておったか」

「ええ、心配してくれてありがとう。プリシラも、元気……じゃないわよね。でも、何とか大丈夫そうでよかった」

ホッと胸を撫（な）で下（お）ろしたエミリアの眼前、プリシラは無言で片目をつむった。

さすがのプリシラも、いくらか疲れた様子だ。華やかな赤いドレスもあちこちが破れ、白い肌には土埃（つちぼこり）の汚れが目立つ。

それをエミリアが痛ましく思うと、プリシラは「見くびるな」と不満げにして、

「貴様が妾（わらわ）を案じようなどと笑わせるな。そも、妾と貴様とは王座を競い合う敵同士よ。妾が倒れるのを望むのが、貴様の本意であるべきであろうが」

「む、またそんな意地悪なこと言って。プリシラにケガしてほしいなんて、私はちっとも思ったりしません。それに」

「なんじゃ」

「私のこと、ちゃんと敵だと思ってくれてるのね。少しだけ驚いちゃった」

てっきり、プリシラはエミリアのことは眼中にないのだと思っていた。

クルシュやアナスタシア、フェルトといった他の王選候補者たちから出遅れている自覚のあるエミリアだけに、その評価は意外で、嬉（うれ）しくもある。

すごい人たちに並べられるのは、努力が認められているような気分だ。

「――――」

「あ、でも、プリシラが無事だったなら、すぐ動かないと。マデリンがどこにいったのかわからないし、街が危ないのも止めなくちゃ……！」

プリシラの無事を喜ぶのは、この街が見舞われている危機を脱してからだ。

本当なら、マデリンに飛竜たちの攻撃を止めさせたかったのだが、プリシラを探しているときにもマデリンは見つからなかったため、逃げてしまった可能性が高い。

マデリンが頼れないなら、エミリアたちは自力で飛竜を追い払わなくてはと。

「――待て、半魔」

「待ってあげたいけど、ゆっくりしてられないわ。早くしないと……」

「そうではない。――状況が動く」

慌ただしく走り出すのを止められ、振り向いたエミリアが「え」と目を丸くする。

エミリアを引き止めたプリシラが、瓦礫に座った姿勢のまま顎をしゃくった。その仕草につられたエミリアは、白い雪を降らす雲の多い空を見上げる。

そうして、プリシラの言ったことの意味を理解した。

「……飛竜が、離れてく？」

そうこぼしたエミリアの視界、都市の空を蹂躙し、人々を無差別に襲っていた飛竜たちが翼を広げ、ゆっくりと街の上空から離れていくのが見えていた。

それが意味するところが一瞬わからず、それからエミリアは「もしかして」と思い、

「マデリンが、私たちのお願いを聞いてくれたんじゃ……」

「たわけ」

「やっぱり違う？　でも、飛竜を帰らせられるのはマデリンだけだと思うんだけど……」

一番嬉しい可能性はプリシラに否定され、エミリアはそう考え込む。

他に飛竜がみんなで引き返す理由があるだろうか。もちろん、飛竜だって勝ち目がなくなれば諦めるだろうし、群れの長が負けたら慌てて逃げ出すかもしれない。

ただ、あの雲上の一撃がマデリンのものなら、危なかったのはエミリアたちの方だ。マデリンが群れの長の立場かはともかく、勝ち負けはまだ決まり切っていなかった。

それなのに――、

「ならば、引き下がらねばならぬ理由ができたということであろう」

「下がらなきゃいけない、理由？　それって？」

「妾とて全てを見透かせるわけではない。『雲龍』の存在が露見したのを理由に、マデリンに撤退の指示が下ったか。あるいは……」

口元に手を当て、そう思惟するプリシラの言葉の先をエミリアは待った。

そのエミリアの期待を数秒持たせ、プリシラは遠ざかる飛竜を見ながら、

「――帝都の命令よりも、優先すべきものを見つけたか、だ」

――プリシラの推論、その正誤は飛竜の群れが去ったあとで明かされることとなる。

城郭都市を滅亡寸前へと追い詰め、多数の住人と衛兵に被害を出した飛竜の群れと、それを率いた『飛竜将』マデリン・エッシャルトの強襲。

そこにヴォラキア帝国にあるまじき過酷な氷季の到来と、都市全域へと破壊をもたらした恐ろしき雲上からの白光――都市の滅びは免れぬと誰もが思った絶望の中、しかし、それらの脅威は唐突に去り、都市は思わぬ命拾いに揺れることとなる。

立て直しを図ろうにも、まずは受けた傷の深さと、その傷が癒えるのかを確かめなくてはならない。それは流れた血の雫を数えるような、気の遠くなる作業だ。

それらに城郭都市の生き残りたちが動き始める前に、一点だけ添えるべき事実がある。

飛竜の群れを連れ、撤退した『飛竜将』マデリン・エッシャルト。

彼女が飛竜と共に飛び去った城郭都市から、時を同じくして消えたものが二人。

――フロップ・オコーネルという商人と、レムという少女の姿は忽然と消えたのだと。

4

『――自分の命を大事にしろよ、フロップ。自己犠牲なんて大馬鹿のすることった』

そうフロップに忠告したのは、劣悪な環境から連れ出してくれた恩人のマイルズだった。

フロップとミディアム、幼い時分に二人が身を寄せた養護院というのは、どうやら思っていたよりもずっと性質の悪い施設であったらしい。

家族も、行く当ても頼る相手もいないみなし子たちを集め、その子どもたちに屋根と壁のある生活を提供する養護院で、大人たちは口癖のように言っていた。

「食べるものも仕事もない奴が溢れている中、お前たちは恵まれている」と。

実際、そうなのだと思っていた。

妹のミディアムと二人、家族に捨てられて泥水を啜りながらの生活は辛かった。

食べ物と言えば草や虫、たまに兎の類が捕まれば大騒ぎで、ひどいときには土や苔を齧って飢えをしのいだこともあった。

それらと比べれば、養護院での生活はずっと恵まれていたと言えるだろう。

薄くてボロボロでも毛布を与えられ、味のしないスープと一欠片のパンでも食事はちゃんと提供された。数がモノを言う単純作業という仕事を宛がわれ、大人に気紛れで暴力を振るわれるのも毎日というわけではない。——とても、恵まれている。

とはいえ、大人の殴る蹴るにミディアムや他の子どもたちが晒されるのは忍びなく、フロップはできるだけ朗らかに、大人の目に留まるよう振る舞うことを覚えた。

目立つ、というのはただそれだけで武器になる。

声と身振りを大きく、表情と仕草を大げさに。幸い、それらを癖にするのはさして難しくはなかった。人目を惹くことに関しては天稟があったらしい。

──年少の子に向かった怒りの矛先をずらし、半殺しの憂き目に遭ったフロップの傷を一晩中ミディアムが撫でていた夜、それを確信した。

これが、この場所で自分が果たさなくてはならない役割だ。

気が遠くなるような痛みの中で、フロップは自分にそう言い聞かせて──、

「んなわきゃねえだろ、トンチキめ」

「え……」

「何年かぶりに面出してみりゃ、相変わらずのムカつく我が家で、しかも馬鹿なガキが馬鹿な真似してやがる。イカレ坊主なんてバル坊だけで十分だってのに」

役割を自覚し、養護院の負の側面を一手に担う覚悟を決めたフロップ。

だが、そんなフロップの目論見は、ある夜に唐突に打ち砕かれることとなった。

飛竜に跨って現れたその人は、お世辞にも見目の整った人物ではなかった。

育ちの悪さを隠さない態度で、苛立たしげに灰色の髪を搔き毟る彼の姿は、子供心にあまり関わりたくない手合いだ。どことなく、卑屈な鼠を思わせる顔立ちもその印象を助長し、普段なら殴られないように頭を低くして接していただろう。

そんなフロップの失礼な印象を、その人──マイルズはとても億劫そうに裏切った。

「元々、オレもお前らと同じこの施設の出だ。まぁ、オレのときもひでえ場所でよ。だからとっとと逃げ出して、泥水啜って生き延びたわけだ」

夜、就寝中に逃げられないよう、子ども部屋の扉には無骨な鍵がかかっていた。

その鍵を荒っぽく壊して中を覗いたマイルズは、狭い部屋に二十人近くも押し込まれた子どもたちを見て、とてもとても大きな舌打ちをしたものだ。

それから彼は、知らない大人の登場に驚きと怯えを抱く子どもたちを部屋の外に出し、「待ってろ」と一言残して大人たちの部屋に向かった。

そして――、

「死ぬの死なねえの、そんな毎日の繰り返しだったが、オレはどうにか運を拾った。で、何年か経って、ふと忌まわしの我が家を思い出してみたら……これだ」

縛り上げた大人たちを部屋の床に転がし、恩知らずと罵る彼らの顔を蹴飛ばしながら、マイルズは下卑た笑みを浮かべ、「ざまあみろだ」と唾を吐く。

よほど大人たちに辛い目に遭わされたのだろう。とはいえ、そこまでしていいものかとフロップは首を傾げざるを得なかった。

そんなフロップの方を振り向いて、マイルズはその薄い眉を上げると、

「なんだ、お前もやりてえのか？　なら仕返ししてやれ。百倍返しだ」

「え、そんな、僕は……」

「――やるっ!!」

マイルズの悪魔めいた囁きに、フロップは答えを躊躇った。

が、そのフロップの後ろから飛び出したミディアムは、縛られた大人を拾った木の棒で

容赦なく殴りにいった。――否、ミディアムだけではない。

呆気に取られたフロップを除く、全ての子どもたちが怒れる反逆者となったのだ。

「いつも痛かった！」「大嫌い！」「あんちゃんの仇！」

やめろやめろと、縛られて抵抗できない大人の悲鳴が子どもの怒声に呑まれる。

彼らは大人の顔に爪を立て、その頬を叩き、ついには小便をかけて、日頃の溜め込まれた怒りを爆発させた。

「ぶはははははは！　見ろ、あいつらの面！　傑作だな！」

呆然と、妹たちの反逆を見ているフロップの横で、マイルズが下品に大笑いする。

とてもではないが、フロップは一緒に笑う気にはなれなかった。ただただ、大人たちをこんな目に遭わせた自分たちの明日を思い、目を回しているばかりで。

「さて、あとは好きにしろ……と言いてえところだが、それで放り出すなんてしたら、ドラクロイ伯になんてどやされるかわからねえ」

感情のままに反逆を終え、施設の外に出てきた子どもたちを見回しながら、マイルズはその幼い後輩たちに「だから」と言葉を続け、

「ひとまず、伯のとこに連れてってやる。そこからの身の振り方は自由にしろい。別にオレについてこなくたっていいぞ。その方が助かる。むしろそうしろ」

マイルズのその大雑把な誘いを受け、子どもたちは顔を見合わせた。

ついてくるかどうか、それすら自由だとマイルズは言ったが、それはこれまで大人の指

示に従ってきた子どもたちに与えられなかった、初めての『選択肢』だ。

その自由に困惑する子どもたちに、マイルズは「おいおい」と肩をすくめ、

「今さらなんだ、情けねえ。——もうあいつらにやり返したあとだろうが。お前らは、なんだって選べるんだよ」

そうマイルズに言われ、子どもたちは初めて気付いた。

もうすでにマイルズの言う通り、自分たちは反逆することを選んでいたのだと。

——結局、養護院を出ない選択をした子どもは一人もいなかった。

もちろんフロップも、加担していなかったとはいえ、あれだけのことをしでかした養護院に残るなんて言い出せない。そもそも、ミディアムはいち早く「いく！」とマイルズの誘いに乗り、「いこう！」とフロップにも呼びかけていた。

ミディアムの願いを叶えないことも、妹と別れ別れになる道を選ぶこともありえない。

そんな、いくらか他の子と比べて消極的な理由でフロップは施設を離れた。

ただ、とんでもないことをしてしまった。あるいはとんでもないことに巻き込まれてしまったと、そんな後悔が延々とぐるぐる頭の中を回り続け、フロップは苦しんだ。

しかし——、

「おやすみ、あんちゃん」

マイルズの主人とやらの下へ向かう道中、屋根のない場所で、施設から持ち出した毛布に妹と一緒にくるまって眠るとき、初めて後悔以外に目を向けられた。

安堵したように身を委ねてくる妹と、庇や壁という名の牢獄のない外の景色。

もう、殴られる心配も、妹を泣かせる不安も抱えなくていいのだと、気付いた。

「――ふ」

気付いて、フロップは泣いた。

泣いて泣いて、泣きじゃくって、塩辛い自由の味を噛みしめたのだった。

5

――遠く、翼をはためかせ、飛竜が灰色の雲に覆われた空を遠ざかっていく。

それが次なる攻撃の予備動作ではないと、遠のく影が豆粒ほども小さくなるまで警戒を続け、それからズィクルは体の緊張を解いた。

理由は不明だが、飛竜の群れは撤退した。都市庁舎が完全に陥落していない以上、撤退理由の可能性は二点――作戦目標の達成か、達成困難と判断したかの二極。

どちらに天秤が傾いたのか、起こった事態を整理しても判断は困難に思えた。

「急激な気温の低下と、都市南部の壊滅的被害……」

豊かに茂る自身の髪に手を入れて、ズィクルは判断のつかない二つの異変に触れる。

戦いの最中、城郭都市の気温がみるみるうちに下がり、ついには白い雪がちらつき始めたときには自分の目を疑った。高い高い山の上では雪を見ることもあるそうだが、ヴォラキアで雪を見ようとするなら天変地異の類に期待するしかない。

つまり、戦闘中に起こった降雪は天変地異に他ならなかった。

もっとも、それ自体はズィクルたちに幸運に働いた。

急激な気温の変化、特に寒さに飛竜は弱く、厄介な飛行戦力が目に見えて低下した。それがなければ、被害はもっと大きく深くなっていたことだろう。

「だが、あの白い光はいったい……」

手の付けられない絶望的な破壊、それが都市の南部を平たく消し飛ばした。

それは天変地異という言葉ですら生易しい、ある種、この世の終わりの光景の一つ。あとに続く被害こそなくとも、その一発で十分に都市は痛手を被った。

指揮系統も混乱し、戦況判断も停滞。もしもそのまま飛竜に押し込まれれば、なし崩しに都市は陥落していたかもしれない。

それだけに、飛竜の群れが撤退したのは僥倖であり、おかしな事態だった。

故に、ズィクルは攻め手の敵側に何かがあったのだと推測する。

都市の防衛に手を割かれるズィクルたちに代わり、誰かが敵に痛打を与えたか。その場合、候補に挙がるのはシュドラクを率いるミゼルダか、一将であるアラキアを退けた実績のあるプリシラが有力だ。

そのいずれがやってくれたにしても――、

「やはり、女性は素晴らしい。が、女性の陰で守られる恥を当然と思いたくはない」

女性が優れたる存在であることは、ズィクルが劣っていていい免罪符にはならない。

女性の素晴らしさは敬い愛でつつも、自らの咎は戒めとすべし。

ともあれ――、

「これほどの猛攻に晒されるとは、事前の備えが活きましたな」

「……城郭都市の攻略ならば、飛竜を使うのが定石だ。とはいえ、飛竜隊ではなく、『飛竜将』が送られてくるのは予想して然るべきだった」

負傷し、頭から血を流した参謀官の言葉にズィクルは首を横に振る。

見通しが甘かった。飛竜への備えとして用意した攻竜兵器、それを帝都からの攻撃を予期して西の城壁に多く配置したが、飛竜の群れは四方から襲ってきた。

一将であるアラキアの撤退後、次の一将が派遣されるには時間がかかると踏んだが、これも読み違い。――状況を思えば、それも当然と言えよう。

これは一都市の反乱ではなく、もっと大きな大政変の先触れなのだ。

その事情を把握している帝都の奸臣からすれば、火種の小さいうちに反乱の火を消そうと全力を注ぐはず。連続した一将の投入も視野に入れておくべきだった。

「いいや、反省は後回しだ。城壁が崩された以上、飛竜でなくとも都市の攻略は容易い。被害状況の確認だ。壁の修繕が可能か確かめ……」

「――今すぐ武器を下ろせ！　これは命令だ！」

反省要因を速やかに抽出し、思考の端に蓄えるズィクル。

そのまま被害の確認と、今後の対応に頭を割こうとしたところで、緊迫した鋭い声が冷え切った空気を揺すぶった。

「あれは……」

見れば、飛竜の襲来を退けた指揮所の中央、衛兵たちに囲まれている人影が一つ。

それまで飛竜に向けられていた武器と警戒を一身に集めるのは、態度悪く周囲の面々を睥睨(へいげい)する男だ。その両手には長剣が握られており、剣先からは血が滴っている。

ただし、それは人間の血ではなく、飛竜の血だ。

「飛竜への対策に、地下から出した兵の一人です。双剣の使い手で……」

「ああ、私も見ていた。一騎当千の戦いぶりだったな。――おい、やめろ！」

参謀官の指摘に頷(うなず)いて、手を広げるズィクルが部下たちにそう命じる。そのズィクルの指示に、部下の一人が「二将！」と声を高くし、

「危険です！　事態が事態だけに、牢(ろう)から出しましたが……」

「飛竜の脅威が去れば、それですぐに牢に戻すと？　それでは納得するまいよ。そのために払う犠牲の方が問題だ」

緊迫する部下にそう応じ、ズィクルは囲まれる男へと歩を進めた。

双剣の使い手の実力、それは一般的な帝国兵と比べてかなり高い。事実、彼の奮迅の活躍がなければ、都市庁舎を襲った飛竜の群れを撃退できた確証はなかった。

その剣がこちらへ向けられれば、飛竜以上の被害を出しかねないほどに。

「無論、そうした暴挙に出られれば、そちらの命もない。だから……」

「だから、なんだ？」

切り出したズィクルに、男が刺々しい声と態度でそう応じる。それどころか、彼は手にした二本の剣の片方をズィクルへ向け、猛々しく「はっ」と笑うと、

「オレに大人しく投降しろってか？　それじゃ、他の連中と言ってることが変わらねえだろ、『女好き』の二将殿」

「貴様！　ズィクル二将を愚弄するか！」

不名誉に聞こえる肩書きを誇りとするズィクルだが、今の男の発言には肩書きを嘲弄する明確な意図が感じられた。そのため、部下たちはいきり立って敵意を増したが、ズィクルは改めて彼らを手で制しつつ、

「投降は歓迎するが、そうではない。貴君の働きは見事だった。立場は違えど、都市の防衛に貢献した事実は薄れない。故に、貴君を解放する」

「――。本気か？」

「信賞必罰はヴォラキアの掟であり、皇帝閣下のお望みだ」

そのものの実力と働きを以て評価するヴォラキアの皇帝、その在り方は帝国の実力主義の規範であり、ズィクルもまた尊敬の念を抱く忠節の根幹だ。

しかし、そのズィクルの答えを聞いた途端、男の態度が露骨に刺々しくなる。

その全身から溢れ出す鬼気と、その眼光――眼帯で右目の塞がった男は、左目に自分の

感情の全部を込めてズィクルを睨みつけた。

「その皇帝閣下と帝国を裏切って、敵側についた反乱の『将』が恥ずかしげもなくよく言えたもんだな……！　オレなら、その恥知らずさに耐え切れずに腹を切るぜ」

強烈な敵意、その源泉が帝国への忠義にあると窺わせる男の発言に、ズィクルはわずかに息を詰め、それからじっと男を見つめた。

地下牢に入れられたこの兵は、ヴィンセントが策によってグァラルを攻略した際、投降の指示に従わず、最後まで抗った一人のはずだ。

すなわち、とびきり強い帝国主義への帰属意識を持っている人物と言える。

ならば――、

「もしも、私が貴君と同じく、帝国と皇帝閣下に変わらぬ忠義を誓っていると言えば、貴君は私の話に耳を傾ける気になるだろうか」

「ああん？」

ズィクルの問いかけに、男が左目を見開いてガラの悪い声を漏らす。が、その眼光に怯まないズィクルの様子を見据え、しばしの間をおいて、彼は剣を床に投げ捨てた。

甲高い音を立てて転がる剣、無手になった男は両手を上げる。

「話を聞く、という意味に受け取っても？」

「ひとまず、玉砕覚悟で暴れるのはやめてやらぁ。本気でやれば、裏切りの『将』の首ぐらいは取れそうだが……」

ぐるりと挑発的に周りを見渡して、男はズィクルの部下たちを鼻で笑った。

「へっ、やめといてやらぁ。ただし、つまらねえ話なら……」

「相応に興味の持てる話のつもりだ。……時に、貴君の名前は？」

武器を下ろしたことで歩み寄れたと、ズィクルが男に名前を聞く。一瞬、男はその質問の答えを渋ったが、すぐに誤魔化す意味もないと考え直し、

「――ジャマル・オーレリー。上等兵だ」

と、自分の名前と階級を述べた。その姿勢を受け、ズィクルも深々と顎を引く。

「ジャマルか。知っているだろうが、私はズィクル・オスマン。帝国二将の地位を与えられ、『女好き』とも呼ばれている。もっとも」

「あん？」

「今の私は『臆病者』と呼ばれる方が奮い立つのだがね」

かつては恥と思ったその異名は、ズィクルの中で特別な輝きを放つものとなった。

そのズィクルの答えを聞いて、男――ジャマルは無理解に顔を歪める。腕は立つが、頭を使うのもひねるのも得意ではない性質と見た。

それならそれで、義を説けばこちらの話に耳を傾けるかもしれない。

そこへ――、

「――すみません、この都市の代表の方はこちらでよろしかったですかね？」

ジャマルが投降し、弾けそうな緊迫感から解放される都市庁舎。そこへ、割り込む機を

見計らっていたような声が滑り込んでくる。

静かで柔らかなその声色は、聞くものの安堵を引き出すように鼓膜を打つものだ。

とはいえ、聞き覚えのない声にズィクルは振り向き、その丸い眉を顰める。

声の主が姿を見せたのは、指揮所となった最上階と階下とを繋ぐ階段だ。そこに現れた灰色髪の青年、彼は敵意がないことを示すように両手を上げながら、

「そちらの方が、『将』のズィクル・オスマンさんですか？」

同じ赤い制服を纏ったものの中から、躊躇なくズィクルを『将』と見定めてきた。

無論、羽織ったマントや肩口の階級章があるのだから、ズィクルをこの場で最も位の高いものと見抜くのは簡単だ。――問題は、それを指摘する度胸である。

直前まで戦闘があった指揮所に顔を出し、見知らぬ指揮官を指名する胆力。控えめながらも怖じていない男、その所属をズィクルは訝しんだ。

都市の住人に見当たらなかった以上、戦いの最中に紛れ込んだと考えられる。

その場合、最も適当なのは――、

「帝都の使い……我々への伝令だろうか」

「え？　あ、いやいや、全然違いますよ！　僕たちはもっとこう、説明するのがややこしくて複雑な立場なんですが、帝都の関係者とかではないです」

上げた両手を横に振り、青年は慌ててズィクルの疑念を否定した。それを鵜呑みにするならば、ますます青年の立ち位置がわからない。

そう眉間の皺を深めるズィクルに代わり、ジャマルが「てめえ」と歯軋りし、

「こっちが先約入ってんだ！　あとから入ってきてうだうだと……ぶっちめるぞ！」

「それに関しては申し訳なく思ってますよ。僕も現時点で落ち着いた話ができるとは思っていません。なので、許可だけもらえれば」

「許可ぁ？　何の許可だよ」

「負傷者の治療や、このあとの都市の修繕……言うなれば、戦後の処理のお手伝いになりますかね。多少なり、僕と同行者たちはお役に立てるはずなので」

頬を歪めるジャマルに答え、青年は「もっとも」と嘆息する。疲れたような呆れたような、どことなく脱力した様子の青年はわずかに頬を緩め、

「すでに始めてしまっているので、一部は事後承諾なんですが」

「──。申し出自体はありがたいが、それは……」

「難しい話ではないゾ、ズィクル。その男の話に嘘はなイ」

ズィクルが質問を重ねる前に、聞き惚れる凛々しい声がそれを遮った。

床に杖をつくような音が鋭く響いて、階段を上がってくる影が青年に並ぶ。それは勇ましい全身に血を被り、その猛々しい美貌を増したミゼルダだった。

見たところ、その美しい体を汚した血は全て返り血であるらしく、先だって損なわれた足以外に目立った外傷はない。無事戻った彼女に安堵する。

そうして戻ったミゼルダは、青年の細い肩を親しげに叩くと、

「この男の連れがすでに仕事を始めていル。私モ、保証しよウ」

「ミゼルダ嬢、ご無事で何よりです。彼は？」

「知らン。私たちの敵ではなク、顔のいい男だから通しタ」

「ミゼルダ嬢……」

いささかズィクルとは物の見方が異なるミゼルダの審美眼、確かに彼女の言う通り、青年の見目は優しげに整っていると言えるだろう。

漂う雰囲気はどことなく中性的で、しかし眼光には妙に強い一本の芯を感じる。

悪い人間ではない、とはズィクルも思う。ただ、腹に一物抱えてもいるだろうと。

「この状況で、見返りを求めない助力があるとは思わない。君は何者だ？」

「さっきも言いましたが、説明するのがややこしい立場のものです。ただ、あなた方と敵対するつもりはありませんよ。——探し人があるだけで」

「探し人……」

そう重ねたズィクルの一言に、青年は「ええ」と頷いた。

それから彼は被っていた緑色の帽子を外し、自分の胸に当てて一礼、帝国風ではない礼節だが、こちらに敬意を払う姿勢を見せながら、

「オットー・スーウェンと申します。——友人と、友人の妹さんを探していまして」

と、油断ならないハイエナのような目で目的を語ったのだった。

## 6

――マイルズの主人、セリーナ・ドラクロイ上級伯は苛烈な女傑だった。

若くして帝国貴族の上流で鎬を削る彼女は、帝国主義の表れたる鉄血の掟に従い、能力のあるものを取り立てる実力主義に重きを置いていた。

その一方で、強者が弱者を意のままに辱めることを良しとしない高潔さも持ち合わせており、それ故にマイルズの連れ帰った子どもたちは悪しく扱われなかった。

「報告は受けている。面倒を避けるマイルズが連れ帰るほどだ。よほど、お前たちの境遇を不憫に思ったのだろう。私の領地では好きに過ごせ」

フロップら子どもたちを迎え、そう応じたセリーナは鷹揚に笑う。

身の丈以上に巨大な存在を前にしていると、子供心にひれ伏したくなる威圧感、そして初めて見る華美で大きな屋敷の内装に、フロップは圧倒された。

「伯みたいに余裕があるお人は、わざわざ下々のもんをイジメる理由がねえ。結局、ガキを殴る大人ってのは、自分がガキの頃に殴られた大人なのさ」

熱い湯を浴びせられ、腹が膨れるほどの食事を貪り、清潔でいい香りのする服に着替えたフロップたちに、マイルズは常の通りの粗雑さで答えた。

その見るもの触れるもの全部が新鮮な世界に目を回しているミディアムたちと違い、フロップは自分の知らない世界、考え方にたくさんの感銘を受けた。

特に、マイルズが何の気なしに告げる哲学から受けた影響は大きい。

フロップが考えもしなかった物の見方が、捉え方がこの世には存在するのだと、彼が外の世界へ連れ出してくれなければ知りようがなかった。

何より——、

「おお、ご同輩でやしょう。そちらさん方も、マイルズ兄ぃの拾いもんで？」

自由を与えられ、屋敷を駆け回る妹たちの背中を追いながら、広大な敷地の中にある美しい庭園に足を止めたフロップ。

大輪の花々が凛と咲き誇る光景に圧倒される背へ、そんな柔らかい声がかかった。

驚いて声の方を探ってみても、庭園に相手の姿は見当たらない。そのことにフロップが首を傾げると、

「こっちでやすよ。すいやせんね、ちょいと下から失礼をば」

「うわあ！」

「おお、すってんころりん」

ひょいと、庭園を覗くのにフロップが寄りかかった柵の向こう、すぐ目の前から頭を出され、フロップは思わずのけ反った。

そのまま尻餅をつく姿を笑われ、フロップは目を瞬かせる。

転んだフロップを笑ったのは、いくらか年上の幼さの残る少年だった。十二、三歳前後

だろうか、愛嬌のある顔立ちをした灰褐色の髪の人物。

その屈託のない笑みにしばし呆然とし、それからフロップは唇を尖らせた。

「……笑うなんて、ずいぶんじゃないか」

「おお、すいやせんすいやせん。見事にすってんといったもんで、つい。助け起こしたいとこなんですが、あっしは今動けないとこでして」

「動けないって……ぁ」

尻を払って立ち上がり、フロップは柵を回って少年の前へ。すると、地べたに座り込む少年は、胡坐を掻いた膝の上に丸い塊を乗せていた。

それを見て、フロップは目を丸くしてしまう。

「それはまさか、卵？」

「そうそう、でけえ卵でやしょう？　実はこいつ、飛竜の卵なんですぜ」

「飛竜の卵なんて、どうするんだい？」

「もちろん、孵すんでさぁ」

その一抱えもある大きさの白い卵を、それこそ体全部で抱きしめながら、少年はフロップに破顔してみせた。

――それがフロップとミディアムのオコーネル兄妹と、生涯の義兄弟の誓いを交わすこととなる人物、バルロイ・テメグリフとの出会いだった。

## 7

「――――」

　窓の外、眺める景色の中に存在する取り合わせに、レムは静かに目を細める。

　豪邸の庭先、そこで翼を休めている一頭の飛竜がおり、傍らにはその飛竜に食事を与えている兵の姿があった。恐ろしく獰猛（どうもう）なはずの飛竜、しかしそれは柔らかい目つきと、まるで甘えるような声を漏らし、兵の手ずから餌を与えられている。

　凶暴かつ凶悪と聞かされ、実際にその危険性を目の当たりにしたレムからすれば、ああして人に懐く飛竜の姿は驚きの一言だ。

　散々、誇り高い竜は人には懐かないと、やたらと竜に詳しそうな少女に言い聞かせられていたこともある。話が違うと、そう思わされても文句はないだろう。

「物憂げにされておりますな」

　不意に、そうして庭を眺めるレムの背後で声がした。

　もっとも、相手は足音を立てて近付いてきていたので、誰かがやってきていることに気付いていたレムは驚かない。

　ただ、知らない相手の声であり、場所が場所だけにいくらかの緊張は残しつつ、

「物憂げかはわかりませんが、思うところはあります。きたくて連れてこられた場所ではありませんから」

「ふ、なかなかどうしてはっきりと仰る。小気味よい方だ」

「……あなたは」

宛がわれた一室、捕虜に与えられる部屋すら豪奢な建物の中、高級感がありすぎて座り心地の悪い椅子の背を軋ませ、レムは現れた老人の素性を尋ねた。

白い髪に白い髭、そして糸のように細い目をした老齢の男だ。

振る舞いと年齢、それにレムを見張っている兵たちが姿勢を正して頭を下げたことから
も、彼が何らかの高い位に就いた人物とだけ予測できた。

そのレムの遠慮のない視線に、老人は軽く手を振り、見張りの兵に退室を促す。兵たち
は無言でそれに従い、一礼して部屋から離れていった。

そうして、邪魔者のいなくなった部屋の中、老人はレムの対面の席を手で示して、

「座ってもよろしいですか？」

「……どうぞ」

顎を引くレムの前、老人が緩やかな動きで席に座った。

そのまま正面からレムと向かい合う彼は、自身の顎を指で撫でると、

「私奴のことは、何も聞いておりませんか」

「いいえ。治せと休め、勝手なことをしたら殺す以外は何も」

聞く耳を持たない屋敷の主――マデリンの指示を反芻し、レムは首を横に振る。

見張りを付けられ、逃げないようにと厳命されての軟禁状態。レムだって逃げるつもり

はないが、それはそれとしてこの扱いは面白くない。

「なるほど。それはいささか、客人に対する態度に問題がありました。私奴からも、マデリン一将には注意しておくこととしましょう」

「……彼女に注意できるんですか？」

得体の知れない老人の言葉に、レムは思わず目を見張ってしまう。

城郭都市からこの屋敷まで、飛竜の上で長いとも短いとも言えない時間をマデリンと過ごしたレムは、彼女の言葉の通じなさに散々悩まされたあとだ。

その印象は頑なで強情、多少なり言いくるめられる素直さがあって救われたが。

「彼女は、人から指図されるのが嫌いな人だと思っていました。何か言われれば、すぐに怒って暴力を振るうような……」

と、そこまで自分の所感を告げたところで、レムは自分の手に手を重ねる。

落ち着いて考えると、どんな顔をしてこれを言っているのかと自分が恥ずかしく思えてきた。人の話を聞かず、相手の指をへし折ったこともある身としては。

しかし、そんな自省をするレムの様子に、老人は「ふ」と小さく笑い、

「存外、間違いとは言えません。私奴としても耳の痛い話です。事実、今回も指示に正しく従ってもらえなかった。もっとも――」

「――」

「今回はマデリン一将の気紛れではなく、別の要因が大きかったようですが」

唇を緩めたまま、しかし声色からは笑みの響きを消した老人。

瞳の見えない細目に値踏みされる眼光で射られ、レムは微かに息を詰めた。その視線は雄弁に、レムこそが件の『別の要因』だとみなしている。

そしてそれは、目の前の老人にとって望ましくない結果を招いたのだとも。

「……あなたは、誰なんですか」

「申し遅れました。私奴はこの神聖ヴォラキア帝国にて、皇帝閣下より宰相の役目を与っております、ベルステツ・フォンダルフォンと申すもの」

「宰相の、ベルステツ……」

問いかけに、恭しく腰を折った老人――ベルステツ・フォンダルフォン。

その名前と役職を聞いた途端、レムの頬はより硬さを増し、肩に入る力も強くなる。

名前も役職も、どちらも聞いた覚えがあった。

「では、あなたが……」

「ええ。――私奴が、ヴィンセント・アベルクス閣下の敵です」

「――――」

一切の躊躇なく言い切られ、レムはまたしても言葉を続けられなくなった。

こうもはっきり、謀反を肯定されるとは思わなかった。それと同時に、渦中に一番近い場所に自分が立ち入ってしまったのが、ひどく場違いに思えてならない。

本来、この場にいるべきは自分ではなく、アベルやプリシラ、それにスバルだろう。

そこまで考えて、レムはこの場にスバルがいなくてよかったと思った。

「いたらいたで、絶対に一人で無茶をしたでしょうから……」

黒髪の少年の思い切りの良さと、想像の斜め上をゆくところは疑う余地もない。こうした状況においても、レムの想像もよらない突飛な事態を引き起こすだろう。

そうした意味では、飛竜に襲われた都市に彼がいなくて正解だった。あれを彼がどうにかできたとも思えないし、余計な傷が増える一方だったろう。

ただ――、

「――――」

ただ、自分がマデリンに連れ去られたことを知れば、彼はどう思うだろうか。

それがひどく、レムの胸を鋭い刃の痛みを以て想像が苛むのだった。

「――。アベルさんが、本物の皇帝と知っているんですね」

その、胸の奥を切り刻む痛みを無理やり無視し、レムはベルステッツに問い質す。その質問にベルステッツは「ええ」と淡々と応じ、

「無論です。逃亡を許したのは失態でしたが、その後は計画通りに事を進めております。いえ、おりましたというべきでしょう。事実、ヴァラルの壊滅は途上で終わった」

「何故、アベルさんを？　謀反、というものを決意するのがどれほどのことか、私には想像もつきませんが……アベルさんの人柄のせいですか？」

「一国の頂、皇帝に人格など求めません。個人の感情や思い入れなど、国家の運営という

視点からすれば些細なものです。求めるものがあるとすれば、それは能力と、責任を果たしていただけるという信頼と実績のみ」

ゆるゆると首を横に振り、ベルステッツは感情の窺えない声と表情で答える。

揺らぎのない声色、微塵も変わらない表情。それはレムの乏しい人生経験とは別に、ベルステッツの優れた交渉技能が原因で全く内心を読み取らせない。

ただ、アベルの人間性が謀反の理由ではないと、それは信じたいと思える答えだった。

城郭都市で大勢の血と、死を目の当たりにしたのだ。その切っ掛けがアベルの性格の悪さだなどと、死者はもちろん、レムだって納得できない。

「それなら、アベルさんが皇帝失格だから追放したというんですか？」

「追放、は本意ではありませんでしたよ。そこは結果論です」

「アベルさんは、優秀な人……とは思います。それでも、皇帝という立場に求められる信頼と実績には足りなかった、ということでしょうか」

何故、アベルを擁護しなくてはならないのか自分で不思議だが、レムは自分の中にあるささくれを納得させるために言葉を選んだ。

実際、戦闘能力はともかく、その思考力と知識の深さでアベルは抜きん出ている。

ミゼルダやズィクル、そしてスバルまでもが彼の言い分に従おうと考えるのは、そうした意見を他者に納得させる統率力もある証拠だ。

それがあっても、皇帝には足りないのか。なら、いったい誰なら皇帝が務まるのか。

「まだ、お名前を伺っておりませんでしたな、癒者殿」

「……レム、だそうです」

「ふむ」

ベルステッへの反感もあり、伝聞としての教え方をしてしまった。

さすがにレムも、もう自分の名前が『レム』であることは受け入れている。プリシラに強く名乗ったときから――あるいは、スバルにそう呼ぶことを許したときから。

ともあれ、そのレムの名乗りを舌に馴染ませ、ベルステッは小さく吐息すると、

「――レム殿、現在、皇帝閣下にはお世継ぎが何人いらっしゃると思われますか？」

「およ、つぎ……ええと、それはお子さんのこと、ですか？」

「ええ」

ベルステッが静かに頷くと、レムはその脳裏にアベルを思い浮かべる。

記憶のないレムだが、それを喪失する前に仕入れた知識の数々が失われたわけではない。人間がどうやって繁殖するのか、それもちゃんと知識として覚えていた。

ただし、アベルがそうした人間関係を他者と真っ当に築けるのかは疑わしい。そもそもアベルと並び立つ女性というのが、レムにはイマイチ思いつかなかった。

「想像がつきません。いらっしゃらないのでは？」

「――。よくおわかりですね。その通り、いらっしゃらないのですよ」

「あ、やっぱりそうでしたか。なんて、アベルさんに失礼かも――」

しれない、と続けようとしたレムは、そこで言葉を中断した。

ベルステツに何か言われたわけでも、黙るように指示されたわけでもない。ただ、押し黙った老人の細めた目がうっすらと開き、その奥の瞳が見える表情、それを真正面にしたレムの喉が、信じ難い鬼気によって黙らされたのだ。

静かに、二人の間にあるテーブルの上に手を置いているベルステツ。その押し黙った彼の全身から溢れ出すのは、想像を絶する強烈な怒りだった。

「いらっしゃらないのですよ、お世継ぎが。――それは、問題なのです」

「――ぁ」

「帝国は精強でなくてはならない。そうでなくては、この国は」

掠れた息をこぼしたレムの前、そこでベルステツは言葉を切り、テーブルの上に置いた拳を開いて息を吐いた。

それから、再び瞼の奥へと瞳を隠し、老人はレムを見る。

「失礼しました。私奴も、謀反者になったのは初めてのことでして、どうにも浮足立っていると言わざるを得ません」

「……どうして、今の話を、私に」

「――――」

「聞かせる必要の、ない話だったはずです」

ベルステツの、感情ではなく、もっと重たく澄んだものが込められた言葉。

それを嘘とは感じなかったが、何故、自分が聞かされたのかレムにはわからない。

レムはたまたま、アベルやプリシラと接点があって、成り行きでこの場に連れてこられただけの、些末な存在だ。特別な立場も、重要な役目も与えられてはいない。

「なのに、どうして」

「……貴方は癒者で、そして鬼族だ。できれば取り込んでおきたい。貴重な存在です」

それは嘘ではないが、全部が真実ではないような答えだった。

しかし、その先の答えを求めるレムに、ベルステツはそれ以上の時間を割くことをやめたようだ。ゆっくりと、老人が腰を落ち着けた椅子から立ち上がる。

「もう少し貴方と話していたいのですが、私奴にもやるべきがある。今しばらく不自由をかけますが、屋敷のものにはできるだけ便宜を図るよう申し渡しておきますので」

「……ベルステツさんは、マデリンさんのなんなんですか」

「協力者、というのが一番適当でしょう。無論、彼女からすれば、賢しい人間を使ってやっているという印象でしょうが。この屋敷も、私奴の屋敷なのですよ」

意外とたくましい肩をすくめるベルステツ、その答えにレムは部屋や庭を見る。

我が物顔でマデリンが過ごしているから、てっきり彼女の屋敷と思っていたが、それすらも誤りだったらしい。ただ、建物や内装の上品さには納得がいった。

「でも、不自由なく過ごせるとも、過ごしたいとも思っていません」

「率直な物言い、実に小気味いい。では改めて、レム殿、ご壮健で」

小さく笑い、ベルステッツは改めてその場で腰を折り、退室する。

その背を呼び止めることも考えたが、言うべき言葉も見つからず、おそらくは足を止めることも叶わないと思い、レムは何も言わなかった。

退室したベルステッツと入れ替わりに、外へ出された見張りの兵も戻ってくる。

彼らの厳しい視線を向けられながら、レムは今一度、外を眺めた。

ちょうど、餌やりを終えた飛竜が、餌を与えた男をその背に乗せて、ゆっくりと羽ばたいて空へ上がるところだった。


「────」


獰猛で恐ろしい飛竜だが、その背に乗せられて飛行するのは爽快だった。

もちろん、状況が状況だけにそれを楽しむ余裕はなかったが、グァラルから一日とかからず目的地へ運ばれ、これまでの旅路が何だったのかと思わされるばかり。

負傷したフロップの治療をしながら、マデリンに連れてこられた場所──、

「──帝都、ルプガナ」


アベルが玉座を追われ、そして奪還しなくてはならないと志す都市。

その都市の中心にある水晶宮を遠目にしながら、レムは囚われの身となっている。開かない窓に触れ、指先でガラスの感触を確かめながら、ふと思った。


「……あの人が」

レムがいなくなったと知ったら、その胸に痛みが走るだろうか。

胸の奥が刃(やいば)を突き込まれたように痛むレムと同じように、彼の胸にも痛みが。

それが、自分のどんな想(おも)いから去来する考えなのか、レムにはわからなかった。

## 8

――ゆっくりとフロップが瞼(まぶた)を開くと、見知らぬ部屋の天井があった。

「――――」

一瞬、思考の整理に時間を使い、すぐに状況把握のために周囲を観察する。

野営が多い行商人としての癖だ。もちろん、警戒は自分よりもよっぽど感覚の鋭い妹が担当してくれているが、それは怠けっ放しの理由にはならない。

自分の反応の悪さが生死を分けることもありえるのだ。だから、寝起きをよくしておくことは生きる術(すべ)として当然習得した技能だったが――、

「ここは……うぐう！」

注意深く周りを見渡そうとした瞬間、すごい痛みに胸が引きつって悲鳴を上げる。

「ち、ちっとも体が動かない……！」

痛みに呻(うめ)きながら、フロップは全く思い通りにならない体に衝撃を受けた。もがく体はふかふかのベッドに沈む一方で、これではベッドではなく、柔らかい檻(おり)だ。

それでも、何とか脱出しようと体をぐねぐねさせて必死にもがくのだが、

「この、この……！　これはなかなか手強いな！」

「──。お前、かなりおかしな人間だな」

「な⁉　誰かいたのかい⁉」

ベッドと格闘する背後、高い声が聞こえてフロップは振り向こうとした。が、努力は空しく、不自由な体は振り向くこともちゃんとやってくれない。

陸に上がった魚のようにもがくフロップ、その様子に深々と嘆息が聞こえて、

「竜だ。お前の傷は治している最中だから、無意味にはしゃぐな」

言いながら、ベッドの脇に歩み寄った相手を見て、フロップは「あ」と息を漏らす。

空色の髪と金色の瞳、その頭部に二本の黒い角を生やした少女──マデリンだ。帝国一将であり、城郭都市を襲った『飛竜将』なる存在。

そして、フロップの最後の記憶では──、

「確か、君の爪に引っかかれて痛い思いをしたような……」

「合ってる。竜の爪がお前の命を抉った。……あの娘が癒したっちゃ」

「あの娘……ああ」

視線を逸らし、バツの悪い顔で呟いたマデリン。彼女の言葉から思い浮かんだ顔があって、フロップは自分の身に起こった出来事に合点がいった。

それと同時に、薄れゆく意識の中で自分が彼女に──レムに、ずいぶんとひどいことをお願いしたことも思い出されて。

「マデリン嬢、でよかったかな。聞きたいんだけど、グァラルはどうなったんだい？　とても大きな爆発と、君のお友達の攻撃に晒された街だ」

「――――」

「こうして、僕がかろうじて命を拾っていることから見るに、僕と奥さんは生き延びたんだと思う。ただ、それだけだと僕の中では二番目に悪い結果なんだ。もちろん、一番悪い結果は僕も奥さんも死んでしまうことだけど」

指を立て、そうまくし立てるフロップにマデリンのバツの悪い顔は継続中だ。それが、彼女にとって不本意な流れを辿った証と思いつつ、フロップは畳みかける。

「どうだろう、マデリン嬢。君のその顔は不満げだったり、拗ねている顔に見えるんだ。僕の妹も、よくそうしてもじもじと拗ねることがあってね。体が大きい分、もじもじしていても全然控えめに見えないところが可愛いんだが、君もその類かな？」

「……だっちゃ」

「うん？　なんだい？」

「街は無事だっちゃ！　壊し切れなかったっちゃ！　これでいいっちゃか!?」

鋭い牙を見せて、マデリンがフロップの言葉に轟然と怒鳴り返す。猛烈な息吹を全身に浴びる錯覚を味わいながら、フロップは長く安堵の息をついた。

無事、というのはフロップの記憶の中のグァラルの状況を見るに、とても適当な答えとは言えないが、マデリンは壊し切れなかったと言った。

「どうやら、奥さんは僕の命をうまく使ってくれたのだね……」

朦朧とする意識と耳鳴りの中、フロップは途切れる直前の自分の所業を顧みる。

血を流し、命をも失いかけたフロップの姿を見て、マデリンが大いに動揺するのを目の端で捉えた。彼女はフロップに何かを問い質し、それに縋っているようだった。

だから、使えると思った。フロップの命を救い、マデリンが欲しがる答えを与えると約束することで、ヴァラルの襲われた窮地を脱することが可能だと。

あの、平和主義なレムにそうした非情な決断ができるかわからなかったし、成功したと思われる現状でもものすごく負担をかけてしまったと思うが。

「僕の傷を治してくれた奥さんは、どこに？」

「……一緒に連れ帰ったっちゃ。それが竜の条件で、あの娘はそれを呑んだ。竜は約束を守る。竜との約束も、守ってもらうっちゃ」

「約束……」

「これっちゃ」

レムの無事を聞かされ、安堵するフロップ。そのフロップの眼前に突き出されたのは、赤く塗られた獣の牙の装飾品——否、竜の牙の装飾品だ。

普段、フロップが首から下げ、肌身離さず持ち歩いている大切な一品。

それが、ベッドにうつ伏せになっているフロップの鼻先に突き付けられる。

「ああ、拾ってくれたのかい？　それは本当にありがとう。とても、とても大事なモノなんだ。なくしたら、とても平気な顔をして生きていられないぐらい。だから……」

「――カリヨン」

「――――」

手を伸ばし、フロップはその牙を取り返そうとする。が、マデリンはフロップの手をあっさりと躱すと、それを返す代わりにある名前を口にした。

その名前にフロップが息を詰め、さらにマデリンが続ける。

「これは、カリヨンの牙だっちゃ。どうして、お前が持っているっちゃ？」

カリヨンと、聞き間違いではない名前をマデリンは二度も口にした。

聞き間違えるはずがない。だって、その名前は――、

「答えるっちゃ！　なんで、お前がカリヨンの牙を……」

「カリヨンが生まれたとき、僕もその場に居合わせた。あの子の名前は、僕も一緒に考えたんだよ。マイルズ兄ぃと、バルロイと一緒にね」

「――ッ」

「あの子の牙が生え変わったとき、その記念にもらったんだ。義兄弟の……家族の証だとね。だから、僕と妹はカリヨンの牙を持っているんだ」

静かに、胸の奥にある大切な宝箱を開くような気持ちで、フロップはそう答えた。

マデリンの手の中で揺れる飛竜の牙、その出所はそれが答えだ。大切な家族――恩人と義兄弟、もうすでにこの世にいない二人の形見。

その答えを聞いたマデリンが絶句し、唇をわななかせて目を見張る。

彼女の反応と、カリヨンの名を知っていたことから、フロップもいくつかの推測を立てながら、「いいかい？」と前置きして、

「君は、どこでカリヨンの名前を？　一目であの子の牙と見抜くくらいだ。浅い関係とは思えない。それに君は……」

「——ぁ」

「君は、バルロイの後釜として『玖』になった子だ。もしかして、君はバルロイやカリヨンを以前から知っていたんじゃないかい？」

マデリンの反応は痛々しく、幼く見える彼女を追い込むようで胸が痛んだ。

しかし、フロップの胸はかつて同じ話題が理由で、傷付くマデリンを見る以上の激痛に苛まれたのだ。泣きじゃくる妹の顔より劇薬になるものはこの世にない。

だから、マデリンを追い詰め、彼女の秘密を聞き出すのに躊躇いはなかった。

——バルロイ・テメグリフ。

ヴォラキア帝国の元『九神将』であり、フロップやミディアムの義兄弟であり、皇帝に反旗を翻して命を落とした謀反者であり、愛竜であるカリヨンと自分の恩人でもあるマイルズを心から愛した、あの優しくて愛おしい男。

彼と、マデリンの間にどんな関係があったのか。

そして——、

「君はどうして、『九神将』になったんだい？」

「——復讐、だっちゃ」

一拍、答えを返すまでの逡巡があり、しかし、吐き出された言葉は明瞭だった。

唇を震わせ、目を見開いていたマデリン、その表情がゆっくりと変化し、金色の瞳にも

その表情の変化と同じ激情が——赫怒が宿る。

竜を従える少女の激しい怒りに、フロップは全身を焼かれるような錯覚に襲われる。

「——」

復讐という単語には、フロップも思うところがある。——それは、フロップにとって人生の目標であるからだ。ただし、フロップの復讐対象は個人ではなく、世界。

誰かが膝を屈することを余儀なくされる世界、そのものへの復讐だ。

しかし、マデリンの瞳に宿った怒りは、それとは全く違う。

彼女の金色の瞳を燃やしている激情は、その矛先を向けるべき相手を知っている。

「誰の、復讐を望むんだい？」

「……バルロイの、竜の伴侶になるはずだった男の、復讐っちゃ」

「——」

「竜の良人を殺したモノを、竜は絶対に許さんっちゃ。そのために——」

死したバルロイの復讐を果たすと、マデリンがその矮躯に怒りをみなぎらせて答える。

バルロイとマデリン、二人がどうやって出会い、どんな経験を経て、どうした形の絆が

結ばれていたのか、フロップにはわからない。

ただ、マデリンが心から彼の死を悔やみ、嘆いていることはわかった。

だから、だから、だから――、

「――誰が、バルロイの仇だと？　どうすれば、復讐は果たされるんだい？」

この場にいたのがミディアムだったら、きっとマデリンを正面から抱きしめた。

バルロイとマイルズ、二人の死に滝のような涙を流して、大きな声でわんわんと泣き喚いたミディアムなら、きっとマデリンに泣き方を教えられた。

大切な人を殺されて、その事実にマデリンは怒り狂っている。

悲しみ方がわからないのだ。飛竜を従える能を有し、途方もない力を秘めた黒い角を生やした存在。彼女には悲しみ方が、怒ることしか思いつかない。

そしてそれは、泣き方を忘れてしまったフロップと同じだった。

だから――、

「バルロイを、死なせたのは――」

フロップの問いかけに、小さな手を握りしめたマデリンが応える。

良人を奪われ、置き所を失った愛をその小さな体に詰め込んだマデリンは、涙を流す代わりに怒りの炎にくべ、復讐を果たすと決めたのだ。

「――――」

そして、マデリンの口から名前を聞いたフロップは、目をつむった。

目をつむり、じっと押し黙る。このときばかりはマデリンの爪に抉られ、治療の途中である傷の痛みも忘れ、ぎゅっと瞼の裏の闇に身を委ねた。

目をつむれば、今でも大切な人たちの顔が思い出せる。

『お前もミディアムも考えが足りねえ。伯のところにいりゃいいものを、面倒見切れねえぜ、まったくよ』

『これは、マイルズ兄ぃなりに心配してんですぜ。ここに残ってりゃ、いつまでも面倒見てやれんのにって。素直じゃねえでやしょ?』

『うるせえぞ、バル坊！　出世した奴がしょっちゅう戻ってくんな!!』

『いやぁ、あっしにゃ向いてやせんって。ここでマイルズ兄ぃとフロップと、ミディたちと一緒に過ごしてんのがよっぽど、あっし向きですって。ねえ?』

旅立ちの日、わざわざ遠方からきてくれたバルロイと、前日は帰りが遅かったはずのマイルズとのやり取り、そんな懐かしい思い出が蘇る。

大きく手を振り、ミディアムと二人で、長く世話になった地を離れ、そして――。

そして、フロップ・オコーネルは帝都へ辿り着き、青い瞳に光を灯した。

その灯した瞳のままに、唇が言葉を紡ぐ。

それは――、

「――君が、バルロイの仇なんだね。村長くん……いや、皇帝ヴィンセント・ヴォラキア」

# 幕間『帝国狂騒序曲』

## 1

――閉ざされた暗い空間から、白い光へと手を伸ばした感覚だった。

真っ暗な、真っ暗な場所にいて、何も自由にならない場所で自由を求めて、自分にはどうにもならないものをどうにかするために、助けを求めていた。

だけど、最後の瞬間、決死の表情で飛び込んでくる少女へと手を伸ばしたのは、救いを求めたからではなくて、救わなくてはと思ったからだった気がして。

だから、身勝手な主張をする影を黙らせ、他でもない自分の手を――。

自分の、この手を――。

「――小さい」

と、ぼやけた視界にうっすらと見える自分の手を確かめて、そうスバルは呟いた。

天井に掌を向けたその手は、スバルの肩の延長上にある自分の手だ。意図した通りに閉じたり開いたりもする、疑いようのない自分の手。

ただし、スバルの期待よりもワンサイズ小さい、子どもの手だった。

つまり――、

「戻り損ねた……」

苦労に苦労を重ね、どうにか掴み取ったはずの起死回生のチャンス。文字通り、死ぬような思いをした結果だったというのに、それはこの手を離れていった。

その手放したもののために、いったいどれだけの犠牲を払ったことか。

いったい、どれだけの犠牲を――、

「――っ!?　そうだ、何やってんだ、俺は!?」

瞬間、ぼやけた意識に揺り戻しがあり、スバルは眺めていた手を顔に当てた。

蘇ってくる記憶は、魔都の紅瑠璃城でオルバルト相手に行った熾烈な鬼ごっこと、その後の大異変へと通じている。

オルバルトが胸に触れ、スバルの『幼児化』を解こうとした直後の出来事。

ただ一言、耳元で愛の言霊が囁かれたかと思いきや――。

「いきなり意識が吹っ飛んで、それから……それから？」

何があったのか、とスバルは曖昧模糊としている自分の記憶を探ろうとする。だが、押しても引いても、記憶を封じ込めた扉はびくともしない。

その扉の堅さに、スバルが強く奥歯を噛みしめていると、

「――まあまあ、そう焦らずにどんと構えましょう。幸い、命は拾ったわけですし、何かするには連れのお嬢さんの目が覚めてからでも遅くないですって」

「──ぁ？」

不意に、すぐ真横から声が聞こえて、スバルは唖然とそちらを向いた。すると、スバルが横たわる具合の悪い寝台、そこに両手で頬杖をついた人物と目が合う。

ニコニコと、その人物は満面の笑みを浮かべ、スバルの顔を覗き込んでいて。

「うおわぁ⁉」

「おおっと。いい反応ですけど、控えめにした方がいいですよ。あんまりうるさいと、運営に睨まれて面倒な死合いを組まれますからね。もっとも」

「────」

「僕は、そういう悪趣味な趣向も嫌いじゃないです、むしろ好き」

思わず跳ね起きたスバルを見つめ、そう飄々と嘯いたのは青い髪の人物だ。

長い髪を頭の後ろでまとめ、滅多に見かけない和風の装いに袖を通している。見知らぬ顔に驚きつつ、スバルは唾を呑み込み、言葉と、質問を選んだ。

「……お前は、誰だ？　ここはどこなんだ？」

「──ああ、実にいいですね！　その質問、最高ですよ！　期待した通り！」

「うえ？」

慎重に、声の調子を落として問いかけたスバルに、その人物は嬉しげに目を輝かせた。

素早く伸びてくる手に手を取られ、スバルは驚きに目を白黒させる。

そんなスバルの前で、相手はくるりと一回転すると、

「お答えしましょう！　黒い湖を渡り、この島――剣奴孤島ギヌンハイブに辿り着いた、素敵な予感の渦巻く目つきの悪いあなたに！」

芝居がかった口調と仕草で、初対面にしてはひどく失礼な物言いをする人物。だが、相手はそんなスバルの印象に構わず、堂々とその態度を、芝居を貫いた。

まるで、自分が万雷の拍手を浴びる舞台演目の役者であるかのように――。

「――セシルス・セグムント」

胸に手を当てて、一礼した人物が自らの名前をそう名乗る。

その響きに、スバルは聞き覚えがあった。どこで聞いたのか思い出そうとして、それを思い出した途端、スバルは顔をしかめる。

聞いたのは、アベルの口からだ。その名は、確か『九神将』の一人で――。

「僕こそは、ヴォラキアの『青き雷光』。――この世界の、花形役者です」

そう、堂々と言ってのける相手に、スバルは息を呑んだ。

名乗られた名前と肩書き、それはどちらもスバルの記憶と一致するが、一点だけ、非常に大きな問題があった。それは――、

「――ヴォラキア最強って、子どもなの？」

――目の前で笑うセシルス・セグムントが、縮んだスバルと同じぐらいの年頃の、いかにも悪ガキという風情の子どもだったことだった。

2

——同刻、とある屋敷の一室にて。


「この、嘘つき野郎！　あんたなんか、死んじゃえばいいんだ！」

甲高い、耳に響くような金切り声で、その女は涙を浮かべてそう叫んだ。

叫ぶだけでなく、怒りには行動も伴う。花瓶が投げられ、絨毯の上で派手に砕けた。その破片を足に浴びながら、男は静かに嘆息し、

「カチュア、俺だって悪いと思ってる。本気で、こんなの想定外だった」

「うるさい！　何が想定外……知るもんか！　そんなの、私には関係ないじゃない！」

嫌々と頭を振って、激しい癇癪を起こすのは兄譲りの癖毛を二つに括った女だ。

不自由な体を車輪の付いた椅子に乗せる女——カチュアは、その青い瞳を涙で一杯にしながら、乏しい生命力に反した目力で睨みつけてくる。

その視線の鋭さに愛を感じて、男——トッドは片目をつむり、歩み寄った。

「くるな！」

「無理だ。一秒でも一緒にいたいし、一歩でもお前の近くにいたいからな」

拒絶するカチュアへの答えは、掛け値なしのトッドの本音だった。

のしのしと、拒まれるのを無視して前進するトッドに、カチュアは薄い唇を噛む。しか

し、彼女には両手を伸ばし、遠ざけるふり以上の抵抗ができない。

足が不自由で体も弱く、愛されることにも弱い。それがトッドの愛おしい婚約者だ。

あの、無神経で何事にも大雑把なジャマルと血が繋がっているなんて信じ難い。

「捕まえた」

「――っ」

突き出された手を優しく握り、触れ合ったトッドにカチュアが頬を歪める。せめてものの抵抗と、彼女は椅子をくるりと回転させ、トッドに無理やり背中を向けた。

その頑なな態度に肩をすくめ、トッドは愛しい女を背中から抱きしめる。

「……触るな、嘘つき。あんたはいつも、嘘ばっかり……兄さんも、連れて帰ってこなかった。そのあとも、どこにもいかないって言ったくせに」

「ぐうの音も出ないよ。俺は約束破りで、とんだ大嘘つきだ」

トッドから顔を背けたまま、そう罵るカチュアの髪に頬を寄せる。

彼女の言う通り、トッドは嘘に嘘を重ねた。無事に連れ帰ると約束したジャマルは城郭都市で死なせ、帰り着いた帝都で誓った離れないという約束も守れない。

もっとも、そのどちらも不可抗力だとトッド的には言い訳をさせてもらいたい。

ジャマルを囮に使わなければ、トッドはこうして生きて帰れなかった。そのジャマルの代わりに拾った相手――助けた女が裏目に出たのは皮肉な話だが。

「アラキア一将に見込まれた。俺に、ジャマルの仇を討たせてくれるらしい」

「──兄さん、の」

「ただし、ちゃんと役立つってところを証明できればだ」

掠れ声で呟くカチュアに答えて、トッドは内心で忌々しさに頬を歪める。

正直、ジャマルの敵討ちなど心底どうでもいい。ただ耳心地のいい理由として聞かせた作り話が、思った以上にアラキアに響いたのは誤算だった。

おかげで彼女は、親友を失ったトッドを自分の部下に加えると宰相に直談判したらしい。

結果、トッドは彼女の唯一の部下となり、そのせいで帝都を離れなくてはならない。与えられた立場に見合った実力があるか、それを証明するために。

そのための試金石として、これからアラキアに同行するのが──、

「──剣奴孤島、ギヌンハイブ」

「……一個だけ、約束して」

トッドに後ろから抱かれながら、震え声でカチュアがそう言ってくる。

散々約束を破られながら、それでも約束を求めるカチュアにトッドは無言で頷いた。

「お願いだから、あんたは……あんたは、無事に帰ってきて……」

きゅっと、後ろから抱いたトッドの腕に、弱々しいカチュアの手が重ねられる。

その感触を確かめながら、トッドは「ああ」と愛しい女の髪に口付けした。

そして、心に決める。──たとえ、どんな犠牲を払っても、この女の下へ帰るのだと。

《了》

あとがき

はい、どうも！　長月達平です！　鼠色猫です！　二人いません、一人です！

リゼロ30巻へのお付き合い、ありがとうございます！　30巻て！作者が言うのもなんですが、めちゃめちゃ長いシリーズで、ここまでお付き合いいただいている皆様には頭が上がりません。自分が一読者だった頃、10巻あれば長編で、15巻もあれば大長編。20巻あるシリーズなんて滅多に見かけませんでしたから、30巻に到達なんて、本当に本当に、応援あってのことと常々思っております。

作者的には本気で書くのが楽しかった30巻の内容ですが、そんな応援してくださる皆様のご期待に応えられていれば何よりです！

今巻、主人公のスバルが本気の本気でほぼ出てこない、番外編以外ではありえない編成となっておりました。ただ、七章でレムと別行動を取ることになってから、レム&プリシラサイドの話はしたいとずっと思っていたので、ようやくそれができて感無量です。

とにかく、同行メンバーの入り乱れる帝国編ですが、ついにエミリア筆頭にルグニカ王国の面々も続々と合流し、ますます混迷を極めてまいります。

今巻、マクガフィンに徹したスバルの動向も語られますので、ぜひとも次回、31巻の内容も楽しみにお待ちいただければ幸いです！

さて、相変わらずの紙幅なので、ここからは恒例の謝辞へ移らせていただきます。

担当のI様、毎回のギリギリ進行でご迷惑をおかけしつつ、今回もこうして刊行へこぎつけさせていただき、ありがとうございました！　次こそは、もっと余裕ある進行を！

イラストの大塚先生、今回はカバーイラストの方向で嬉しい趣向をありがとうございました！　挿絵はもちろんですが、差分付きのカバーイラストは画期的で、ご提案がめちゃめちゃ嬉しかったです！　素晴らしいお仕事、ありがとうございました！

デザインの草野先生、30巻の大台へ突入しても、まだ新しい可能性を見せていただける仕事ぶり、本当にありがとうございます！　眼福、いまだ絶えません！

花鶏先生&相川先生のコミカライズ、月刊コミックアライブで四章が連載中！　こちらも複雑な四章の再構成と圧倒的画力、毎月楽しく拝見しております！

そして、MF文庫J編集部の皆様、校閲様や各書店の担当者様、営業様と皆様のご尽力には頭が上がりません。いつも、本当にありがとうございます！

最後に、30巻を楽しんでくださった読者の皆様へ、最大の愛と感謝を！

リゼロで最も大きな戦いの描かれている帝国編、この動乱も佳境へ突入し、徐々に終幕へ向かっていくので、今後もぜひとも目を離されず！

次の31巻、新たな大台を目指して進む物語でお会いしましょう！

２０２２年５月《30巻到達！　次の目標を威勢よく見据えながら》

マイルズ
Ex.1
Ex.5
バルロイ
Ex.4

「ええと、こちらでいいんでしょうか？　予告の仕事だそうですが」

「うむ、構わぬぞ。せいぜい、妾を退屈させぬよう努めることじゃな、レム」

「プリシラさんとご一緒ですか……」

「なんじゃ、不服か？」

「いえ、以前の相方と比べれば、全然」

「妾と他とを比べようと、それ自体が不敬であるが……まあよい。そら、時間は限られておるぞ。『てんぽ』よく話をすることじゃ」

「わかりました。……まず、今回の30巻と一緒に短編集7巻が発売されているそうです。もしかしたら、お店では30巻の隣に置いてあるかもしれません」

「ほう、そちらも妾が表紙を飾っておるぞ。百冊買うがいい」

「無茶言わないでください。それと、次の31巻の話になりますが、そちらは九月の発売を予定しているそうです。あくまで予定、ですが」

「盛り下がることを言うでない。予告したからには守らせる。妾の前で約束を違えるなどと、愚かなことはしてくれるでないぞ？」

「私も、そうあってくれることを望みますね。……私はもちろん、あの人が次回以降でどうなるのか、気になって仕方ありませんから」

「ふん、なかなか可愛げのあることを言う。さては貴様も弱気になったか？」

「そ、そんなことありません！　ええと、次のお話を！　そう、

『劇場版 異世界かるてっと～あなざーわーるど～』が絶賛公開中だそうです！」

「他の作品との『こらぼれーしょん』だそうじゃが、道化に半魔といった奴輩が何をしでかすか、劇場へ足を運ぶがよい。さぞかし愉快な見世物が見られようよ」

「あとは、毎年恒例の誕生日イベントとして、『Re：ゼロから始めるエミリアの誕生日生活 ２０２２』の開催も決定したそうです。今年は新宿での開催に加え、名古屋と群馬、鹿児島でも開催されるとのことですよ」

「半魔の祝いに豪勢なことよ。もっとも、どのみち、王選を勝ち抜くなど半魔にはどだい無理な話……ならばせめて、と慈悲を示すのも寛容か。よかろう。開催を許す」

「プリシラさんが許さなくても、お祝いはされると思いますが……」

「生意気なことを言う。なんじゃ、予告の内容は終わりか？」

「はい、こちらで全てになります。……思ったより、邪魔しないんですね？」

「妾を誰と心得る。どこまでも不敬を重ねる娘よ。……手放すには惜しい」

「そう、ですか。……でしたら、どうぞ帝都までお迎えにきていただけると助かります」

「ふ、妾に足を運べと言うか。――本当に、恐れを知らぬ娘よな」

「失うものが、命ぐらいしかないもので」

「豪胆な。だが、許す。帝都でゆるりと待つがいい。妾の堂々たる凱旋を、な」

MF文庫J

# Re:ゼロから始める異世界生活30


2022年 6月 25日　初版発行

著者　長月達平

発行者　青柳昌行

発行　株式会社 KADOKAWA
〒102-8177 東京都千代田区富士見 2-13-3
0570-002-301 (ナビダイヤル)

印刷　株式会社広済堂ネクスト

製本　株式会社広済堂ネクスト





Printed in Japan　ISBN 978-4-04-681476-0 C0193





●お問い合わせ
https://www.kadokawa.co.jp/(「お問い合わせ」へお進みください)
※内容によっては、お答えできない場合があります。
※サポートは日本国内のみとさせていただきます。
※Japanese text only


◇◇◇


【 ファンレター、作品のご感想をお待ちしています 】
〒102-0071 東京都千代田区富士見2-13-12
株式会社KADOKAWA　MF文庫J編集部気付「長月達平先生」係　「大塚真一郎先生」係